Anthony Trollope

1815-1882

特罗洛普文集

巴塞特郡纪事
一 巴彻斯特养老院

[英] 安东尼·特罗洛普 著
[英] 爱德华·阿迪宗 插图
主万 译

The Chronicles Of Barsetshire
THE WARDEN
Anthony Trollope

上海译文出版社

目　次

译　本　序

　　一八五一年仲夏,安东尼·特罗洛普以英国邮政总署稽核的身份视察了英格兰威尔特郡的首府,大教堂城市索尔兹伯里。一个月光如水的夜晚,他在那儿的大教堂区内闲步时,构思出了《巴彻斯特养老院》。他说,"……整整有一小时,我站在索尔兹伯里的那座小桥上,使我心头满意地设想出了海拉姆养老院的所在地。诚然,在我写的作品中,没有一部曾经花费了我那么多心思的。"①次年七月,他开始写《巴彻斯特养老院》,这部小说在一八五五年出版后,获得了很大的成功,使他立刻跻身于狄更斯、萨克雷、盖斯凯尔夫人、乔治·爱略特等同时代杰出的小说家行列之中。此后十二年间,他继续写了五部"巴塞特"小说:《巴彻斯特大教堂》(1857)、《索恩博士》(1858)、《弗雷姆牧师公馆》(1861)、《阿林顿的小宅子》(1864)和《巴塞特郡最后纪事》(1867)。在这组总名为《巴塞特郡纪事》的小说中,如同著名的特罗洛普评论家迈克尔·萨德利尔所说的,除了《巴彻斯特大教堂》如作者最初的意图那样,是《巴彻斯特养老院》的续集以外,其他各部都各自成篇,不过它们全是以英格兰西南部那个假想的巴塞特郡和它的首府巴彻斯特为背景的。这组小说真实而生动地描绘了维多利亚时代英国教士和中产阶级的生活,深刻地揭露了教会内部的尔虞我诈和倾轧争斗,反映了当时英国社会的多种阴暗面,无怪《人人丛书》主编欧内斯特·里斯认为,《巴塞特郡纪事》代表着特罗洛普文艺创作的鼎盛时期。②弗雷德里克·哈里森在《维多利亚初期文学的研究》一书里也认为,"巴塞特郡一组的那六部小说无可怀疑是他的主要成就……将一直给人研读下去,而且无疑在未来的一代人中将再次大为风行。这部分是由于这些小说文笔晓畅,对当时的典型人物作了真实得体、细致入微的观察这一内在的优点,部分还由于这一事实:即这些小说会以最质朴的现实主义笔触,细腻而忠实地为未来的读者重现十九世纪英国的某些生活方面。"③近年来,不少学者和文艺评论家更从小说的结构上把《巴塞特郡纪事》和他后来创作的一组议会小说同巴尔扎克的《人间喜剧》相提并论。哈利·瑟斯顿·佩克认为,巴尔扎克、萨克雷和特罗洛普是同一时代的三位真正现实主义大师,"他们的作品里既没有一丝自然主义的痕迹,也没有一点繁琐主义的疵病"。④

安东尼·特罗洛普于一八一五年诞生在伦敦。父亲是一位相当有才干的律师,但是脾气乖张、恶劣,常常得罪他的当事人,所以业务每况愈下,在安东尼出生以后不久,只好放弃伦敦的住宅,到哈罗附近去经营农业,结果又失败了。安东尼七岁进入哈罗公学读书,由于家境贫寒,他只好走读,因而遭到了住读的富家子弟的

---

① 见特罗洛普《自传》,英国牛津大学出版社,《世界名著丛书》,1980年版,第96页。
② 见《巴彻斯特大教堂》,英国登特父子出版公司,《人人丛书》,1945年版,《编者的话》第3页。
③ 转引自约翰·霍尔编《特罗洛普评论集》,英国麦克米伦出版公司,1981年版,第24—25页。
④ 见哈利·瑟斯顿·佩克《多国文学研究》,美国纽约多德出版社,1909年版,第192页。

耻笑和欺凌,甚至连教师也看不大起他,认为他是一个肮脏、无知的穷走读生。母亲弗朗西丝·米尔顿是汉普郡赫克菲尔德的牧师威廉·米尔顿的次女,生来具有敏锐的观察力。她在协助丈夫经商失败以后,为了养家活口,在安东尼十六七岁时走上了文学创作的道路,写了多部深受读者欢迎的通俗小说和游记。她的坚强和勤劳给了儿女们很大的影响。安东尼的长兄托马斯·阿道弗斯后来也成了小说家,写过不少作品。

一八三五年父亲故世,安东尼投考剑桥大学和牛津大学减费生,两次都没有成功,于是经友人介绍,进入伦敦邮政总署当一名小职员。他在那里工作了七年,待遇很低,经常负债,又给同事们怂恿着打牌、饮酒、抽烟、结交女友,这给他招致了不少麻烦。然而另一方面,就在这一时期,他在一些友人的影响下,开始了有计划的读书,开始用法文和拉丁文翻译,开始研读贺拉斯和英国诗歌中最优秀的作品,他的想象力逐渐丰富起来,他甚至想着有朝一日自己要写一部小说!这一时期的经历对他后来的创作很有帮助,我们从《阿林顿的小宅子》中年轻的埃姆斯的故事里,就可以看到他本人这一时期生活的剪影。一八四一年,他被调往爱尔兰西部某地邮局任副稽核,生活逐渐安定,他结了婚,开始利用业余时间从事创作。开头十年,他写过三部小说,都不怎么成功,直到一八五五年《巴彻斯特养老院》出版后,他才受到了读者的欢迎和评论家的注意。一八五七年《巴彻斯特大教堂》出版后,他进一步受到称誉,从而奠定了他在英国文坛上的地位。

一八五九年年底,他从爱尔兰邮局奉调回到伦敦,在那儿一直工作到一八六七年九月才辞职。在这段时期里,他始终坚持业余写作。他的最出色的作品大都是在这段时期写成的。这一点非常难能可贵。邮局的工作相当繁忙,要不是具有丰富的想象力、超人的意志和精力,以及对写作的浓厚兴趣,这件事是一般人所不易做到的。离开邮局以后,他主编了三年《圣保罗杂志》。一八六八年,他以自由党候选人的身份竞选议会议员,但未获成功。一八七二年,他把伦敦郊区自己的住宅售却,和妻儿一起到澳大利亚去访问。此后他又去国外作过两次长途旅行,访问了南非和冰岛、加勒比海地区、美国和埃及,写了一些游记,这和他的小说一样,文笔质朴隽永、诙谐流畅。一八八二年十月六日,他在伦敦中风去世。

特罗洛普是一位多产的作家,毕生勤奋写作,一共发表了四十七部长篇小说和五个短篇小说集。萨德利尔把他的作品分为十类。① 第一类就是以巴塞特郡为背景的《巴塞特郡纪事》。第二类是他一八六三年开始写的六部议会小说,也称"帕利泽"小说(因小说的主人公帕利泽而得名):《你能宽恕她吗?》(1864)、《爱尔兰议员菲尼亚斯·芬恩》(1869)、《尤斯塔斯钻石》(1873)、《菲尼亚斯的归来》(1874)、《首相》(1876)和《公爵的儿女》(1880)。这组小说是他后期的主要作品,反映了当时政界纷纭复杂的情况。如同在"巴塞特"小说中,作者感兴趣的是教士们的社会声誉而不是他们的信仰,在"帕利泽"小说中,他着重描写的是议会当时的社会背景和女人对丈夫的雄心、职权等所施加的巨大影响,对于历届内阁的政策与措施等只稍许点明了一下。

他的第三类作品是涉及生活方式与社会习俗的,如《三个小公务员》(1858)、《奥利农场》(1862)、《贝尔顿庄园》(1866)、《布尔汉

---

① 参看迈克尔·萨德利尔《特罗洛普评传》,英国伦敦康斯特布尔出版公司,1927 年版,附录第 415—419 页。

普顿牧师》(1870)和《美国参议员》(1877)等。第四类是社会讽刺作品。如《我们现在的生活方式》(1875)和《斯卡巴勒先生的家庭》(1883)。第五类是爱尔兰小说,一八四七年出版的《巴利克罗兰的麦克德莫特家》被认为是这类作品中较好的一部。第六类是作者到澳大利亚去游历和看望儿子所结的果实:澳大利亚小说共有两部:《甘戈伊尔的哈里·希思科特》(1874)和《约翰·卡尔迪盖特》(1879)。第七类是历史和传奇小说,如《尼娜·巴拉特卡》(1867)和《琳达·特雷塞尔》(1868)。第八类是心理分析小说,其中写得较为出色的有《堂兄亨利》(1879)和《沃特尔博士的学校》(1881)。第九类是一部写得很不成功的幻想小说《大限》(1882)。第十类是短篇小说,他把自己在不同时期发表的这类小说亲自编选成五部短篇小说集。它们是:《世界各地的故事》(共二集,1861,1869)、《洛塔·施密特和其他的故事》(1867)、《编辑的故事》(1870)和《弗罗曼太太为什么要提高她的价格和其他的故事》(1882)等。此外,他还写了好多部游记、传记和一部谦逊、坦率的《自传》(1883)。《自传》在他逝世后一年才发表,一时给他的声誉带来了莫大的损害,然而今天读来,却是"一部非常引人入胜的作品,不下于他的任何一部小说"。[1]

前面已经说过,作者是在索尔兹伯里的大教堂区内构思出《巴彻斯特养老院》的,可是养老院的原型实际上却是温切斯特的圣克劳斯养老院。《巴彻斯特养老院》的故事十分简单,主要叙说一个小牧师,一个性气平和的老人,因为是巴彻斯特主教的亲家,当上

---

[1] 见《巴彻斯特大教堂》,《人人丛书》,《编者的话》第3页。

了教会附属的一所养老院的院长,工作清闲,俸禄优厚,甚至占去了养老院经费的一大半。巴彻斯特有个年轻的"改革家",外科医生约翰·波尔德,他自命急公好义,这时候挺身而出,替养老院中的受施人主持公道,然而这个年轻医生的情人却是院长的爱女。等她知道以后,她始而对波尔德加以冷落,继而看到父亲遭到种种逼迫和打击,又亲自去向波尔德求情,于是在波尔德的客厅里演出了一幕风光旖旎、滑稽突梯的喜剧。波尔德禁不住情人的央告,终于屈服了,可是院长在社会舆论的压力下最终还是辞去了职务,尽管他的大女婿教会会吏长和政府的检察长使出种种手段来加以阻挠。亨利·詹姆斯说,"《巴彻斯特养老院》是一篇清新可喜的故事,也是特罗洛普惯常提供给我们人物的种种景象的一个突出实例。你简直不可能设想出一个更微妙、更细小、更动人的主题了。它只是一个老人良心转变的历史。"①其实这部小说的含义远不止此。

当时,英国国教教士一身兼任几个挂名差事,领上几份俸禄,或者侵吞前代留下的慈善基金的事情时有发生,其中最为轰动一时的就是温切斯特圣克劳斯养老院的丑闻。圣克劳斯养老院是亨利·德布卢瓦于一一五七年创办的,从一八〇八年起,院长是吉尔福德的第五代伯爵弗朗西斯·诺思牧师。他的父亲大主教在自己当首相的兄长的纵容、支持下,任人唯亲,把自己的亲戚故旧都安插在主教区里。诺思生活奢华,除了担任养老院院长外,同时还据有大教堂的一个圣职和两个教区牧师的职位,而他在那所养老院

---

① 见亨利·詹姆斯《不完整的画像》,英国麦克米伦出版公司,1888 年版,第113 页。

领取的俸禄，却远远超出了应该花在慈善用途上的经费。特罗洛普的这部小说就是以当时的这件事为蓝本的。不过，特罗洛普笔下的哈定牧师和吉尔福德伯爵截然不同。他是一个性情和善、诚实正直的老人，虽然人家"无法说他以前是一个勤勉的人……可是我们也不能说他是一个好吃懒做的人"①。只是由于马虎大意，他才接下了一个当时并不稀奇的闲职，领取了一笔高得不合理的俸禄。在他认识到自己领取的俸禄高得不合理以后，他既不愿意强词夺理地进行辩护，也不愿意凭借什么卑劣的手段赖着不走。他陷在舆论对他提出的公正指摘和教会要求他效忠并维护教会的特权之间，于是他的生活、他的思想、他内心的是非感，便成为两者之间的战场。结果，他的辞职成为那种局面中唯一可行的解决办法了。

特罗洛普塑造这么一个人物的用意，显然是想通过一个正直的人物卷进一种不公正、不合理的制度下所面临的困境，来揭露并突出那种制度的丑恶，让人认识到那种制度的危害。从这个人物的身上我们同时还看出了特罗洛普的矛盾的世界观。他目睹当时社会上的种种黑暗丑恶现象，一方面真诚地认为英国社会多方面都需要改革，一方面不禁又对那些因为某种改革措施的实行而可能遭到损害、蒙受痛苦的人满怀同情。在《巴彻斯特养老院》中，他通过三个人物的塑造和刻画，清楚地表明了他本人的三种相互抵触的思想。约翰·波尔德是他笔下的改革家，会吏长格伦雷博士是保守派的代表，而塞浦蒂麦斯·哈定牧师则是在这场冲突中受苦的小人物。我们不难看出，作者的最大的同情是放在哈定牧师这个左右为难的人物身上，对老派的、保守的格伦雷博士和那个"自以

---

① 见《巴彻斯特养老院》第一章。

为负有特殊的改革使命"的外科大夫约翰·波尔德则挖苦，嘲笑，不无微词。格伦雷博士坚持认为，一切教会收入都是神圣的，所以竭力反对岳父辞去院长的职务，同时还出面为院长打官司，但他并不能解除院长精神上的痛苦。我们从这个人物的身上可以看到当时竭力维护教会特权，以卫道士自居的教士的丑恶形象。至于约翰·波尔德，他对哈定先生一向很敬重，又热恋着他的小女儿，起初他相当天真地以为，在一个真正的强权社会里，地方上的一件不公正的行为只要通过中央的干涉，就会得到圆满的解决，不会有所恶化；却没想到《朱庇特》(作者隐射当时的《泰晤士报》)捡起了养老院的问题，对院长进行了激烈的人身攻击。这时候，他对自己发起的这场运动已经欲罢不能，自身也成了更强有力的势力的牺牲者。特罗洛普对于他的人物由于自身的过失或估计错误而蒙受的苦难，特别敏感，对于当时左右国内政治舆论的报纸深感厌恶。在《自传》中，他曾经说，自己在《巴彻斯特养老院》中既想要攻击教会经办的慈善事业中的弊端，又想要攻击报纸左右舆论的势力，这可能是错误的。然而，出乎他的意料，这部小说却收到了十分满意的效果。

特罗洛普在该书第十五章里通过对所谓道学博士和舆论先生的嘲讽，攻击了卡莱尔和狄更斯。这给本书招来了不少批评。美国耶鲁大学教授廷克认为，"这些攻击并没有给故事情节增添什么……本可以大笔一挥，完全删去的"[①]。查·珀·斯诺也说，"他对卡莱尔(悲观主义者、道学博士)和狄更斯(舆论先生)试图进行的诙谐的抨击，到今天都使人感到不安。"[②]其实特罗洛普这里是

[①] 转引自约翰·霍尔编《特罗洛普评论集》，第 68 页。
[②] 见查·珀·斯诺《特罗洛普：他的生平和他的艺术》，美国纽约斯克里布纳父子出版公司，1975 年版，第 76 页。

想向读者表明自己对创作的看法。他认为同时代的这两位大作家在对待道德问题时都走向极端,道学博士没有认识到,"在这个世界上,没有一件善良的事是完美无疵的,也没有多少邪恶的事里绝对没有一点儿善良的种子"①。特罗洛普坚决认为,在现实生活中,不问一个人的意图是什么,没有什么行为尽善尽美或者恶劣透顶。因此,他拒绝把社会上的邪恶全归到少数品德极为恶劣的人身上。特罗洛普对狄更斯作品的研读是很不全面的。在他看来,狄更斯描绘的道德画面往往过于简单化,许多人物不是极端善良,就是极端恶劣,仿佛社会上的种种罪恶主要是由于别的恶棍造成的。我们且不去探讨他对这两位作家的攻击多么片面,多么不正确。显而易见,他这里只是借题发挥,道出他自己的创作观点而已。正如美国加利福尼亚大学鲁丝·阿普罗伯茨教授所说:"有些读者觉得那两则模仿嘲弄的文字从艺术上讲是使人不快的,因而出于好意只去评价这本书的那些写得好的部分,这样便放过了一点。且不论这些文字写得成功不成功——不论它们是出色的,还是得当的模仿——它们完全是有作用的。特罗洛普是在利用一些反面文章来说明他自己所要写的作品。"②

维多利亚时代的许多优秀小说,都是通过种种特殊事件的集中,来取得一种恰当的、持久的普遍性。小说家倘若把对一个特殊问题的调查研究,安排在一个确切的历史时期,就会有力地促使人们从道德方面去进行思考,甚至会超越那个问题的范围。就这一点来说,《巴彻斯特养老院》是一个很好的例子。读者对十九世纪

---

① 见《巴彻斯特养老院》第十五章。
② 转引自约翰·霍尔编《特罗洛普评论集》,第 142 页。

五十年代教会慈善机构的改革可能毫不在意,对英国国教可能也毫不在意,但是一个和善的老人在那种不合理、不公正的制度下遭受的痛苦折磨,却具有普遍的现实意义。特罗洛普创作这部小说的时候,正是阿伯丁联合政府执政的时期,约翰·拉塞尔刚开始实行对教会的改革,而公众正在对教会中出现的某些不合理的现象进行调查,这些都被作者通过一个平淡无奇的故事反映出来。他在书中所讥诮的《修道院保管法案》,①实在就是一八五三年议会进行辩论的《在某种情况下恢复人身自由法案》,而他在第七章和第十六章里对议会中政党采取的策略的讽刺,也很深入透彻。特罗洛普就是如此密切地注视着当时的大事,以及推动那些大事的思潮与动机的,他的目的在于道出绝对的实情,既不夸大,也不缩小。虽然《巴彻斯特养老院》是他的早期作品,它却异常清楚地表明了他的现实主义创作手法。

特罗洛普继《巴彻斯特养老院》之后又写的五部"巴塞特"小说中,除《巴彻斯特大教堂》外,都不像这部这么切合当时的时事,所以《养老院》实在是一部含义深远的政治小说,鲜明而敏锐地剖析了自己的时代,提出了一些社会与道德问题,在远远超出大教堂镇市巴彻斯特的范围以外引起了反响。萨德利尔称特罗洛普为"一个时代的声音",这是有其道理的。亨利·詹姆斯说,"我提到《巴彻斯特养老院》,不仅仅是因为这部小说使他赢得了声誉,还因为许多人全认为它和《巴彻斯特大教堂》一起,是他的才华最最焕发的作品。"②爱尔兰作家弗兰克·奥康纳说,"《巴彻斯特养老院》是

---

① 见《巴彻斯特特养老院》第七章和第十六章。
② 见亨利·詹姆斯《不完整的画像》,第 126 页。

一部令人喜爱的书。它具有最优秀的英国小说的特点，以一种文质彬彬的方式引人入胜。"①不过美国作家詹姆斯·奥斯本等却认为，《巴彻斯特养老院》由于是"巴塞特"小说的第一部，所以给人的印象最为清新，但是假如只读一部特罗洛普的作品的话，那么那一部应该是《巴彻斯特大教堂》。②

　　《巴彻斯特养老院》出版后两年，它的续集《巴彻斯特大教堂》问世。在《养老院》的最后一章里，作者告诉我们，老主教已经到了八十高龄，"大概会像火花消灭那样，渐渐地、平静地悠然而逝"。在《大教堂》的第一章里，主教卧病在床，即将去世。大家全都认为他的儿子会吏长格伦雷博士具备种种必要的条件，大概会接替父亲出任主教。但主教要由唐宁街的政治家们指定，而当时的政府正摇摇欲坠。如果老主教在政府更迭前死去，那么格伦雷博士就会获得主教的职位；如果老主教长期弥留下去，政府一倒，那么会吏长继任主教的机会就失去了。会吏长很爱他的父亲，可是他又是一个渴望权力、高傲自负的人，很想当上主教。这时候，他守在父亲的床边，内心巴望父亲快点死去。接着，他又省悟过来，连忙跪下恳求上帝宽恕自己。作者在这里把人性中的这种矛盾自私的心理刻画得入木三分，讥讽得十分犀利而又丝毫不露着意的痕迹。最后，老主教死了，会吏长赶着发了一份电报往唐宁街，然而内阁已经垮台。美国特罗洛普作品研究会的创始人爱德华·牛顿认为，同时代的任何其他小说，就连狄更斯的《远大前程》也不例外，

---

①　转引自约翰·霍尔编《特罗洛普评论集》，第 91 页。

②　见《巴彻斯特大教堂》，英国麦克米伦出版公司，《世界名著丛书》，詹姆斯·奥斯本《前言》，第 11 页。

没有哪一部的第一章写得比《巴彻斯特大教堂》更为出色的。查·珀·斯诺在他著的《特罗洛普：他的生平和他的艺术》一书中以《在主教的床边》为题单写了一章。他说，"《巴彻斯特大教堂》比特罗洛普的任何其他小说都更为深入一层，更为波澜壮阔，吸引住了更多的读者，并且更为持久地受人欢迎……它具有所有小说中最精辟有力的第一章，写得那么平静，语气那么真实。"①

特罗洛普创作这部小说的时候，正是英国教派纷争趋于激烈的时期，巴麦斯顿勋爵的辉格党政府于一八五五年二月上台执政（第一章中提到的政府更迭，正是指此）。巴麦斯顿虽然不是一个虔诚的教徒，可是他的女婿沙夫茨伯里勋爵却是全国低教派的领袖，而当时的坎特伯雷大主教约翰·伯德·萨姆纳也比较同情低教派。因而，低教派的势力一时大盛，可是正如欧文·贾德威克教授在《维多利亚时代的教会》一书中所说的："低教派始终没有获胜。不过有一个时期，他们是势力很大的。那就是在一八五五年以后。"②《巴彻斯特大教堂》正写在这一时期开始的日子。巴麦斯顿执政的十年里，提名委派了十多名主教，他们大部分是低教派教士，然而这些人多半不学无术，所以特罗洛普笔下的普劳迪主教夫妇似乎倒证实了贾德威克教授的结论，即"巴麦斯顿执政的十年，不断加强了低教派的势力，但是却降低了他们的声誉"。③

《巴彻斯特大教堂》如同特罗洛普的其他作品一样，也是切合当时时事的一部政治小说。作者在书中描写的主教区内格伦雷派

① 见查·珀·斯诺《特罗洛普：他的生平和他的艺术》，第 80 页。
② 见欧文·贾德威克《维多利亚时代的教会》第一部，A. C. 布莱克出版公司，1966 年版，第 440 页。
③ 同上书，第 469 页。

和普劳迪派的激烈冲突和斗争，实际上反映的正是英国国教在一个迅速的、不可避免的改革时期的动荡不安状况。那时，英国国教内部正酝酿着重大的改革。首相罗伯特·庇尔爵士于一八三五年成立了国教教务委员会，目的在于通过一些温和的改革措施，加强国教教会。高教派的巴彻斯特已经逐渐适应了这个教会改革时期，但是在老主教去世以后，随着低教派新主教和他的妻子与家庭牧师的到来，危机出现了。我们不难看出，在第一卷中，革新的"威胁"最为强烈。会吏长致电唐宁街，报纸上就新主教的人选展开了议论，普劳迪主教夫妇来到巴彻斯特，以及斯洛普故意发表了那篇讲道文，从而引起了"战争"（第一卷第六章）。教士们在"作战"，这本身就是一出喜剧。他们为了在大教堂里宣讲的那篇讲道文，竟然准备进行殊死的战斗，他们的争端虽然可能是严肃的，但作者喜剧性的夸张却使我们无法一本正经地去看待它们。这出喜剧的最高潮就是第十章和第十一章里叙说的普劳迪夫人的招待会。在招待会上，对立的各派聚到了一起，"女主教"第一次遭到了挫折。那张直冲向前的沙发"绊住了她的花边裙裾，把她的装饰品简直不知带走了多少"，这件事还暗示出推动沙发的伯蒂·斯坦霍普和靠在沙发上的马德琳这姐弟俩往后要在巴彻斯特造成的喜剧性大破坏。这一卷里同时还告诉我们，斯洛普先生为了满足他的"雄心壮志"，正在加紧对主教区的控制。当作者把他和阿拉宾的战斗嘲弄地比作古希腊英雄"阿伽门农和阿基里斯的愤怒"时，其结果不可避免地使那场战斗看来倒像青蛙和老鼠的战争了。[①]

在第二卷中，一场对抗运动组织起来——阿拉宾先生登场了。

---

① 见《巴彻斯特大教堂》第一卷第十四章。

这一卷的故事从巴彻斯特移到了它的郊区,到了普勒姆斯特德和圣埃沃尔德牧师公馆,到了厄拉索恩。在厄拉索恩,我们见到了极端保守的索恩姐弟,他们仿佛是一个垂死的世界中令人发噱的幸存者。另一方面在巴彻斯特,故事由格伦雷派和普劳迪派的争夺,转入了普劳迪夫人和斯洛普的火并,结果普劳迪夫人在主教的卧室里击败了他。[①] 在第一卷中,作者初步提出了一个前提:不如人意的变化似乎是在所难免的,可是到了第三卷中,作者扭转了这个前提。前八章的故事全发生在厄拉索恩。通过厄拉索恩运动会那个封建的喜剧场面,我们对索恩姐弟有了新的看法,我们看到他们并不是可笑的老冬烘人物,而是古老的巴彻斯特依然富有生命力的那种种习俗价值的代表。他们的园游会和第一卷中普劳迪夫人的招待会遥相呼应。就在这次园游会上,内罗尼"夫人"把那些外来的人彻底打垮了。最后,就在厄拉索恩,索恩小姐把那对虽不年轻、却忸怩不安的情人(指阿拉宾和爱莉娜)撮合到了一起。于是传统的价值和宽厚仁慈的作风重新有了生气,而这些正是假借改革为名的斯洛普本来威胁说要装上历史的"垃圾车"的。

特罗洛普像在后来的议会小说里那样,在书中还幽默而风趣地揭露了当时盛行的裙带政治,即由夫人、情妇或女儿在幕后操纵一切的怪现象。我们看到,在巴彻斯特这个表面上由男子统治的教士社会里,女子处于支配一切的地位。普劳迪夫人驾驭着主教,奎瓦富太太支配着她的丈夫,夏洛特·斯坦霍普左右着父亲,就连格伦雷太太也以一种相当巧妙的方式控制着会吏长。由于这些女人,再加上内罗尼"夫人"、爱莉娜·哈定、索恩小姐等,故事便变得

---

① 见《巴彻斯特大教堂》第二卷第十三章。

错综复杂,风云时起。普劳迪夫人本来对家庭牧师斯洛普显然抱有一种特殊的好感,不过特罗洛普只含蓄地透了那么一点消息。等斯洛普迷恋上内罗尼"夫人"以后,普劳迪夫人竟然情不自禁地满怀妒意,从而引起了她和斯洛普的第一次冲突。

查·珀·斯诺说,"狭义来看,《巴彻斯特大教堂》并不像《巴彻斯特养老院》那么有情节。在早期写了几部小说以后,特罗洛普不大为他的故事情节操心。他说他无法想到情节,不过这主要是他故作谦虚。他知道自己适合创作的那种小说,没有紧凑的情节反而会更加令人满意。"①斯诺又说,"他是一个讲故事的大师,平时总运用日常朴实的素材洋洋洒洒、细致入微地创造出一大篇故事来,促使我们一页页读下去。这是他喜欢对现实作出种种幻想这一习惯给我们留下的一宗遗产。"②我们在这里且不来探讨他对故事的情节在意不在意,我们看到,他对人物形象的刻划和心理分析却是十分细腻、非常成功的,而他笔下最出色、最成功的人物之一,就是这个令人望而生畏的普劳迪夫人。美国作家詹姆斯·奥斯本说,他从来没有见到过一位如此真实,如此荒唐可笑的人物。③ 特罗洛普自己也说,"在写《巴彻斯特大教堂》时,我感到轻松愉快。主教和普劳迪夫人对我说来,都是真实的,就和会吏长的烦恼与斯洛普先生的恋爱一样。"④

除此之外,在小说中起着关键作用的维舍·内罗尼"夫人",也是作者精心塑造的一个有趣人物。从表面上看,她最软弱、最

①　见查·珀·斯诺《特罗洛普：他的生平和他的艺术》,第81页。
②　同上。
③　见《巴彻斯特大教堂》,詹姆斯·奥斯本《前言》,第11页。
④　见特罗洛普《自传》,第103页。

容易受到伤害,然而实际上她却是小说中最强有力的人物,她的姿色、她的机智对男人说来是致命的。她为人冷酷无情、玩世不恭、毫无操守,但是如同作者相当沉痛地所说的,"机灵聪明的人行为往往十分不检,而那些一向规行矩步的人,却往往迟钝乏味,这是不是很可惋惜的呢?"①《巴彻斯特大教堂》的读者,倘使读了她在普劳迪夫人招待会上所造成的破坏,以及她在厄拉索恩瞪眼回望德库西夫人的那副神气,而不暗自好笑地原谅了她,那么他一定是"迟钝乏味"的。再说,如果"夫人"坏得出了格,她往往也好得异乎寻常。门第、等级、社会习俗等她全不放在眼里,而她的放浪形骸,却几乎总能揭露出隐藏在社会表面现象下的真情实况。事实上,作者正是借她的嘴,借她的行为嬉笑怒骂地鞭挞了当时社会上形形色色人物的丑恶心理。她撕开画皮,道破了斯洛普的虚伪,说出了他的欲念和野心。她还指出了阿拉宾内心深处对生活中美好事物的向往,实际上一手成全了他和爱莉娜的婚姻。

她的弟弟伯蒂·斯坦霍普则是另一个有趣的人物。亨利·詹姆斯说,"特罗洛普进入他的人物的那种方式,不可能有一个比他对伯蒂·斯坦霍普的描画更出色的例子了。伯蒂是他塑造的一个讨人欢喜的人物。"②当他问主教,"您早先不是一位主教吧?""在巴彻斯特这儿有不少工作得做吗?"或是跪在地上答应"飞快赶到仙女们的织布机那儿去"修补普劳迪夫人的衣服时,那种温文尔雅而又玩世不恭的神气真令人捧腹。英国评论家罗宾·吉尔摩认

① 见《巴彻斯特大教堂》第二卷第十四章。
② 见亨利·詹姆斯《不完整的画像》,第127页。

为，就是这种场面，就是这种人物，使《巴彻斯特大教堂》成为这么一部重要的喜剧性小说的。[①] 特罗洛普写的完全是他自己的时代，他自己的社会，所以由史学家看来，他是真正的现实主义者。他的书最真实地描绘了他的时代。

最后，关于《巴彻斯特大教堂》，还有一点想要简括地说明一下。英国国教初期因袭了大量天主教的仪式和制度，十七世纪在清教徒的冲击下，好些旧制都被废弃。一八三二年，议会通过了改革选举法的法令，土地贵族的势力被工业资产阶级进一步削弱。国教教会内部代表贵族利益的一些保守分子，在牛津大学教授普西、纽曼、基布尔等的领导下发动了恢复旧制的高教运动，又称牛津运动，主张在教义、礼仪和规章上大量保持天主教的传统，要求维持教会的较高权威地位。另一派人则反对过高地强调教会的权威地位，所以称为低教派。他们的观点比较倾向于清教徒，反对倾向于天主教，不赞成高教派倡导的恢复旧制，主张简化仪式。普劳迪主教和他的妻子全属于低教派，不过他们之间又有所不同。主教是辉格党所谓的老式的、在教义问题上思想开明的低教派教徒。他的妻子则属于较新的较为严格的低教派（又称福音派）。在特罗洛普的笔下，主教是一个没有明确的教会原则的机会主义者，因此在政治上很可利用。普劳迪夫人则坚守着福音的教义，认为《圣经》是至尊无上的，遵守"安息日"也十分重要。在一八五五年和一八五六年，这一派教徒曾经发起运动，要限制星期日的商业活动和娱乐活动。

---

① 见《巴彻斯特大教堂》，企鹅英文丛书，1983 年版，罗宾·吉尔摩《前言》，第 30 页。

前面已经说过,《养老院》和《大教堂》都是政治小说。也许有人会问,故事内容明明写的是英国国教教会,与英国政治似乎无关,何以要这么说。我们知道英国的教会原来是天主教的一支,一五三三年教士会议在英王亨利八世的授意下,宣布承认亨利八世为英国教会的首领,第二年又正式宣布脱离罗马天主教教会,于是自成一派,所以英国当时实际上是政教合一的,[①]英王也就是教会的首领。教会的事务、教会的改革、主教的提名等,都是由政府和议会决定的。例如在《大教堂》的第一章里,老主教去世以后,新主教的人选就是由唐宁街决定的,普劳迪主教事实上就是作者虚构的巴麦斯顿首相提升的一名主教,而养老院经费的支配,也是通过议会立法来决定的。此外,国教的主教们在议会上议院中还占有三十个席位。凡此种种都足以说明,英国国教教会是和政党政治分不开的。

在十八、十九世纪英国资产阶级兴盛时期,教士、律师、医师这三种所谓有学识的职业中的成员,是当时资产阶级的一个重要组成部分。特罗洛普的《巴塞特郡纪事》,尤其是第一部《养老院》和第二部《大教堂》,都是切合当时时事来写的。因此,从广义来看,他所讽刺的教会中的种种黑暗腐败现象:担任挂名差事、领取干薪、领取高薪、教士们之间的倾轧争斗,以及"夫人"政治等,不都是当时英国官场中常见的现象吗? 作者写的虽是巴彻斯特主教区,事实上却勾勒出了当时英国中上层阶级社会的生活画面。在那个社会上,我们可以见到许许多多热衷权力、追求名利的格伦雷,玩弄权术、居心叵测的斯洛普,自命急公好义、刚正无私的波尔德和

---

① 参看查·珀·斯诺《特罗洛普:他的生平和他的艺术》,第 83 页。

过着清苦生活、内心却向往着一切美好事物的阿拉宾,以及直接插手丈夫公务、左右丈夫一切决定的普劳迪夫人。

特罗洛普在做邮政总署稽核时,经常骑马到乡间各处去视察,对于英格兰西南部乡间的风土人情有着深入透彻的了解,他的工作的性质使他接触到了各种各样的人,而他又是一位善于分析人性的敏锐观察家。查·珀·斯诺说,他是一位极为出色的"心理学家:……他可以既从外表又从内心看透他所注视着的每一个人……他既有洞察力,又善于体会别人的情感,这两者异常和谐地发挥了它们的作用"。① 在《自传》里,特罗洛普自己说:"我一向希望'从地球上劈下一大块陆地来',让男男女女在上面行走,就像他们在我们中行走这样——并没有较多的美德,也没有夸大了的卑劣行径——这样我的读者可以看到一些像他们自己一样的人,而不觉得自己给领着走到了神明与恶魔当中。"②这就是特罗洛普在塑造他小说中一些不朽的人物时尽力想做到的。因此,他特别喜欢同时代的美国作家霍桑对他在这方面的成就所说的一席话。霍桑说:

> 说来奇怪,我个人特别爱好的一类作品,和我自己所写的截然不同。倘使我遇见和我自己类似的作品,我不相信我能把它们读完。你读过安东尼·特罗洛普的小说吗?他的小说正配我的胃口——紧凑、充实,是凭借了牛肉的力量和啤酒的灵感写成的,而且十分真实,就好像一个巨人从地球上劈下了一大块陆地来,把它放在一个玻璃匣子里,所有的居民全从事

---

① 见查·珀·斯诺《特罗洛普:他的生平和他的艺术》,第 111 页。
② 见特罗洛普《自传》,第 145 页。

着自己的日常工作，根本不觉得有人在观看自己。那些书正和牛排一样，是地道的英国货。[1]

从霍桑的这段话里，我们可以归纳出两点。第一，特罗洛普的现实主义具有很强的民族性。第二，他的作品给了我们一些比民族性更广泛、更深远的东西，因为它们最终是来源于对人类的一种透彻、全面的认识与了解。我想这两点对于理解安东尼·特罗洛普和他在英国文学中的地位是十分必要的。

特罗洛普的作品在他逝世后十年里，几乎完全被人遗忘了。评论家们一致认为，这是一八八三年他的《自传》出版后所产生的影响。他在《自传》中谈到了小说的写作，把它比作补鞋。这种对自己经历的坦率、谦逊的态度，使人们没有能对他的作品作出正确的评价。他说他总在清早上班以前花三小时创作，对着表每一刻钟写出两百五十个字。这样从六点工作到九点，才到邮政总署去上班。遇到因公出差或外出旅行，他在车上船中也是如此。这给他招致了不少批评。有人认为他这样写作，只能算是一个机械般的、毫无灵感的著书匠，他的作品必然是枯燥乏味的。殊不知他早年就养成了一种习惯，喜欢在脑子里就他周围那些熟悉的人和事酝酿和编造故事，这后来就成了他创作的源泉，所以他的故事和人物其实都是在头脑里构思了许久，才形诸笔墨的。当他清晨坐到书桌前面时，他的头脑像他自己所说的，已经充满了他自己创造的人物，他进行的构思创作实际上大半已经完成，要做的只是拿起笔

---

[1]　见特罗洛普《自传》，第 144 页。又见迈克尔·萨德利尔《特罗洛普评传》，第 231 页注。

杆来,把填满脑子的场面、情节、对白和思想有条有理地写出来而已。倘若不是如此,那么他的小说必然会杂乱无章,人物的塑造也必然会前后矛盾,可是尽管他并不怎么注重小说的结构,他的作品却大都自然流畅,脉络清晰,丝毫没有牵强造作之处,人物往往从青年写到老年,前后一贯,各个时期有各个时期的形貌特征。如果不是精心构思、塑造,这是绝不可能办到的。

特罗洛普的作品湮没无闻了一个时期以后,到本世纪初才重新引起了一些作家和文艺评论家的重视。美国小说家威廉·迪安·豪厄尔斯就曾先后三次改变自己对他的看法。起初他很不喜欢特罗洛普的作品,后来经过反复仔细地阅读,认为特罗洛普既不是一个伤感主义者,也不是一个漫画家,他知道并使用了在当时的情况中十之八九真实的事,并且使自己尽力摆脱所有异想天开的虚构。第一次世界大战以后,在萨德利尔的著名的《特罗洛普评传》(1927)出版以前,特罗洛普作品的"复兴"已经增加了势头。到三十年代,他开始"享有他的第二个兴旺时期"。英美学者和评论家仔细而全面地研究了他的作品,从各方面写出了大量评论文章。广大读者也对他的作品愈来愈感兴趣。到第二次世界大战期间他的作品更盛极一时,风行英美。在一九四七年的《英国书讯杂志》上,编者写道,特罗洛普是"现在受到最广泛阅读的维多利亚时代小说家之一"。[1] 文学史家埃文斯说,他的作品"是许多英国人第二次世界大战期间防空洞里的读物"。[2] 由于这一点,有人便说英

---

① 见《英国书讯杂志》,英国全国书刊联合会,第 80 期(1947 年 4 月),第 207 页。

② 见艾弗·埃文斯《英国文学简史》,蔡文显译,北京人民文学出版社,1984 年版,第 288 页。

国人在战争时期阅读特罗洛普，只是为了逃避现实和怀旧。查·珀·斯诺不同意这种说法。他说："值得注意的是，战时，就在哈罗德·麦克米伦①和蒙哥马利元帅在北非不同的地点重读特罗洛普的作品时，美国学者布思教授和他的一派人正在美国洛杉矶开始了迄今为止最全面的特罗洛普研究工作。这可不是什么怀旧。"②

七十年代以来，他的作品第三次在西方又受到了广泛的阅读与欢迎。英国广播公司于一九七三至一九七四年曾根据"巴塞特"小说编制了广播剧。探讨和评论他作品的著述也愈来愈多。诚如有位评论家所说的那样，"倘使像《巴彻斯特养老院》这样一部篇幅不长的小说，经受了八十多年的冲击还能够存在下来，没有被这些岁月中出版了而又遭到遗忘的数十万种其他小说所取代……那么这部小说肯定是深受广大读者欢迎，有其不朽之处的。"③至于这些不朽之处是什么，还是请读者自己从《养老院》和《大教堂》这两部他最负盛名的作品中去鉴赏和玩味吧。

主 万

一九八五年十月

---

① 哈罗德·麦克米伦（Harold Macmillan，1894—?），英国保守党政治家，1957—1963 年任英国首相。
② 见查·珀·斯诺《特罗洛普：他的生平和他的艺术》，第 177 页。
③ 见《巴彻斯特养老院》与《巴彻斯特大教堂》，美国纽约现代文库，1936 年版，爱德华·牛顿《前言》，第 1 页。

第一章　海拉姆养老院

几年以前,塞浦蒂麦斯·哈定牧师①是一位享有圣俸的牧师②,居住在某一个大教堂镇③上。我们姑且叫它巴彻斯特吧。如果我们叫它韦尔斯、索尔兹伯里、埃克塞特、赫里福德,或是格洛斯特④,人家或许会以为这里想说一件私人的事哩。既然这故事主要是叙说那座大教堂镇上的长老们,我们很希望不要引起人家怀疑,以为单说哪一个人。我们姑且假定巴彻斯特是英格兰西部的一座宁静的小镇,一向以壮丽的大教堂和悠久的古迹著称,而不是以什么商业的繁荣驰名。我们再假定巴彻斯特的西区是大教堂区,巴彻斯特的"上流人士"就是主教、教长、驻堂牧师⑤,以及他们各位的妻子儿女。

哈定先生年轻的时候便住在巴彻斯特了。他生就一条好嗓子,对于圣乐⑥又非常爱好,这决定了他能担任这个可以一展所长的职位。多少年来,他一直做着一个低级驻堂牧师的责轻俸薄的职务。到四十岁上,他做了镇市附近的一个小牧师,这既增加了他

1

的收入，可也增加了他的工作。到五十岁的时候，他做了大教堂里圣诗班的领唱人。

哈定先生结婚很早，膝下有两个闺女。大的叫苏珊，是在他婚后不久出世的，小的叫爱莉娜，是整整隔了十年之后才生下的。在我们把他介绍给读者的时候，他正带着小女儿（那时候二十四岁）住在巴彻斯特，做圣诗班的领唱人。他已经鳏居了多年，大女儿在他就任圣诗班领唱人之前不多久，已经嫁了主教的儿子。

巴彻斯特的人们毁谤说，要不是靠了女儿的姿色，哈定先生一准还是一个驻堂的小牧师，不过人们的毁谤在这件事上和常有的一样，大概是毫无根据的，因为就连在做驻堂小牧师的时候，教堂区里就没有人比哈定先生在同道的教友中人缘更好的，何况人家在毁谤哈定先生的主教朋友派他做圣诗班领唱人之前，又曾大声疾呼地责备过主教，说他那么久都不给他的朋友哈定先生帮点儿

---

① 原文为 the Rev. Septimus Harding。西洋人称牧师为 Reverend，主教为 Right Reverend，大主教为 Most Reverend，Reverend 一词意为"尊敬的"。

② 享有圣俸的牧师（beneficed clergyman），指教区牧师（vicar）或教区长（rector）。

③ 大教堂镇（cathedral town），按英国国教制度，全国宗教事务由大主教掌管，大主教下，设若干主教，主教管辖的区域称为主教区，他的教堂称为大教堂，教堂所在镇市称为大教堂镇，主教之下，又设若干牧师和副牧师，管辖的区域称为教区，牧师和副牧师的教堂即是一般的教堂（church）。

④ 韦尔斯（Wells），英格兰索默塞特郡的一处城市，距伦敦一二〇英里；索尔兹伯里（Salisbury），英格兰威尔特郡的首府，在伦敦西南八十二英里；埃克塞特（Exeter），英格兰德文郡的首府，距伦敦一七二英里；赫里福德（Hereford），英格兰赫里福德郡的首府，距伦敦一四四英里；格洛斯特（Gloucester），英格兰格洛斯特郡的首府。以上五处地方都是大教堂镇。

⑤ 驻堂牧师，原文为 canons，系指奉派在大教堂内掌管各项仪式的牧师，大教堂的牧师会（chapter）即由教长和他们组成。

⑥ 圣乐（sacred music），指一切以宗教为主题的音乐，包括颂圣歌（anthem）、赞美歌（hymn）、天主教弥撒音乐（mass）、祭神乐（oratorio）、古祷歌（plain-song）等等。

忙。可是话虽如此,苏珊·哈定在约莫十二年前,嫁了主教的儿子,他是巴彻斯特的会吏长[①]、普勒姆斯特德—埃皮斯柯派的教区长[②]、牧师西奥菲勒斯·格伦雷博士[③]。没几个月后,她父亲便成了巴彻斯特大教堂圣诗班的领唱人,因为这个职位非比寻常,恰巧是主教有权授予的。

这个圣诗班领唱人的职位还牵涉到一个特殊的情况,这必须说明一下。在一四三四年,巴彻斯特死了一个名叫约翰·海拉姆的人。他在本镇做羊毛商,赚了不少钱。在他的遗嘱里,他把自己死在里面的那所宅子和镇市附近的某些牧场与土地——依旧叫作"海拉姆打靶场"和"海拉姆田地"——捐赠出来,养活十二个衰老的梳羊毛人,他们一定得是生长在巴彻斯特、从来没有上别处去过的。他还规定,要建造一所养老院作为他们的住处,附建一幢适当的寓所,给一位院长居住,这位院长每年也从上面所说的打靶场和田地的租金里支取若干款项。此外,因为海拉姆对于和谐之声[④]非常喜爱,他竟然在遗嘱里写下,大教堂的圣诗班领唱人可以有权选择,是否兼做养老院院长,只要他的选择获得主教认可的话。

从那时候起直到现在,这项善举一直继续下来,繁荣昌盛——至少是善举继续下来,地产繁荣昌盛。巴彻斯特这时压根儿没有

---

① 会吏长(archdeacon),教会中一个地位很高的圣职,等级仅低于主教,其职务在监督各个地方教长(rural deans),视察主教区各种教会建筑物,负责教会产业的修缮工作,并襄助主教处理一般教会事务。
② 教区长(rector),英国国教中主持教区一切宗教事务,并享有教区的一切宗教收入的牧师称为教区长;主持教区宗教事务,只分享部分教区收入的牧师称教区牧师(vicar);教区长的地位在教区牧师之上。
   普勒姆斯特德—埃皮斯柯派,原文为 Plumstead Episcopi,有"主教手中的肥缺"之意。
③ 十八、十九世纪时,牧师往往被人称为"博士"。
④ 指圣乐而言。

梳羊毛这一行了,因此主教、教长和院长在挨次递补老头儿的时候,一般总指派一些依附着他们的人:衰老的花匠、龙钟的掘墓人,或是八十来岁的教堂小执事①。他们感激涕零地获得了舒适的住处和每天的一先令四便士②。这便是根据约翰·海拉姆的遗嘱,他们有权享受到的津贴。以前,按实在说——那就是距离目前大约五十年的时候——他们每天只拿六便士,不过早晚两顿饭都是在院长旁边的一张桌子上一块儿吃的。这样的安排更为符合老海拉姆遗嘱里的确切的词句。可是,大伙都觉得很不方便,认为这既不合院长的脾胃,也不合受施人的脾胃,于是每天领一先令四便士的办法,经各方面——包括主教和巴彻斯特的市政厅③——一致同意后,就用来取代了老办法。

这便是哈定先生奉派担任院长的时候,海拉姆的十二个老头儿的情形。但是如果凭他们的情形,我们就认为他们在世上生活很宽裕,那么那个幸福的院长更是如此了。田地和打靶场在约翰·海拉姆活着的时候,生产干草、放牧牛群,如今已经造满了一排排的房子。这项产业的价值一年年、一世纪一世纪继长增高,顶到这会儿,据那些知道点实情的人猜想,已经有一笔很可观的收入,而据某些毫不知情的人估计,更是高到近乎荒诞的程度了。

这项产业是由巴彻斯特的一位上流人士经管。这个人同时又做主教的总管。以前,他父亲和祖父就做巴彻斯特历任主教的总

---

① 教堂小执事,原文为 sexton,是教堂内看管房屋、器具、衣服并司打钟、送殡等事的低级职员。
② 英国的旧币制,一镑合二十先令,一先令合十二便士。
③ 市政厅(corporation),英国一种市级自治机构,由市长、市参议员及市公会组成。

管,兼做约翰·海拉姆地产的经管人。贾德威克家在巴彻斯特博得了很好的名声,他们一向受到主教、教长、驻堂牧师和圣诗班领唱人的尊敬。他们家全葬在大教堂区里,人家全都知道,他们从来不是贪婪、刻薄的人,然而一向却过得舒舒服服,生活优裕,还在巴彻斯特社会上保持着很高的地位。目前的这位贾德威克先生,是有名望的人家的好子弟,所以住在打靶场和田地上的租户,以及这个广大的主教区里的人们,都因为得跟这样一位高尚、宽厚的总管打交道,而感到非常高兴。

许多年来——记载上压根儿没有说多少年,大概是从海拉姆的遗愿最初充分实行以来——地产的收入都是由总管,也就是经管人,交给院长,再由院长分发给受施人。这样分发之后,他再发给自己一笔应得的报酬。以前有时候,可怜的院长除去一所空屋子外,往往一无所获,因为田里常遭水淹,而巴彻斯特打靶场的那片空地据说又是不毛之地。在那些艰苦的岁月里,院长简直无法替十二个依靠他生活的人弄出每天的布施来。可是,渐渐地,情况改进了,田里的水排干,打靶场上开始建造起了小屋子,于是院长们很公道地为早先的苦日子补偿了一下自己。在苦日子里,穷人们照样领到了应得的津贴,因此,到了好日子,他们就不能指望再多拿点儿啦。这一来,院长的收入便大形增加,养老院附建的那所雅致的屋子,也装修和扩大了,这个职位便成了附在咱们教会里的舒适的牧师闲缺中最受人垂涎的一个。它现在完全是由主教委派。虽然教长和牧师会①早先在这个问题上曾经反抗过,可是他

---

① 牧师会(chapter),大教堂驻堂牧师组成的一个团体,由教长任会长,通常被认为是主教的评议会。

们认为,由主教派一个有钱的圣诗班领唱人比由他们派一个穷人,对他们的体面讲要来得有利。巴彻斯特圣诗班领唱人的薪俸是一年八十镑。养老院院长的收入是八百镑,而那所屋子的价值还不计算在内。

巴彻斯特早先传播着怨言,微不足道的怨言——怨言可真少——说,约翰·海拉姆产业的收入没有得到公平的分派,然而这种话并不能说是已经到了惹得哪一个人不安的地步,不过这件事确实是给人窃窃私议过,而哈定先生也风闻到了一点儿。他在巴彻斯特非常有声望,人缘又非常好,因此他做院长原可以把比传播的流言更嚣张的话平息下去,但是哈定先生为人爽直、正派,他觉得人家说的话里也许有几分实情,所以就职的时候,就宣布说,自己打算每天对每个人的收入增加两便士,使总数成为六十二镑十一先令四便士,这他要从自己的口袋里掏出来。不过在这样做的时候,他一再明白地告诉那些人,虽然他可以替自己保证,他却不能替继任的人保证,因此外加的这两便士只能看作是他的人情,而不能算是财产保管人所添给的。可是受施人大半都比哈定先生年纪大,所以对于这份儿外快的担保全都十分满意。

然而,哈定先生的这份慷慨不是没有遭到过反对。贾德威克先生就曾经温和而郑重地劝他不要这么做,他的个性坚强的女婿,那位会吏长——哈定先生唯一惧怕的人——也曾经竭力,不,曾经激烈地反对这么失策的一项让步,可是院长是在会吏长还来不及阻挡以前,就把自己的意思向养老院宣布出来的,所以这件事还是办了。

海拉姆养老院——这个下处是给这样称呼着——是一所富有画意的建筑物,显示出了那些日子教会建筑师们具有的正确的鉴赏力①。它坐落在一条小河的河沿上,在离镇市最远的那一面,那条小河差不多环绕着大教堂区流去。通往伦敦的大道由一条美丽的独孔桥上越过这条河。从桥上看去,陌生人便可以看到老头儿们房间的窗子,每两扇窗子由一个小控壁分开。这座屋子和小河之间,是一条宽阔的砂砾路,总是打扫得干干净净的,小路尽头,通向桥梁的道路的矮墙下,有一张坐旧了的大座椅,每逢天气和暖的时候,准可以看见三四个海拉姆的受施人坐在那儿。在这一排控壁那边,远离开桥,也就是远离开突然从这儿转折的河水,就是哈定先生住宅的美丽的、凸出的窗子和修剪整齐的草地。养老院的大门面向着通往伦敦的大道,门口是一座沉重的石造弓形门楼。不论什么时候,人们都会认为这样来保护这十二个老头儿压根儿是没有必要的,然而对于海拉姆慈善事业的观瞻而言,它却大有帮助。这个正门从早上六点到晚上十点一直大开着,任人自由出入,十点之后是从不开着的,除非去拉一下错综复杂地悬挂着的一只中世纪的大钟,不过贸然闯来的人是不可能找到钟柄儿的。走进正门之后,您便可以看见老头儿们住所的那六扇门,门那边是一道细长的铁栅,通过铁栅,巴彻斯特社会名流中比较幸福的那部分人便走进哈定先生寓所的"乐土"②去。

哈定先生是一个身材矮小的人,这时已经年近六十,然而并没有显出什么老态,他的头发有点儿花白,不过并没有全白,眼光很温和,不过却清朗明亮,虽然那副不架在鼻子上便拿在手里摇晃的

---

① 这里作者微带讥讽地提到当时重新兴起的对哥特式建筑的兴趣,认为这是教会建筑物的合式式样。
② "乐土",原文为 Elysium。根据希腊神话,Elysium 是宙斯神喜欢的亡故的英雄和好人居住的福地,荷马说它在世界的西边,是一片幽美的草地,后代诗人有说它在西海,也有说它在下界的,此处借指安乐乡。

眼镜显示出来,光阴已经影响到他的目力了。他的手柔软洁白,和脚一样,相当瘦小。他向来总穿着一件黑色常礼服,一条黑短裤和一副黑绑腿,还围着一条黑围脖儿,这条围脖儿使教士气息极重的教友们多少起了反感。

哈定先生的最热忱的仰慕者也无法说他以前是一个勤奋的人,他的生活环境从来没有要求他那样,可是我们也不能说他是一个好吃懒做的人。从他奉派做圣诗班领唱人以后,他已经尽可能用好皮纸装金排印,出版了一集我们古代的圣乐,附有几篇论珀塞尔①、克罗奇②和内厄斯③的极精当的文章。他已经大大改善了巴彻斯特的圣诗班。在他的领导下,圣诗班如今已经可以跟英国任何一座大教堂的圣诗班抗衡了。他在教堂举行仪式时,还担任了一件份外的工作,每天为他所能集合起的听众演奏大提琴,或者,faute de mieux④,压根儿就不对着什么听众。

我们必须再提一下哈定先生的另一个特点。前面已经说过,他年俸有八百镑,没有家眷,只有一个女儿,然而在金钱上,他却从来不十分宽裕。《哈定圣乐》的好皮纸和装金花费了谁都不知道的那么多钱。知道的只有编者、出版商和西奥菲勒斯·格伦雷牧师,他是从来不让岳父大人的浪费逃过他的眼睛的。还有,哈定先生待女儿很宽容,为了她的方便,他置备了一辆小马车和两匹小马。真个的,他待大家都很宽厚,待那十二个老头儿尤其如此,因为他们可以说是特别是在他的"荫庇"之下。无疑的,有着这样一笔收

---

① 珀塞尔(Henry Purcell,1658—1695),英国作曲家,著有圣乐多种。
② 克罗奇(William Crotch,1775—1847),英国作曲家,曾任皇家音乐学院院长。
③ 内厄斯(James Nares,1715—1783),英国作曲家,作品大部分是圣乐。
④ 法文,意思是:"没有较好的办法的话","无可奈何的话"。

入,哈定先生应该像俗话所说的那样,可以高人一等了,但是,无论如何,他却高不出西奥菲勒斯·格伦雷会吏长,因为他一向或多或少总欠女婿点儿钱,于是女婿就在某种程度上负起了安排圣诗班领唱人银钱事务的责任来了。

第二章　巴彻斯特的改革家

　　哈定先生做巴彻斯特圣诗班领唱人到现在已经有十年了。嗳,关于海拉姆地产收入的窃窃私议这时竟然又兴起来。这并不是有人见不得哈定先生享有的收入和那么适合他的那个舒适的职位,而是因为英国各地当时正谈论着这种事情。热切好事的政治家慷慨激昂地在下议院里断然地说,国教①的贪婪的教士们侵吞了从前慈善事业的财产,那些财产其实是留下来照顾老年人或是教育青年人的。圣克劳斯养老院②的那件著名的案子,甚至闹到了国家的司法机关里,而惠斯顿先生③在罗彻斯特的奋斗也获得了同情和支持。人们于是开始说,这种事情是应该加以查问的。

　　哈定先生对这件事问心无愧,又从来没有觉得自己从海拉姆的遗嘱上领过一镑不义之财,所以在跟他的朋友,那位主教和他的女婿,那位会吏长谈论起这些事情来时,自然而然地袒护教会这一方面。说真的,会吏长格伦雷博士对这件事倒多少有点儿愤愤不平。他和罗彻斯特牧师会的长老们很有私交,因此在报刊上发表了好多封信,评论那个不安分的惠斯顿博士的事。据仰慕他的人认为,那些书信准把这问题差不离全部解决了。牛津④那儿也知道,他是署名"祭司"的那本小册子的作者。那本小册子评论吉尔福德伯爵和圣克劳斯养老院的事,极为明确地论证说,当前的习俗不允许我们拘泥于创办人遗嘱上的字句,创办人过去十分关怀教会的利益,所以使主教能够酬劳那些为基督教作出最最出色的功绩的卓越人物,就是最照顾到教会的利益。为了驳斥这种说法,对方断然地说,圣克劳斯的创办人亨利·德布卢瓦对于新教教会⑤的福利并不大感兴趣,而且圣克劳斯的院长们在过去多少年里,也不能给称作替基督教服务的卓越人物。然而,会吏长的所有朋友们都坚决认为,甚至肯定地觉得,他的说法是毫无争辩余地的,所以事实上对方根本就没有能答复。

我们可以想象得到,哈定先生既然有这样一座柱石来支持他

---

① 国教(The Church of England),英国教会原为天主教之一支。一五三三年,英国教士会议宣布承认英王亨利八世为英国教会的首长,第二年又宣布正式脱离罗马教廷,于是自成一派,其教义为天主教及新派教之折衷,详见英国国教的《公祷书》(*The Book of Common Prayer*)及《三十九条教规》(*The Thirty-nine Articles*)。

② 圣克劳斯养老院(The Hospital of St. Cross),英格兰温切斯特市外的一所养老院,系亨利·德布卢瓦于一一五七年创办,当时正是一场丑闻的中心。第五代吉尔福德伯爵弗朗西斯·诺思牧师自一八〇八年以后,从圣克劳斯养老院院长、温切斯特驻堂牧师和教会的其他两个圣职上,据估计总共支取了三十余万英镑。作者所写的海拉姆养老院即隐射该处。

③ 惠斯顿(Robert Whiston),罗彻斯特大教堂附属中学的校长(1842—1877),曾支持该校师生反对罗彻斯特的教长和牧师会。

④ 牛津(Oxford),英格兰牛津郡的首府,牛津大学所在地,又为大教堂镇,一八三三年开始的宗教运动——"牛津运动"——也发端于此,所以是英国学术和宗教的中心。

⑤ 指国教。

的良心和议论，自然对于领取每季度的这两百镑始终没有感到内疚。说真的，他心里对这件事始终就没有那样想过。在过去的一两年里，他常常谈到以前的创办人的遗嘱和来自他们产业上的收入，他也听到不少有关这些事情的话。有一个时候，他的确怀疑（目前已经给女婿的说法打消了），吉尔福德勋爵是否确实应该从圣克劳斯的收益中领取他所领的那么大一笔收入，但是说他自己拿这适中的八百镑是拿多了，——从这数目里，他每年还自动放弃了六十二镑十一先令四便士来分发给他的十二位老街坊，——为了这笔钱，他把圣诗班领唱人的工作做得比巴彻斯特大教堂兴建以来，所有的领唱人做得都好，——这种想法压根儿就没有影响到他的宁静生活，或是搅乱他的良心。

然而，哈定先生确实知道巴彻斯特对这问题传播着的那些流言飞语，所以渐渐也不安起来了。不论怎么说，他知道人家曾经听见他下面的两个老头儿说，如果他们人人拿到应拿的一份钱，他们每年也许可以拿一百镑，过得像绅士一样，而不至于每天拿这可怜的一先令六便士了。他们还说，善良的老约翰·海拉姆干脆就没有打算拿几千镑来供哈定先生和贾德威克先生生活，而他们俩私下竟然吞没了几千镑，因此他们对于一笔两便士的菲薄的施舍，没有什么理由应当感激。这样的忘恩负义，的确刺痛了哈定先生的心。两个不满的人当中，有一个叫亚伯尔·汉狄，是他亲自把他安插到养老院来的。这个人以前是巴彻斯特的一个石匠，在替大教堂干活的时候，从脚手架上摔下来，跌折了大腿。尽管格伦雷博士急于想安插普勒姆斯特德——埃皮斯柯派一个他很受不了的执事，可是在这件意外发生以后，哈定先生还是把汉狄递补了养老院里的第一个空缺，那个执事的牙齿早已都掉光了，会吏长简直想不出什么别的办法来把他去掉。现在,格伦雷博士可没有忘记来提醒哈定先生,老乔·墨特斯①会多么满足于他每天的一先令六便士,而哈定先生却多么失策,竟然让镇上的一个过激分子钻进了养老院。格伦雷博士那当儿大概忘了,这个慈善事业就是专为照顾巴彻斯特的衰老的职工而设置的。

巴彻斯特居住着一个青年人,一个外科大夫,名叫约翰·波尔德②。哈定先生和格伦雷博士都很明白,养老院里出现的这种恼人的造反情绪,就是他煽动起来的。不错,还有关于海拉姆产业的那些讨厌的闲话,也是由他重新煽起的。这时候,那些闲话在巴彻斯特已经又四下流传了。话虽如此,哈定先生和波尔德先生彼此却还认识,尽管他们俩年龄相差很大,我们还是可以说他们是朋友。不过,格伦雷博士在和圣诗班领唱人谈到波尔德的时候,却十分厌恶那个不敬神的煽动人(他有一次这样说到过波尔德),他为人比哈定先生精明而有远见,脑筋又比他灵活,所以他已经瞧出来,这个约翰·波尔德会在巴彻斯特兴风作浪的。他认为应该把他当作敌人看待,并且觉得不应该允许他以任何近乎友好的关系进入"阵营"里来。因为约翰·波尔德得占去我们不少的注意,所以我们必须尽力来交代一下他是个什么人,以及他为什么要支持约翰·海拉姆的受施人。

约翰·波尔德是一个年轻的外科大夫,小时候在巴彻斯特度过了好多年。他爸爸是伦敦城里的一位内科大夫,在那儿发了一小笔财,把它投资在这座城里的房产上。"万特雷之龙"那所客栈

---

① 墨特斯(Mutters),原字有"嘟哝"、"抱怨"的意思。
② 波尔德(Bold),原字有"冒失卤莽"的意思。

和驿馆便是他的产业，还有四所铺子在大街上。另外，在镇郊海拉姆养老院那边新造的一排高尚的别墅（广告里这么说）里，他也有一半。老波尔德大夫退休回来，便住进一所那种别墅度却残年、撒手归西了。他儿子约翰常到这儿来消磨他的假日。后来，当他离开学校到伦敦医院里去学习外科手术的时候，他也上这儿来度过圣诞假日。正在约翰·波尔德取得外科医师和药剂师的头衔时，老波尔德大夫故世了，把巴彻斯特的产业传给了儿子，而把一笔有三分息的存款给了比约翰大上四五岁光景的女儿玛丽。

约翰·波尔德决计在巴彻斯特住下来，一面照管自己的产业，一面在邻居们患病，找他医治时，照料他们的身体筋骨[①]。他于是挂起了一面大黄铜牌子，上面刻着"外科医师约翰·波尔德"。这使早就在主教、教长和驻堂牧师身上竭力谋生糊口的那九位大夫大为怨恨。此外，在姊姊的协助下，他同时又开始整理家业。顶到这时候，他还不过二十四岁。虽然他已经来到巴彻斯特三年，但是我们还没有听说他对那九位大医师有过多大的损害。说真的，他们对他的害怕早就烟消云散了，因为三年里，他还没有收进过三笔诊金哩。

话虽如此，约翰·波尔德可是个精明人，只要多看几年病，准会成为个精明的外科大夫的，可是他却干起了另一行。他生活很过得下去，一直没有被迫去谋生，也不愿意把自己束缚在他所谓的医务工作的苦差事上（我想他指的是开业外科大夫的一般工作），他有旁的事要干。他常常替贫民阶级中赞成他想法的人包扎伤口和接合四肢——不过他那么做是出于博爱。我并不是说，会更长

---

① 波尔德是外科大夫，故云。

指责约翰·波尔德是个煽动人绝对不错,因为我简直不知道一个人的见解一定得多么激烈,才能给很恰当地这么说,然而波尔德倒是个热心的改革家。他的热诚的希望就是改革所有的弊端:国家的弊端、教会的弊端、市政厅的弊端(他设法当选为巴彻斯特的市政议员,一连难倒了三位市长,以致第四位变得有点儿不好找了)、医务工作方面的弊端。波尔德在忧国忧民、改善人类的努力上,倒是绝对真诚的。他专心致志矫正弊病和杜绝邪恶,这种精神里倒是有值得钦佩的地方。他自以为负有特殊的改革使命,不过我恐怕这种想法对他影响太深了。如果像他这样一个年轻人稍许谦虚一点儿,稍许信任点儿旁人的诚意——如果有人能够使他相信旧的习俗未必全是坏的,而改变可能会有危险——那就好啦。然而,不是这么一回事,波尔德具有丹东①的热情和自信,他以法国雅各宾派②的慷慨激昂的态度,朝着由来已久的陈规旧习发出他的诅咒。

　　既然波尔德的所作所为是这样,那就难怪格伦雷博士要把他看作是几乎落在巴彻斯特大教堂的宁静、古老的教堂区中央的火种了。格伦雷博士叫人躲避开他,就像躲避开瘟疫那样,但是老大夫和哈定先生是知己朋友。小约翰·波尔德童年时常在哈定先生的草地上玩耍。有好多次,他还凝神静听圣诗班领唱人拉的圣曲,

---

　①　丹东(Georges Jacques Danton,1759—1794),一七八九年法国资产阶级革命时期,雅各宾党的重要领袖之一。
　②　雅各宾派(Jacobin),法国大革命时期(1789—1794),代表当时大多数人民利益的革命的资产阶级民主主义者组成的一派,他们坚决保卫人民利益,和革命的群众结合起来,进行反对国王、反对大资本家的斗争,其领袖为罗伯斯比尔(Maximilien Joseph Marie Isidore Robespierre,1758—1794)、丹东等,因会址设在巴黎雅各宾修道院,故名雅各宾俱乐部,其成员称雅各宾派。

很博得了他的欢心。从那时以后，索性全部直说了吧，他几乎还博得了这宅子里另一个人的眷恋。

爱莉娜·哈定并没有和约翰·波尔德山盟海誓，她也许自己都还没有承认，她多么看重这个年轻的改革家，不过她听到人家责骂他却受不了。当姊夫那样激烈地攻击他的时候，她不敢替他辩护，因为她像爸爸一样，多少也有点儿怕格伦雷博士，可是她却非常讨厌那位会吏长。她说服父亲，使他相信，要是单凭政见便排斥掉他的年轻的朋友，那是既不公正又不聪明的。她不高兴上碰不到他的人家去串门子，事实上，她是堕入情网了。

然而，爱莉娜·哈定的确也没有什么正当的理由不应该爱约翰·波尔德。他具有易于打动姑娘们芳心的种种品质。他为人勇敢、热切而又风趣、身材停匀、容貌俊秀、年轻、上进，人品从各方面看来全都很好，又有足够的收入可以养家活口，又是她爸爸的朋友，而最重要的是，也爱上了她。那么，爱莉娜·哈定为什么不应该对约翰·波尔德钟情呢？

格伦雷博士生着和阿格斯一样多的眼睛①，所以早就看出了好几分。他认为有种种强有力的理由足以说明，不应该让这件事这样发展下去。可是眼下，他觉得跟岳父谈论这问题还不很妥当，因为他知道，哈定先生对女儿的一切事情一向多么溺爱纵容。不过，他却在普勒姆斯特德—埃皮斯柯派公馆里教士帐幔形成的那个神圣的幽深之处，和他推心置腹的贤内助把这件事谈过了。

我们的会吏长在那个圣地里得到过多少甜蜜的安慰，多少宝

---

① 阿格斯（Argus），希腊神话中明察一切的百眼巨人，后被宙斯所杀，希娜女神把他的眼睛移置在孔雀尾上。

贵的意见啊！只有在那地方他才松弛下来，放下了教会大职员的架子，变成了一个凡人。在人世间，格伦雷博士从来没有丢开那么适合他的那种气派。他具有古代圣徒的全副尊严，又有着现代主教的圆滑，他总是始终如一，总是会吏长，不像荷马，他万无一失①。就连对岳父，就连对主教和教长，他也保持着那种洪亮的嗓音和高傲的态度，这使巴彻斯特的年轻人对他全望而生畏，而且绝对震慑住了普勒姆斯特德—埃皮斯柯派教区的全体居民。只有当他把那顶永远崭新的铲形帽②换成一顶有穗子的睡帽，把那些闪亮的黑衣服换成寻常的 robe de nuit③ 的时候，格伦雷博士的谈话、外表和思想才和一个寻常人一模一样。

我们有许多人常常想到，这对我们崇高的教会长老们的妻子说来，准是一场多么严厉的信心的考验啊。在我们眼里，这些人便是圣保罗④的化身，他们的一举一动都是生动的教训，他们的洁净、乌黑的衣服坚决地要求我们信仰与服从，而主德⑤简直似乎就在他们神圣的帽子四周飞舞。一个穿着法衣的教长或是大主教，一准可以得到我们的尊敬；一个出了名的主教准使我们肃然生畏。然而这种心情在那些瞧见主教不穿长坎肩⑥，瞧见会吏长穿着更寻常的便服的人们的心坎儿里,怎么能永远存在呢?

我们大伙儿不是都认识一位可敬的、简直神圣的人物①,在他面前我们低声下气,慢步徐行吗?可是如果我们有一次看见他在被窝里伸懒腰,张大嘴打呵欠,把脸伏在枕头上,那么我们当着他便会和当着大夫和律师一样,滔滔不绝地任性胡扯了。无疑地,就是因为这种原因,所以我们的会吏长很听从太太的意见,尽管他自认为有权向他遇到的所有别人提供意见。

"亲爱的,"他说,一面把睡帽的许多折痕抹抹平,"那个约翰•波尔德今儿又上你爸爸那儿去啦。我得说,你爸爸太马虎啦。"

"他是挺马虎——一向这样,"格伦雷太太在舒适的被窝里回答说,"这还不是老一套。"

"不错,亲爱的,是老一套——这我知道,不过,在目前这节骨眼儿上,这样马虎是——是——我来告诉你是会怎么着,亲爱的,要是他自己不留神他做的事,约翰•波尔德就会把爱莉娜带跑的。"

"我想不论爸爸留神不留神,他都会。干吗不会呢?"

"干吗不会!"会吏长几乎尖叫起来,猛地把睡帽一推,使它差点儿盖住了自己的鼻子,"干吗不会!——那个讨厌的、多管闲事的混小子,约翰•波尔德,——他是我所见到过的最粗鄙的青年人啦!你知道不知道他在干涉你爸爸的事情,而且是用一种最冒失——最——"他一时想不出一个顶有侮辱性的词儿,于是以主教区里牧师会议上认为很灵验的那种态度嘀嘀咕咕说了声"天呀!",这样结束了这番表示厌恶的话。那当儿,他一定忘却了他是在哪

----

① 指牧师而言。

儿啦。

"说到他的粗鄙,会吏长(格伦雷太太在和丈夫说话时,从来没有使用过比这更亲密点儿的称呼),我跟你意思不一样。这并不是说我喜欢波尔德先生——我觉得他太自高自大啦,可是爱莉娜喜欢他。如果他们俩结婚,那对爸爸是再好也没有的事。波尔德要是做了爸爸的女婿,就绝对不会操心去管海拉姆养老院的事情了。"说着,太太在被窝里转过身去。她转身的神气是博士很熟悉的,这和语言一样明白地告诉他,那天晚上她不想再谈这件事了。

"天呀!"博士又嘀咕了一声——他显然激动得安定不下来。

格伦雷博士一点儿也不是个歹人,他正是他所受的那种教育最可能造就的那么个人,他的才具使他可以在世上担当这样一个职位,而不足以使他更上一步。他坚定不移地执行着他认为超出自己的副牧师①范围的那份教区牧师的职务,然而使他崭露头角的倒是做一个会吏长。

我们认为,一般说来,不是主教就是会吏长,总有一个是挂名不做事的:主教工作的地方,会吏长就没有什么事可做,反过来也是这样。在巴彻斯特主教区内,巴彻斯特的会吏长主持教务。在那个职位上,他是勤勉的、有威信的,并且,像他的朋友们特别夸奖的,是贤明的。他的最大的过错便是过分相信教士的德行和权利,最大的缺点则是对自己尊严的态度和雄辩的口才太有把握了。他是个讲道德的人,相信他所宣讲的教训,相信他是在奉行它们,虽然我们可不能说,他会把上衣送给偷他大衣的人,或是准备原谅他

---

① 副牧师(curate),英国国教教会内一种领薪水而不能享有圣俸的教士,其职务为协助教区长或教区牧师处理教区的一般事务。十九世纪时,教区长及教区牧师往往从不光顾教区,一切仪式概交由副牧师主持。

兄弟哪怕七次。^① 在征收会费上，他非常严厉，因为他认为这方面如果稍许放松一点，就会危害到教会的安全。倘使他能为所欲为，他便不仅会把每一个个别的改革家，并且会把每一个胆敢动问一声教会收入使用问题的委员会和调查团，全投到黑暗和地狱中去。

"那是教会的收入，世俗人都承认的。教会当然会管理自己的收入。"在巴彻斯特或是在牛津讨论约翰·拉塞尔勋爵^②和别人的亵渎神明的行为时，他就习以为常地这么说。

这就难怪格伦雷博士不喜欢约翰·波尔德，而他太太提到他会跟那样一个人成为亲戚，使他感到灰心丧气了。给会吏长说句公道话，他可从不缺乏勇气，他很乐意拿起任何武器跟敌人在任何战场上一决雌雄。他自信，只要他拿得准对方是正大光明地打，那么他是稳操胜券的。他压根儿没有想到约翰·波尔德当真能证明，养老院的收入是给滥用了，那么为什么要这样屈膝求和呢？什么！拿一位长老的姨妹、另一位长老的女儿去收买一个不信上帝的教会敌人吗！这个年轻姑娘跟巴彻斯特主教区和牧师会关系非常密切，所以她绝对可以嫁一个稍稍具有圣学的丈夫。当格伦雷博士说到不信上帝的敌人时，他的意思并不是指对教会的教条缺乏信仰的人，而是指对教会在银钱事务上的廉洁抱着同样危险的

---

① 他会把上衣送给偷他大衣的人，或是准备原谅他兄弟哪怕七次，《新约·马太福音》第五章第四十节："有人想要告你，要拿你的里衣，连外衣也由他拿去。"又《新约·马太福音》第十八章第二十一、第二十二节："那时彼得进前来，对耶稣说，'主阿，我弟得罪我，我当饶恕他几次呢，到七次可以么？'耶稣说，'我对你说，不是到七次，乃是到七十个七次。'"

② 约翰·拉塞尔（John Russell，1792—1878），英国政治家，辉格党员（The Whig），曾任首相，支持削减皇室和国教权利的改革，并曾废除禁止非国教教徒在国家和市政机关任职的法令，还从国教手中把立遗嘱、离婚等的裁判权夺取过去。

怀疑态度的人。

格伦雷太太平时并不总是听不进她所属的那个教会上层阶级的主张。她和丈夫对于用来替教会辩护的那种论调,很少意见不一。那么,在这样一件事上,她竟会甘心屈服,这多新鲜呢!会吏长在她身旁躺下,又嘀咕了一声"天呀!",不过他说得声音极轻,只有自己听见。接着,他说了一遍又一遍,直到他沉沉睡去才使他摆脱了深思。

哈定先生本人瞧不出有什么理由,他女儿为什么不该爱约翰·波尔德。他并不是没有注意到女儿的情感。也许,他心里最大的遗憾就是,生怕万一波尔德要来干涉养老院的事务的话,自己会和女儿分离,或是她会跟她心爱的人①分离。他从来没有跟爱莉娜提过她的心上人,没有来征求他的意见时,就连对自己的女儿,他也绝不肯提到这样一个话题。要是他认为有理由反对波尔德,他便会让她住到别处去,或是禁止他到自己家里来,可是他瞧不出有这样的理由。他大概很乐意再选一个做教士的女婿,因为哈定先生也是一心向着教会的。即使这办不到,无论如何,他总希望,这样一个近亲应当在教会事务上和他意见一致。然而,他又不愿意因为女儿心爱的人在这些问题上和他意见不一,便拒绝了他。

顶到这会儿,波尔德在这件事上并没有采取什么步骤直接来触犯哈定先生。几个月以前,经过一场剧烈的斗争,他花掉了不少钱,打败了邻近一带一个征收路税②的老婆子。另一个老婆子曾经向他抱怨说,那一个不该收费。他找出了有关这项委托收税的议会法令,发觉他庇护下的那个老婆子是给非法地征了税,于是亲

---

① 指约翰·波尔德。
② 从前英国有些大道上建有栅栏门,来往行人均须交纳路税。这种制度始于一六六三年,到十九世纪才渐渐取消。

自乘车走过关卡,缴纳了路税,然后控告那个管栅栏的女人,证明凡是由某一条小路来的,或是由另一条小路去的,都是不用纳税的。他胜诉的名声四下传扬,人们开始把他看作巴彻斯特穷人权利的维护者。在他胜诉后不久,他从各方面听说,海拉姆的受施人受到乞丐般的待遇,而事实上该由他们承受的财产,却为数很大。他受到请来打路税官司的那位律师的怂恿,去拜访了一次贾德威克先生,向他要一份这笔产业基金的报告。

波尔德以前常当着他朋友圣诗班领唱人的面,对教会普遍地滥用基金表示愤慨,不过他话里却从来没有提到过巴彻斯特的任何事情。当那位法律代理人芬雷劝他来干涉养老院的事务时,他一心只打算针对着贾德威克先生。不过波尔德不久便发觉,如果他干涉贾德威克先生这个总管的工作,那他就必须也干涉哈定先生这个院长的事务。虽然他对自己将来在这件事里的处境很为惋惜,可是他不是一个为了个人的原因就回避自己承担下的事务的人。

等他决心来管这件事之后,他便立刻像平时那样精神抖擞地干了起来。他弄到了一份约翰·海拉姆的遗嘱,熟悉了遗嘱上的字句,查明了产业的大小,尽可能地估定了它的价值,并且根据探听出来的材料,制定了一份目前收支的一览表。接下来,他带着这些材料,预先通知了贾德威克,便去拜访那位先生,向他要一份养老院近二十五年来的收支报告。

这当然遭到了拒绝,因为贾德威克先生说,他不过是个领薪水的职员,负责管理一份财产,没有权来把有关这笔财产的事项公之于众。

"那么谁可以给你这种权力呢,贾德威克先生?"波尔德问。

"只有聘请我的那些人才可以,波尔德先生。"总管说。

"那些人是谁,贾德威克先生?"波尔德追问。

贾德威克先生很客气地说,如果这些问话只是出于好奇心,那么他非拒绝答复不可;如果波尔德先生另有用意,那么任何必要的资料也许最好由一个专门人员经由专门途径前来索取。贾德威克先生的法律代理人是林肯协会①的考克斯先生和克明先生。波尔德写下了考克斯和克明的地址,搭讪着说了一句这季节天气还这么冷,便向贾德威克先生告辞。贾德威克先生回答说,六月里真不该这么冷,便恭恭敬敬地把他送出去了。

他顿时便到他的律师芬雷那儿去。说真的,波尔德并不怎么喜欢他的法律代理人,不过他说,他只要一个知道法律程序的人,愿意为点儿钱就办理吩咐他办的事。他压根儿不想听律师来支配。他向律师要法律知识;就像向裁缝要上衣一样,主要是因为他自己不能把那件事办理得非常好,而认为芬雷是巴彻斯特最适合他的目的的人了。不论怎么说,他在有一方面的确是对的:芬雷可真非常谦恭。

芬雷想到自己的六先令八便士②,劝他立刻写封信给考克斯和克明。"立刻给他们一下子,波尔德先生。断然地、明白地向他们要一份养老院事务的详细报告。"

"我先去找一趟哈定先生,怎么样?"波尔德说。

"好,好,这当然好,"芬雷勉强同意说,"不过哈定先生不是个会办事的人,这也许会惹出——惹出点儿小麻烦,但是,您这样也许对。波尔德先生,我想找一趟哈定先生不会有什么害处。"芬雷从委托人的脸色上已然看出来,他要照着他自己的意思办。

① 林肯协会(Lincoln's Inn),伦敦四个具有授予律师资格权的法学协会之一。
② 这是当时律师一般向当事人所收的最低费用。

第三章　巴彻斯特的主教

　　波尔德马上到养老院去。那会儿已经是薄暮，但是他知道哈定先生夏天四点钟就吃晚饭，爱莉娜一到傍晚总乘马车出去兜兜，因此，他大概会发现哈定先生独个儿呆在家里的。他到达通向圣诗班领唱人花园的细铁门的时候，已经七点多了。虽然，像贾德威克先生所说的，六月里这样的天气真算很冷，可是傍晚倒是暄和、愉快的。小门开着。他拔开门闩，听见哈定先生大提琴的声音从花园那头传来。他走过草地，到了屋子前边，看见哈定先生在拉提琴，而且并不缺乏听众。这位音乐家坐在凉亭里边一张帆布椅子上，这样好把夹在膝间的大提琴放在干燥的石地上。在他面前，放着一个粗糙的乐谱架，上面摊开那部心爱的神圣的书，那卷煞费心血、极其珍惜的圣乐的一页，这部书曾经花去了那么多几尼[①]。在他四周，坐着、躺着、站着、靠着十个老头儿，是跟他一块儿寄居在老约翰·海拉姆篱下的十二个老头儿中的十个。两个"改革家"没有在那儿。我可不是说，他们心里知道自己对厚道的院长已经做了什么不当做的事，或是将要做什么不当做的事，不过新近，他们老是躲避开他,他的音乐已经不再合他们的脾胃了。

看看这些生活宽裕的老头儿的姿态和洗耳恭听的脸神,倒真怪有意思的。我并不是说,他们全能欣赏他们听到的音乐,不过他们却专心一志地想显得是这样。他们对于自己眼下的处境都很满意,所以决心要尽力来报答一下,叫主人也感到高兴。他们的确相当成功。圣诗班领唱人一向认为音乐是满含着近乎迷人的欢乐的,他想到自己爱护的老受施人全这么欣赏音乐,心头不禁大为高兴。他一直夸口说,养老院的这种气氛,简直使它成了一个特别适合崇拜圣塞西丽亚②的境地了。

有一个老头儿面对着哈定先生,坐在凉亭里边一圈长凳的那头。他把手帕平铺在膝上,那时候的确是在欣赏,——至少也是装得很好。他已经是个年过八十的人了,不过时光并没有多么损害到他的高大的身躯,——他的身个儿仍旧笔直、硬朗、匀称,额头开阔、厚实,边上长着几绺(虽然很少)稀疏的灰色鬈发。养老院的粗糙的黑袍子、裤子,以及有带扣的鞋都很适合他。他两手合起来,握着拐杖坐在那儿,下巴颏儿搁在手上边,成了一个大多数音乐家都乐于欢迎的听客。

这个人的确是养老院的"骄子"。积习相传,他们一向总得选出一个多少有权管辖旁人的人。虽然邦斯先生——这便是他的姓,他下面的弟兄们一向都这样唤他——拿的钱并不比别人多,他却端起了一副尊严的架子,而且很知道怎样保持着它。圣诗班领

---

① 几尼(guinea),一六六三年至一八一三年间英国发行的一种金币,值二十一先令,因为是用非洲几内亚出产的黄金铸造,所以叫做"几尼"。

② 圣塞西丽亚(St. Cecilia),传说中的音乐守护神。据说她是西西里人,生前热爱音乐,公元一七六年被罗马皇帝马喀斯·奥里力厄斯处死。

唱人喜欢管他唤作副院长,偶尔,没有旁的客人的时候,还不拘形迹地吩咐他一块儿在客厅壁炉旁坐下,喝上一大杯放在他身旁的葡萄酒。邦斯总喝完第二杯才走,可是任你再怎么挽留,却从来不肯喝第三杯。

"嗳,嗳,哈定先生,您太好啦,真太好啦。"第二杯酒斟满的时候,他总这么说,可是等那杯喝完,半小时过去以后,邦斯便直挺挺地站起身来,说上一句他的庇护人很重视的祝福的话,回到自己的住处去了。他世故很深,不肯把这种舒适、美好的时刻延长下去,以免会变得不很愉快。

我们可以想象得出,邦斯先生当然是最激烈地反对改革的。他对于想干涉养老院事务的那些人所感到的万分厌恶,连格伦雷博士也差上一筹。他彻头彻尾是一个国教信徒,虽然私下并不十分喜欢格伦雷博士。这是因为养老院里容纳不下博士和他两个这么相像的人,而不是因为什么意见上的不一致。邦斯先生认为,院长和他就很可以管理养老院了,用不着别人再来协助;他还认为,虽然主教按规定讲,是可以来巡视的,这使他有权受到和约翰·海拉姆遗嘱有关的所有人员的特别尊敬,然而约翰·海拉姆却从来没有打算叫一个会吏长来干涉他的事情。

不过当下,他心里却没有这种烦恼。他望着院长,仿佛认为这音乐是来自天上的,而演奏的人也是这样。

波尔德静悄悄地走过草地。哈定先生起先并没有瞧见他,继续把乐弓缓缓地拉过音调悲凉的琴弦,可是他不久便从听众的脸色上发觉,有个陌生人来了。他抬起头来,以坦率、殷勤的态度欢迎这位年轻的朋友。

"哈定先生,请您,请您别因为我来了就停下,"波尔德说,"您知道我多么喜欢圣乐。"

"哦！没有关系。"圣诗班领唱人说，一面把乐谱合起来，可是一眼看见老朋友邦斯的讨喜的央告的神情，便又把乐谱翻开。哦，邦斯，邦斯，邦斯，我恐怕你也只是个擅长拍马的角色吧。"好，那么我就把这拉完，这是主教最喜欢的一支小曲子。波尔德先生，待会儿咱们散散步，闲聊聊，等爱莉娜回来，给咱们弄点儿点心吃。"于是波尔德在软绵绵的草地上坐下来倾听，或者还不如说是细想：在这样美妙和谐的音乐之后，他怎样才能把一个非常不和谐的话题最好地提了出来，搅乱这么殷勤、亲切地欢迎他的这个人心地的宁静哩。

波尔德觉得演奏没多大工夫便结束了，因为他感到自己有一个相当困难的工作得做。尽管老头儿们慢吞吞地一个个告辞，他几乎舍不得最后一个老头儿临末了的告别。

圣诗班领唱人对于他的光临，说了一句亲切的客套话，波尔德心里不禁一怔。

"挨晚的一次访问，"他说，"抵得上早晨的十次。早晨不过是礼节性的，真正友好的聊天，向来总在晚饭以后才开始。这就是我干吗总早吃晚饭，为的就是好尽量多有点儿时间聊聊。"

"您说得很对，哈定先生，"波尔德说，"可是我恐怕，我把事情给弄颠倒啦。我很抱歉，这时刻拿正经事来麻烦您。我现在就是为这种事来找您的。"

哈定先生显得烦扰、纳闷，这个年轻人的嗓音里有点儿什么叫他觉得这次会面是不愉快的。他的亲切的欢迎竟然遭到这样的拒绝，这使他有些畏缩。

"我想跟您谈谈养老院的事。"波尔德说了下去。

"噢，噢，凡是我可以告诉你的事，我都挺乐意——"

"就是关于账目的事。"

"唔，亲爱的朋友，这我可没法告诉你，因为我跟个孩子一样，什么都不知道。我知道的就是，他们每年给我八百镑。你去找贾德威克，那本账他全清楚。还有，请问你，可怜的玛丽·琼斯的腿将来还可以走路吗？"

"唔，我想可以，假如她小心的话。不过，哈定先生，我希望您不反对跟我谈谈我对养老院不能不说的一些话。"

哈定先生深深地长叹了一声。他的确反对，激烈地反对跟约翰·波尔德谈论任何这样的问题，可是他没有贾德威克先生办事的那种圆滑手腕，不知道怎样摆脱掉临头的灾难。他伤感地又叹息了一声，没有答话。

"我挺尊重您，哈定先生，"波尔德继续说下去，"非常尊敬您，出自衷心的——"

"谢谢你，谢谢你，波尔德先生，"圣诗班领唱人有点儿不耐烦地抢着说，"我很感激，可是别谈这些。我和别人一样，也可能犯错误——非常可能。"

"但是，哈定先生，我非得把我的意思说出来，要不您还以为我要做的事里有什么私怨哩。"

"私怨！要做的事！嗐，你总不打算割断我的喉咙，或是把我交给教会法庭①——"

---

① 教会法庭(Ecclesiastical Court)，英国施行宗教法的法庭，以前对一般人和教士具有广泛的审判权，后来渐渐由国家法庭取而代之。目前，它的权限只限于宗教方面。主要的教会法庭有四：一、主教法庭（The Bishop's Consistory Court）；二、宗教裁判上诉院（The Court of Arches）；三、约克大教区法庭（The Provincial Court of the Province of York）；四、大主教法庭（The Court of the Archbishop）。

波尔德想笑又笑不出。他非常认真,坚定不移,没法拿这件事来开玩笑。他沉默地朝前走了一会儿,才又展开攻势。哈定先生手里仍旧拿着琴弓,这时候一直迅速地在拉着一只假想的大提琴。"哈定先生,我恐怕咱们有理由认为,约翰·海拉姆的遗嘱没有严格地执行,"年轻人终于说了,"我受托来调查一下这件事。"

"那很好,我一点儿也不反对。现在,咱们一个字也别再提啦。"

"还有一句话,哈定先生。贾德威克叫我去找考克斯和克明,我认为我有责任去向他们要一份关于养老院的报告。这么一来,我也许会显得是在干涉您的事情,我希望您能原谅我这么做。"

"波尔德先生,"另一个站住脚,相当严肃地说,"如果你很公正地去做,对这件事全按实说,也不用什么不光明的武器来达到你的目的,那也没有什么要我原谅的。我想你是认为我不该拿养老院给我的那笔收入,那笔钱该由别人拿。不论人家会怎么做,我决不会因为你和我意见不一,损害了我的利益,便认为你有什么卑鄙的动机:请你只管做你认为自己有责任做的事,我不能帮助你,也不会怎样来阻碍你。不过,我要告诉你,咱们俩不论怎么谈论,一点儿也不能对你的见解有帮助,也不能对我的见解有帮助。爱莉娜乘马车回来啦,咱们进去吃点儿点心吧。"

可是波尔德觉得经过方才这件事以后,他实在不能安安逸逸地跟哈定先生和他女儿一块儿坐下,因此很忸怩地托故谢绝了。他走过爱莉娜的小马车时,只脱帽鞠了一躬,撇下爱莉娜失望而惊讶地望着他离去。

哈定先生的态度的确叫波尔德深信不疑,院长是觉得自己的脚跟站得很稳。这几乎使波尔德认为,他是毫无正当的理由就来干涉一个正直可敬的人的私事,可是哈定先生本人却偏偏很不满意自己对这件事的看法。

首先,为了爱莉娜,他希望能认为波尔德人很不错,并且能喜欢他,然而他却实在禁不住对他的傲慢举动感到厌恶。他凭什么来说,约翰·海拉姆的遗嘱没有公正地执行呢?可是接下来,他心里就想到这问题:那份遗嘱到底是不是公公正正地在奉行着?养老院是为那十二个老头儿建造的。约翰·海拉姆的意思是说,养老院的院长该从那笔遗产里领取比那十二个老头儿全体所领取的还多得多的钱吗?约翰·波尔德会不会是对的?养老院的可敬的院长在过去十多年里,会不会是不正当地拿了别人合法应得的收入呢?他的生活一直非常快活平静,受人尊敬。如果在光天化日下,他们竟然证明出来,他吞没了八百镑不应该拿的钱,而他又绝对无法归还出来,那怎么办呢?我并不是说,他害怕真是这种情形,不过他心里这会儿第一次掠过了怀疑的阴影。从那天晚上起,有好多好多天,咱们的慈祥恺悌的院长既不快乐,也不安定。

那天晚上,哈定先生茫然不安地坐着呷茶的时候,这种想头,这些最初的十分痛苦的时刻,使他烦闷不堪。可怜的爱莉娜觉得一切都不对头,可是她对于那天晚上烦闷的理由,却只想到她的情人身上,以及他的突然无礼的离去。她以为波尔德和她父亲一定起了一场争执。她对他们俩都有点儿生气,虽然她不想向自己解释为什么会是这样。

哈定先生在就寝前和就寝后(他躺在床上有一会儿睡不着)把这些事细想了好半天,自己问自己,他究竟有没有权领取他所享有的收入。不论他陷到这样一个境况中多么不幸,没有人能说他应该一开头便拒绝担任这个职务,或是随后应该不要这笔收入,这一点至少似乎很明白。全世界——意思是说,仅限于英国国教的教会界——都知道,巴彻斯特养老院院长的职位是一个很舒服的闲缺,但是没有人曾经因为接受了这个闲缺而受到指责。反过来说,倘若他拒绝了,他会遭到多少指责啊!当这个职位出了缺,派他担任的时候,如果他说自己有点儿顾虑,不愿意每年从约翰·海拉姆的产业里领取八百镑,宁愿让一个陌生人去拿它,那么人家会认为他多么愚蠢呢!格伦雷博士会怎样大摇起他的聪明的脑袋,还去和教堂区的朋友们商量,万一这个可怜的低级驻堂牧师疯了,把他送到哪一个适当的收容所去!如果他接受这个职位是对的,那么他很明白,拒绝这个职位的任何一部分收入都会是不对的了。这个推荐权是主教的一项很有价值的附属权,他当然无权去贬低授给他的这个尊荣的职位的价值,他当然应该支持自己的教会。

但是不知怎么,这些说法虽然似乎很有理,却并不多么令人满意。约翰·海拉姆的遗嘱是不是公公正正地执行了呢?真正的问题在这儿:如果没有,他是不是特别有责任应该设法公公正正地来执行呢?他特别有责任,不论这种责任对他的教会多么有害——不论他的赞助人①和朋友们会多么厌恶这种责任。他想到朋友们的时候,脑子里便愁闷地转到他的大女婿身上。他知道得很清楚,如果他肯把这件事交给会吏长,让他去战斗,格伦雷博士会多么坚强地支持他,但是,他也知道,他没法为自己的怀疑在他那方面得到同情,他不会得到友谊,内心也不会得到安慰。格伦雷博士非常乐意代表卫道者②奋起反抗一切来人,但是他是根据教

---

① 指主教。
② 卫道者,原文为 church militant,指世上与一切邪恶进行搏斗的全体基督徒而言。

会绝无过错①这种令人厌恶的立场，而这么做的。这样一场斗争，对哈定先生的怀疑不会带来什么安慰。他倒不是急于要证明自己是对的，而是急于要消除自己的怀疑。

我前面已经说过，格伦雷博士是主教区里实际工作的人，他父亲那位主教，多少是喜欢过悠闲生活的。这是实情，不过主教虽然一向不好活动，他的品德却使认识他的人都喜欢他。他和儿子恰巧相反，是个和蔼可亲的老人，异常反对夸耀权力和讲主教的排场。然而他儿子早年便能做到他年轻时所做不好、而现在年过七十已经做不了的事，这对他目前的地位说，也许倒很不错。主教知道怎样款待他区里的教士，怎样跟教区长的太太们闲扯家常，怎样安抚副牧师们，然而却需要会吏长的坚强手腕去应付那些在教义上或是生活上桀骜不驯的人。

主教和哈定先生热忱相爱。他们一块儿生活到晚年，以教士的身份在工作和谈论中共同消磨了许多岁月。当一个做了主教，另一个还只不过是个低级驻堂牧师的时候，他们就常呆在一块儿。可是从他们成了亲家，哈定先生做了院长和圣诗班领唱人以后，他们简直相依为命了。我可不是说，他们共同管理这个主教区，不过他们花了不少时间去讨论负责管理的那个人，制定了一些小办法来平息他对玩忽教职的人的愤怒和缓和一下他想支配教会的雄心。

哈定先生打定主意去向他的老朋友倾吐一下心事，说明自己的怀疑。他于是在约翰·波尔德冒昧无礼地来访的第二天早晨，便上主教那儿去了。

----

① 教会绝无过错(The Infallibility of the Church)，罗马天主教认为：当教皇以全基督徒牧师的身份阐明教会应当遵守的一条信心和道德的教义时，他凭着神助，是绝无过错的。

顶到这时候，攻击养老院的这些使人痛苦的举动，没有一点儿风声传到主教的耳里。他当然听说过有人质问他有没有权每年给予一个闲缺八百镑，就像他不时听到巴彻斯特这座一向淳朴、宁静的城里出了一件特别不道德的行为，或是一场丢脸的骚动一般，但是碰到这种时候，他所做的和要求他做的，便是摇摇脑袋，请他儿子，那位"大独裁者"，去照顾着，不让教会受到损害。

哈定先生不得不先说上一大套，才使主教听明白了他自己对这件事的看法。不过我们不必听他说那一套。起先，主教只劝他采取一个步骤，只提出了一个补救办法，在他的处方书里，也只有一味药效力极大，可以医治这么严重的毛病——他所开的药就是去找会吏长。"叫他到会吏长那儿去。"哈定先生提到波尔德的拜访时，主教一再地说。"会吏长在这方面会帮你把事情安排好的。"当他的朋友踌躇地提到自己的处境是否正当的时候，主教亲切地说。"没有人能把这一切办得像会吏长那么好的。"但是这一味药虽然剂量很大，却没有能安住病人的心。说真的，它差点儿引起了呕吐。

"但是，主教，"他说，"您看过约翰·海拉姆的遗嘱吗？"

主教认为，三十五年前他初就职的时候，大概看过，但是他不能肯定地这么说，不过他知道得极清楚，他绝对有权任命院长，而院长的收入是早经决定了的。

"但是，主教，问题是谁有权决定呢？如果像那个年轻人说的，遗嘱上规定，产业的收入应当分成一份一份，那么谁有权更改这些规定呢？"主教模糊地认为，这些规定随着时间的消逝自行更改，而教会的一种限制法规，限制了那十二个受施人由于产业增值而稍增收入的权利。他提到传统，讲了半天用实例来证明目前这种办法的许多学者，接着又详谈了一番，在享有圣俸的教士和某些依靠救济的穷老头儿之间,保持适当的等级与收入上的区别,是处置得宜的,最后重又提到去找会吏长,这样结束了他的议论。

圣诗班领唱人沉思地坐在那儿,盯视着炉火,一面听着他朋友的温和的议论。主教的话里多少有点儿安慰,可是却不是持久的安慰。他的话使哈定先生觉得,许多别人——真个的,教会里所有的别人——都会认为他没错,可是这却没有能证明给他看,他的确没错。

"主教,"他们俩静坐了一会儿后,他终于这么说,"我要是不告诉您我为这件事觉得很烦闷,那我就欺骗了您和我自己。假如我不能和格伦雷博士所见相同!——调查之后,我发觉那个年轻人是对的,我是不对——那怎么办呢?"

这两个老头儿坐得很近——非常近,因此主教可以把手放到另一个的膝上。他把手伸过去,轻轻按了一下。哈定先生知道得很清楚,这一下是什么意思。主教提不出什么进一步的论点,他不会像儿子那样为这件事战斗,他不能证明圣诗班领唱人的怀疑全是毫无理由的,但是他可以同情他的朋友,他真就这么办了。哈定先生也觉得他已经获得了来取的东西。于是他们又静坐了半晌,接着主教露出一点儿平时少见的急躁,着力地问他,这个"可恶的多管闲事的人"(指约翰·波尔德)在巴彻斯特有没有朋友。

哈定先生早就打定主意,要把一切全告诉主教:讲明女儿的恋爱和自己的烦恼,说出约翰·波尔德既是自己未来的女婿、又是目前的敌人这种双重身份。虽然他觉得这很不是味儿,不过现在倒是该说的时候了。

"主教,他跟我家就很亲密。"主教直眉瞪眼地望着。他并不像儿子那样主张维持正统和教会的战斗精神,但是他还是搞不明白,国教的这么一个公敌,怎么可以给很亲密地接待进哈定先生这样一个坚定的柱石的家里去,而且又是这么受他欺侮的养老院院长的家里。

"说真的,我个人很喜欢波尔德,"心地公正的受害人继续说下去,"而且'老实'告诉您"——他把这个糟透了的消息迟迟地说出来——"我有时候还认为他可能会做我的二女婿哩。"主教并没有失声尖叫出来。我们相信他们因为身任圣职,所以失去了这么做的权力,不过在那些日子里,我们碰上一个腐败的法官,和碰上一个尖叫的主教一样容易。话虽如此,他还是显得仿佛要不是因为他穿了长坎肩,他早就尖叫出来了。

这是会吏长的一个多么好的连襟啊!巴彻斯特教堂区的一次多么好的联姻!甚至是主教公馆的一位多么好的亲戚!主教的简单的头脑里觉得,约翰·波尔德如果有极大的权力的话,一定会把所有的大教堂,也许还把所有教区教堂,全部封闭起来,把什一税①全部分给循道公会教徒②、浸礼会教徒③和其他的旁门左道,把主教完全消灭掉,并且使铲形帽和麻布袖④变得跟头巾、凉鞋和麻衣⑤一样不

---

① 什一税(tithe),教区人民向教会缴纳的一种税,是全年农作物等总收入的十分之一。

② 循道公会教徒(Methodists),一七二八年,英国传教师约翰·韦斯利(John Wesley,1703—1791)创立循道公会教派,为国教所摈弃,然而它起的反动作用还是相当大。

③ 浸礼会教徒(Baptists),浸礼会为新教之一派,主张施行洗礼时应将身体浸入水中,而且只对真正的信徒才行洗礼。这一派当时也为国教所不容。

④ 铲形帽和麻布袖,原文为 shovel hats and lawn sleeves,指国教而言。铲形帽是国教长老们戴的一种帽子,详见第 17 页注②;麻布袖是指国教主教服上边用细麻布制成的两只袖子。

⑤ 头巾、凉鞋和麻衣,原文为 cowls, sandals,and sackcloth,指天主教而言。头巾、凉鞋等均为天主教修道士的穿戴物。

合法！把这样一个歹人，一个怀疑牧师的廉洁，大概还不相信三位一体①的人，带到教会的神秘的安乐窝里来，这可真不错！

哈定先生瞧出来，他透露的这消息起了多大的影响，几乎后悔不该直率地明说了，但是他却尽可能设法去减轻他朋友和赞助人的伤感。"我并不是说，他们已经有了婚约。要是有的话，爱莉娜会告诉我的。我很知道她，相信她会这么做的，可是我瞧得出来他们彼此相爱。作为一个男子汉，作为一个父亲，我说不出什么理由来反对他们亲近。"

"但是，哈定先生，"主教说，"如果他是你的女婿，你怎么好反对他呢？"

"我并不想反对他，是他在反对我。假如得采取什么步骤来自卫，我想贾德威克会做的。我想——"

"哦，这一点会吏长会瞧着办的：即使这个年轻人跟他的关系比连襟还亲，会吏长也决不会不去做他认为正当的事的。"

哈定先生提醒主教，会吏长和这个改革家还不是连襟，而且，很可能永远不会是连襟。他硬要主教答应，在做主教的父亲和做会吏长的儿子讨论到养老院的时候，决不要提起爱莉娜的名字。接着，他告辞出来，撇下那个可怜的老友惊愕惶惑、不知所措。

---

① 三位一体(The Trinity)，神学名词，指把上帝、耶稣及圣灵看作一体的那种说法。

第四章 海拉姆的受施人

这个行动即将使巴彻斯特掀起轩然大波,可是那时候,像常有的那样,跟这个行动最有关系的人,却不是最先讨论这问题的是非曲直的人,然而当主教、会吏长、院长、总管和考克斯先生与克明先生各人按各人的方法忙着应付这件事的时候,我们也别以为海拉姆的受施人完全是消极的旁观者。那个法律代理人芬雷曾经去找过他们,问了些刁钻古怪的问题,激起了过奢的希望,促成了一个敌视院长的派别,并且像他自己比喻的,在敌人阵营里建立起了一支军队。可怜的老头儿们,不论这次调查弄清了谁是谁非,他们反正管保只会受到损害。就他们来说,这只是一场十足的灾难。他们的命运怎么能改进呢?他们需要的一切全不缺乏,一切舒适的用品全都供给了。他们有温暖的住房,丰衣足食,有毕生劳碌后的休息,以及晚年最可贵的珍宝,有个真诚、和蔼的朋友来关怀他们的悲伤,看护他们的疾病,在现世和来世,给予他们安慰!

约翰·波尔德把这些受施人置在他的保护之下,每逢他大谈起受施人的权利时,他偶尔也想到了这一点,但是他却用正义这个冠冕堂皇的词把心里的这种想法压了下去:"Fiat justitia ruat coelum。"[①]这些老人按理每年应当拿一百镑,而不是每天拿一先令六便士,院长应当拿两三百镑,而不是拿八百镑。凡是不公正的事一定不对,凡是不对的事一定应当加以矫正。如果他不做这件事,哪个别人会来做呢?

"按习惯法[②],你们每个人明明应当每年拿一百镑。"这便是芬雷传送进亚伯尔·汉狄耳朵里,亚伯尔·汉狄又传送进他的十一个弟兄耳朵里的重要的体己话。

约翰·海拉姆的受施人也是血肉之躯,咱们本不可以对他们要求太高。明确地答应每年让这十二个老头儿每人拿一百镑,的确动摇了他们大多数人。可是大邦斯却不肯受骗,他还得到两个附和的人来支持他的正统的看法。亚伯尔·汉狄是渴望钱财的人们的头领,得到了,哎呀,得到了较多的人附和。十二个人里有五个立刻相信他的看法是公正的,于是加上他们的头领,就占了养老院人数的一半。其余三个人生性摇摆不定,徘徊于两位头领之间,一会儿受到黄金欲的诱惑,一会儿又急于想向依然存在的权力讨好。

当时,芬雷提议由他们向负有监察职责的主教呈递一份请愿书,请求主教替约翰·海拉姆慈善事业的合法受惠人主持公道,然后把这份请愿书和所得的答复的副本送交给伦敦的各大报馆,这样把这问题宣扬开来。据他认为,这可以为将来的诉讼程序铺平

---

① 　拉丁文:意思是"即使天塌下来,也要主持正义"。
② 　习惯法(common law),英国的法律为不成文法,习惯法即不成文法之一种,所以说:"按习惯法",意即"根据法律"。

道路。要是能使这十二个受害的遗产承受人全体签名画押,那当然最好,但是这办不到:邦斯是杀了头也不肯签的。芬雷于是提议,倘若能够劝说十一个人来签署这份文件,那么那一个顽固抗拒的人简直可以给当作不配就这样一个问题作出判断——事实上,就是把他当作 Non compos mentis①——而请愿书就可以作为代表全体的意见了。但是,这也办不到:邦斯的朋友和他一样坚决,所以结果,只有六个"十"字画在这份文件上。而最气人的是,邦斯是会清清楚楚地签名的。那三个犹疑不定的人里,有一个多年来都夸口说他也有同样的本领,而且的确有一部《圣经》,上面具有他很得意地要人鉴赏的、他三十多年前的亲笔签名——"约伯·斯库尔庇特"。不过据说约伯·斯库尔庇特已经早把这种才学忘干净了,所以十分畏缩,不肯在请愿书上签名。其余两个犹疑不定的人都听他指挥,跟着他走。一份只有养老院半数人签名的请愿书,是绝起不了多大作用的。

请愿书那会儿正放在斯库尔庇特的房间里,等候着亚伯尔·汉狄凭他的口才所能争取到的其他签名。它上面的六个花押都正式画好了,是下面这样:

亚伯尔·汉狄　　　　＋

格雷戈里·穆迪　　　＋

马修·斯普里格斯　＋

等等,还用铅笔替那会儿料想会加入画押的弟兄们适当地标出了地方:单为斯库尔庇特一个人留了一大块空白,让他可以用清秀

---

① 拉丁文:法律名词,意思是"心理不健全"。

的书吏般的笔迹把他的亲笔签名写下来。汉狄把请愿书捧进房来,在那张小松木桌上摊开,这时正花言巧语、满心热切地站在一旁。穆迪拿着芬雷很周到地留下来的墨水匣跟在后边;斯普里格斯高举着一支墨水沾污了的旧钢笔,仿佛握着一柄宝剑似的。他不时企图把钢笔硬塞进斯库尔庇特那只不乐意接下的手里。

那位有才学的人的两个犹豫不决的帮手,威廉·盖舍和乔纳生·克伦普尔,正和他呆在一块儿。芬雷先生说过,要递请愿书,这会儿正是时候,所以这些人非常焦急,他们相信自己每年的一百镑,主要就要依靠当前的这份请愿书了。

"这个老傻瓜说,他能像有学问的人那样亲自签名,"贪婪的穆迪曾经向他的朋友汉狄嘟哝着说过,"咱们要是被这样一个傻瓜弄得拿不到这笔钱,那够多冤!"

"哟,约伯,"汉狄说,竭力想在自己的乖戾的、倒楣的脸上显出一丝赞赏的笑容,而实际上,他压根儿没能办到,"你原来已经预备好了啊,芬雷先生说来着。你瞧,就是这地方,"——他说着用褐色的大手指指到那张肮脏的纸上,——"签名或者画押,全都一样。来,朋友,要是那笔钱该是咱们的,那么越早越好——这是我的座右铭。"

"的确,"穆迪说,"咱们谁也年纪不小啦,咱们不能再等老'肠线'①了。"

这些歹徒就这样叫唤我们善良的朋友。他原可以很轻易地原谅他们给他起这个绰号的,但是里面暗暗提到他的声乐乐趣的神

---

① 肠线,大提琴琴弦是用马、羊等的肠搓成线后制的,院长爱拉提琴,所以他们这样唤他。

圣来源,这连他那样的人也会给激怒起来的。我们希望他永远不知道这个侮辱才好。

"想想看,老比莱·盖舍①,"斯普里格斯说,他年纪比弟兄们全轻得多,可是因为有一次喝醉了酒,摔进火里,所以一只眼给烧瞎了,一边脸蛋儿给烧通,一只胳膊也差点儿给烧断,因此,就容貌方面讲,他可不是最讨人喜欢的,"每年一百镑,尽着花。想想看,老比莱·盖舍。"他咧着牙可怕地笑笑,这一来把他遭到的不幸兜底儿显露出来了。

老比莱·盖舍对于人家的热忱一向麻木不仁。就连这样绝好的前途,也只能唤起他用受施人长袍的袖口去擦擦他的可怜的昏花老眼,一面轻声地嘟哝道,"我不知道,我不,我不知道。"

"可是,你是知道的,乔纳生。"斯普里格斯转身朝着斯库尔庇特的另一位朋友,继续说了下去。乔纳生·克伦普尔那会儿正坐在桌子旁边的一张凳子上,茫然地望着请愿书。他是个温厚、谦和的人,以前见过好日子,可是他的钱财都给不肖的子女胡花掉了,弄得他生活困苦,直到不久以前才给收进了养老院。从那天起,他无忧无虑,因此这个想使他心里充满新希望的企图,的确是一件残酷的行为。

"每年一百镑确实很不错,斯普里格斯老大哥,"他说,"我以前拿过将近这么多钱,可是那对我并没有什么好处。"他想到抢劫他的那些子女,不免低声叹了一口气。

"你又可以拿那么多啦,乔②,"汉狄说,"这一次找个人替你稳

---

①　即威廉·盖舍或比尔·盖舍,比莱、比尔都是威廉的爱称。
②　乔,乔纳生的爱称。

稳妥妥地保管起来。"

　　克伦普尔又叹了一口气——他已经知道世上的钱财是毫无用处的,要是不受到诱惑的话,那么他一天拿一先令六便士也就快快活活,心满意足了。

　　"来,斯库尔庇特,"汉狄烦躁起来,又说了一遍,"你总不打算跟着老邦斯走,帮那个牧师来剥削咱们大伙儿吧。拿起笔来,朋友,取得你自己应得的权利吧。嗜,"他看见斯库尔庇特仍旧犹疑不定,便又说道,"我认为,瞧见一个人对自己的事都不敢上劲,那他就是最最没出息的人了。"

　　"为牧师就把钱全扔掉吗,唔,"穆迪咆哮着,"那帮饿疯了的乞丐,他们没把一切抢光以前,从不会满足的!"

　　"谁会来伤害你,嗳?"斯普里格斯劝说着。"让他们恶狠狠地望着你。你既然进来啦,他们就没法叫你出去——不会的,老'肠线'即使有'小腿'帮忙,也办不到!"说来很抱歉,会吏长本人却给叫着这个暗示他的大脚丫的粗鄙名称。

　　"每年可以得到一百镑,自己又毫无损失,"汉狄说了下去,"嗳呀!嗜,一个人怎么会对这么一块到嘴的肥肉还怀疑不信呢①——但是有些人的确是胆小的——有些人生来就没有勇气——有些人一瞧见绅士的衣服和坎肩就害怕了。"

　　唉,哈定先生,当乔·墨特斯和这个忘恩负义的煽动人争着要进养老院的时候,您要是在那场争执里听从了会吏长的劝告,那够多么好啊!

－－－－－－－－－－－－

　　①　这么一块到嘴的肥肉,意译。原文是 such a bit of cheese as that passes me,直译是"这么一块来到我面前的乳酪"。

"怕一个牧师，"穆迪带着莫名轻蔑的神气咆哮着说，"我告诉你我怕什么——我只怕硬说软说，到头来从他们那儿还是什么也得不着——这是我对随便哪一个牧师都最害怕的事。"

"但是，"斯库尔庇特抱歉地说，"哈定先生可没有那么坏——他现在不是每天还多给咱们两便士吗？"

"每天两便士！"斯普里格斯轻蔑地嚷起来，把那只瞎眼的红窟窿睁得很大。

"每天两便士！"穆迪咒骂了一声，喃喃地说，"去他妈的两便士！"

"每天两便士！"汉狄嚷起来，"我还得拿着帽子为每天的两便士去谢谢那家伙，可是实在倒是他一年欠我一百镑。不，谢谢你，这你也许受得了，我可受不了。来啊，斯库尔庇特，你到底在不在这张纸上画押？"

斯库尔庇特犹疑不决、狼狈不堪地转过脸去看看他的两位朋友。"你觉得怎样，比尔·盖舍？"他说。

但是比尔·盖舍也想不出所以然来。他发出一种老羊叫的咩咩声，想表示他犹疑不决所感到的苦闷，跟着又嘟哝道，"我不知道。"

"拿过去，你这老瘸子，"汉狄说，把钢笔硬塞进可怜的比莱手里："这儿，这样——啊！你这老傻瓜，你涂得这么稀里糊涂——唉——行了——这跟签得最好的姓名一样有效。"于是一大滴墨水便给认为是表示比莱·盖舍默认了。

"现在，该你啦，乔纳生。"汉狄转向克伦普尔说。

"每年一百镑确实很不错，"克伦普尔又说上一遍，"嗐，斯库尔庇特老大哥，怎么样呢？"

"哦,随便你,"斯库尔庇特说,"随便你,随便你怎么样都合我的意。"

钢笔于是塞进了克伦普尔的手里。他涂了一个模糊的、欹斜的、毫无意义的记号,代表乔纳生·克伦普尔所能表达的承认和同意。

"来啊,约伯,"汉狄说,事情的成功使他平和下来,"别让人家说,老邦斯有一个你这样的人听他支使——一个在养老院里一向和邦斯一样神气的人,虽然你从来没像他那样给邀去喝酒、奉承、胡扯些有钱有势的人的话。"

斯库尔庇特握着钢笔,在空中略略挥动了几下,可是依旧迟疑不决。

"你要是听我的,"汉狄说了下去,"干脆别在上面签名,跟别人一样,也在上面画个押就得啦,"——斯库尔庇特额上的疑云开始散去——"我们大伙儿都知道,乐意的话,你是会签名的,不过也许你不乐意显得高人一等,你知道。"

"是呀,画个押最好,"斯库尔庇特说,"一个人签名,其余的人画押,看起来也不好,是吗?"

"真太不好啦,"汉狄说,"喏——喏。"于是这个有才学的"书吏"弯下身去,在请愿书上留给他签名的地方画了一个大十字。

"这对啦,"汉狄扬扬得意地把请愿书收进衣袋时说。"咱们大伙儿现在同舟共济啦,那就是说,咱们九个人。至于老邦斯和他的朋友们,他们或许会——"说来真巧,他刚一边撑着拐杖,一边握着手杖,一瘸一拐地走向门口时,竟然碰上了邦斯本人。

"唔,汉狄,老邦斯或许会怎么样?"那个头发花白的、正直的老人说。

汉狄嘟哝了一句,正打算走开,但是刚来的人的魁伟的身个儿却在门口堵住了他的去路。

"你在这儿没干好事,亚伯尔·汉狄,"他说,"这一看就明白。我想,你从来就没做过什么好事。"

"我可不去多管别人的事,邦斯大爷,"汉狄嗫嚅着说,"请你也别来管别人的事吧。我做的事跟你毫不相干——你到这儿来查看既没有好处,也没有坏处。"

"那么,我想,约伯,"邦斯继续说了下去,不理会他的对手,"如果非实说不可,你到底把名字附在他们的那个请愿书上啦。"

斯库尔庇特的样子仿佛羞得恨无地缝可钻。

"他签不签跟你什么相干?"汉狄说,"我想如果我们全想为自己请愿,我们并用不着先要你答应,邦斯先生,尽管你是个大人物。至于你趁约伯正忙的时候,不等人家请,就偷偷摸摸地跑进他的房间来——"

"我从小就认识约伯·斯库尔庇特,顶到现在六十年啦,"邦斯望着约伯·斯库尔庇特说,"那就是说,打他生下的那一天到现在。我认识他的亲娘,他妈和我小时候一块儿在那边教堂区里采雏菊,我跟他在一个屋子里住过十多年。因为这个,我用不着等他让,就可以走进他的房间来,而且也不是什么偷偷摸摸进来的。"

"你是可以这样,邦斯先生,"斯库尔庇特说,"你是可以这样,白天、夜晚,随便什么时候都可以。"

"而且我也可以随便把心里的话跟他直说,"邦斯眼睛望着这个老头儿,朝另一个继续说下去,"现在,我就告诉他,他糊里糊涂做了一件错事。他背叛了一个最好的朋友,被别人利用啦。别人不问他贫富、好歹、死活,压根儿就不管他。每年一百镑。你们这些个人难道这么笨，以为要是一年真有一百镑，是你们这样的人拿得到的吗？"他指着比莱·盖舍、斯普里格斯和克伦普尔。"咱们有谁做过什么值得拿这一半钱的事吗？全世界都不管咱们，咱们不能再挣钱糊口的时候，是给请进这儿来做绅士的吗？你们大伙儿凭你们的生活讲，不是和他一样有得花吗？"这位"演说家"指着院长住的那一边。"你们不是都称心如意了吗，嗯，而且比你们想要的还多？你们每人都乐意昧了良心①，去得到使你们这么忘恩负义的钱吗？"

"我们只要约翰·海拉姆留下来给我们的钱，"汉狄说，"我们只要按照法律该归我们的钱；我们指望点儿什么，压根儿没有关系。凭法律应当是我们的，就该给我们，我们无论如何总得要。"

"法律！"邦斯说，把他知道如何表示的轻蔑全表示出来了——"法律！你知道有哪个穷人靠了法律，或是靠了律师变好了吗？约伯·芬雷待你会像那个人待你这样吗？你不舒服的时候，他会照料你吗；你倒运的时候，他会安慰你吗？你——"

"不会，大哥，也不会在冻得发慌的冬天晚上给你葡萄酒喝！他不会这样，对吗？"汉狄问。他为自己的锋利的俏皮话哈哈大笑，然后拿着那会儿已经变得强有力的请愿书，跟同伴们一起去了。

这件事实在也无法挽回，邦斯先生只好退回自己的房间去，对人性的脆弱感到厌恶——约伯·斯库尔庇特搔搔脑袋——乔纳生·克伦普尔又说了一遍，"每年一百镑倒确实不错"——比莱·盖舍又揩揩眼睛，低声喃喃说道，"我可不知道。"

---

① 昧了良心，意译。原文是 give the dearest limb of his body，直译是"舍掉自己最好的一肢"。

第五章　格伦雷博士驾临养老院

　　虽然我们这位可怜的院长给自己的怀疑和踌躇扰得心神不安，他女婿那比较超逸的心胸里却没有这种弱点。坚强不屈的公鸡在准备格斗的时候，磨尖距铁，耸起羽毛，竖直鸡冠。会吏长和斗鸡一样，也毫不担心害怕地为未来的战斗安排武器。他的确深信，他支持的事情是十分公正的。有许多人也能够很勇敢地战斗，可是内心里却免不了有点儿怀疑。格伦雷博士可不是那样的人。他深信所有教会的收入都是绝对公正的，就和他相信《福音》①一般。当他尽心竭力来捍卫巴彻斯特目前的和未来的唱诗班领唱人的收入时，他是给一种保卫神圣事业的意识鼓舞着。这种意识就和给予一个非洲传教士勇气，或是使一个慈善姊妹会修女②能放弃世俗的享乐，走进医院病房的那种意识一样强烈。他准备保卫最神圣不可侵犯的地方，不让世俗人来妄加亵渎，把守教会的城堡，抵御最猖獗的敌人，披挂上最好的盔甲，应付最凶猛的战斗，并且，可能的话，为未来几代的教会长老们取得他的信条所赋予的种种安慰。这样的工作自然需要特殊的精力,所以会吏长精力特别旺盛。这样的工作需要旺盛的勇气和不惮劳苦的快乐心情,而会吏长倒确实是心情快乐、勇气陡增。

他知道在岳父的心胸里无法鼓起和自己同样的情绪来,但是这并不叫他多么烦心。他倒宁愿独个儿在这场战斗中一马当先,并且相信,院长会默然顺从地听凭他去指挥的。

"唔,贾德威克先生,"在前一章所说的请愿书签名画押后一两天,他走进总管的办公室这么说:"今儿早上,考克斯和克明有没有信来?"贾德威克先生递给他一封信。他一面看信,一面抚摸着右腿那紧裹着绑腿的腿肚。考克斯先生和克明先生信上只说,他们目前还没有接到对方的通知,不能提出什么初步的步骤,但是如果受施人认真采取任何行动,那么最好去请教一下那位鼎鼎有名的皇家法律顾问,亚伯拉罕·哈法萨德爵士③。

"我非常赞成他们俩的意见,"格伦雷博士把信折起来说。"我完全赞成他们的意见。哈法萨德无疑是最适当的人了,一个虔诚的国教信徒,一个坚定不移的保守党人,打各方面看,都是咱们所能找到的最适当的人——他又在议院里,这不是顶要紧的一层吗?"

贾德威克先生完全同意。

"你记得在贝弗利主教的收入那件事上,他多么彻底地把那个

---

① 《福音》(The Gospel),指《新约》中的《马太福音》、《马可福音》、《路加福音》和《约翰福音》。
② 慈善姊妹会修女(sister of mercy),从事看护及慈善工作的女修士。
③ 即检察长。在英国,检察长为皇室及政府的法律顾问,按惯例又是议会议员,政府大员,十九世纪以前还可以接受私人委托,执行律师业务。
哈法萨德(Haphazard),原字有"随便、任意"的意思。

无赖霍斯曼①制服下去。在伯爵的那件案子里,他多么彻底地治得他们都束手无策。"从圣克劳斯的问题给外界提出来以后,有一个贵族在博士的心目中成了最杰出的"伯爵"了。"他是怎样使得罗彻斯特的那家伙哑口无言的。咱们当然得找哈法萨德。我还得告诉你,贾德威克先生,咱们一定得留神,别失去时机,要不对方就会占先一着。"

博士尽管非常钦佩亚伯拉罕爵士②,却认为那位大人物似乎并不是不可能给引诱得用他的大力去帮助教会敌人的一方的。

博士把这问题称心如意地解决了以后,便踱到养老院去打听一下那里的事情到底怎么样了。他走过教堂区那片圣地的时候,抬头望望瞧见他走过时异常恭敬地呱呱叫着的乌鸦。这时,他愈来愈憎恶那帮胆敢冒犯大教堂各机构的优厚恩惠的叛教的人了。

谁没有同样的感觉呢?我们相信,倘若那些大改革家肯在月光下绕着我们一些古老的教堂的塔楼闲步一回,那么霍斯曼先生便会变得心平气和,而本杰明·霍尔爵士③的情绪也就会平定下去。如果我们在温切斯特④大教堂那幽静的长廊里闲逛,看着那些漂亮的房屋、那片整洁的草地,同时像人们必然感到的那样,感到那地方的肃穆而怡人的气氛,那时候谁会不敬爱一个牧师呢!

---

① 霍斯曼(Edward Horsman,1807—1876),英国政客,曾攻击约翰·拉塞尔勋爵的改革,认为对主教们过分有利。当时并没有一个贝弗利主教,特罗洛普可能是想到当时非国教派的一个小册子作家贝弗利,他在十九世纪三十年代提出了教会高级长老们的收入问题。

② 按英国习惯,称呼爵士(sir)时,只能单提名,或姓名并提,不可以单提姓。

③ 本杰明·霍尔爵士(Benjamin Hall),英国议会议员,曾积极主张改革教会。

④ 温切斯特(Winchester),英格兰汉普郡的一处大教堂镇。参看第 11 页注②。

如果我们在赫里福德的宁静的教堂区里漫步，一面承认那片圣地里的色调、风格、形式、肃穆的塔楼和彩绘的玻璃窗全非常调和，全尽善尽美，那时候谁会侮慢一个教长呢！谁能躺在索尔兹伯里修道院里晒太阳，望着犹埃尔①的书斋和那个绝无仅有的尖塔，而不感到主教们有时候原该多拿两个钱呢！

我们会吏长的心情谅必不会叫我们吃惊，这是教会权势几世纪来造成的结果。现在，虽然有些霉菌损毁了树木的外表，虽然有不少枯枝，但是我们不是还该为了许许多多好果实而感谢树木吗？谁能够狠心折断一棵这会儿虽已无用，可是，嗐！依旧那么美的老橡树的枯枝，或是把原始森林的残树清除掉，而不感到：它们过去曾经遮护过小树，现在为了让地方给小树，竟然给这么毫不容情地除开呢？

会吏长尽管很有德行，可不是个精细体谅的人。他在院长的客厅里问了早安之后，当着哈定小姐便毫无顾忌地攻击起"讨厌的"约翰·波尔德来，虽然他猜得一点儿不差，那位小姐对他敌人的姓名并不是淡焉漠焉的。

"娜儿②，亲爱的，到后房去把我的眼镜拿来。"她爸爸顾惜她的羞愧和心头的情绪，急忙这么说。

爱莉娜把眼镜拿来之后便避开了。那时候，她爸爸正用含含糊糊的言语竭力解释给那个过分着重实际的姐夫听，最好不要当着她面提起波尔德的事。他始终没有把波尔德和养老院的事向她提过，但是她凭着妇女的直觉，知道有什么事就要出岔子了。

---

① 犹埃尔（John Jewel, 1522—1571），曾任索尔兹伯里主教，著有《国教辩》（1562）等。
② 娜儿，爱莉娜的爱称。

"咱们不久非采取行动不可啦。"会吏长用一条色彩鲜艳的大手帕揩揩额头，开始说。他感到很忙碌，走得很快，而那天又是夏季一个酷热的日子。"您当然听说到那份请愿书了？"

哈定先生有点儿勉强地承认，他听说到了。

"怎么样？"——会吏长指望院长稍许表示一点儿意见，但是院长什么话也没有说，他于是继续说道——"您知道，咱们非采取某种行动不可啦，咱们不能坐着不动，听凭这帮人毁掉咱们。"会吏长是个讲求实际的人，在最亲密的亲友中，总用日常的、爽直的语言，虽然向低级教友们讲起教会事务的时候，没有人能像他那样大用起纵横捭阖、令人迷惑的辞藻。

院长仍旧默默无言地望着他的脸，用一个假想的提琴乐弓尽可能微微地拉了几下，同时又用另一只手的手指按捺住各条假想的琴弦。这是谈到什么令人烦心的话时，他的一成不变的安慰。当谈话使他非常烦恼的时候，他就拉得简短而迂缓，左手也就毫无动静，手拨的弦子有时候就深藏在音乐家的口袋里，他拉的乐器就放在椅子下边，但是等到他热中于这一话题时——等到他的深信不疑的心看透烦恼，看明白了解决的办法时——他常会演奏起比较超逸的旋律，用比较豪放的手拨弄着无形的丝弦，迅速地从脖子那儿弹起，沿着坎肩儿弹下去，然后又朝上弹到耳边，奏出一种绝美的令人神往的曲子，只有他自己和圣塞西丽亚①听见，而且对他自己也绝不是毫无效果的。

"我非常赞成考克斯和克明的意见，"会吏长说下去，"他们俩说咱们应该找亚伯拉罕·哈法萨德爵士。把这件事交到亚伯拉罕

---

① 圣塞西丽亚(St. Cecilia)，音乐的守护神，详见 25 页注②。

爵士的手里,那我可真高枕无忧了。"

院长奏起最迂缓、最悲伤的调子。那只不过是用一根丝弦奏的一支挽歌。

"我想亚伯拉罕爵士不久就会让波尔德大爷知道,他在干的是什么事啦。我想象我都听见亚伯拉罕爵士在高等民庭上质问他了。"

院长想到自己的收入给人这样谈论,他想到自己的朴实的生活、日常的习惯和安逸的工作,于是那一根丝弦发不出什么别的声音,只发出一阵低沉的悲鸣。"我想他们已经把请愿书送到我老人家那儿去啦。"院长也不知道,他猜想他们当天是会这么做的。

"我不明白的就是,您在这地方有这样的权力,或者可以说,有邦斯那样一个人,您应该挺有权力,怎么会让他们干起来的。我不明白您干吗让他们干起来。"

"干起什么来?"院长问。

"嘻,听波尔德那家伙和芬雷那个下流讼棍的话——还弄出这份请愿书来。您干吗不叫邦斯把请愿书毁掉呢?"

"那样并不见得聪明。"院长说。

"聪明——不错,他们要是自行火并,那就真聪明了。我想我这会儿非得上主教公馆里去答复它不可啦。我可以告诉您,他们得到的只是个很简短的答复。"

"但是,博士,他们为什么不可以请愿呢?"

"他们为什么不可以!"会吏长用洪亮的声音回答,仿佛希望养老院里所有的人都隔墙听见他说的话似的。"他们为什么不可以!我这就要让他们知道他们为什么不可以啦。还有,院长,我想向他们全体说几句话。"

院长不禁担心害怕起来，有一会儿甚至忘却了演奏。他压根儿不希望把院长的职权托付给他的女婿。他已经很明确地拿定了主意，不去干涉那些人对争执中的问题可能采取的任何步骤。他十分急切想做的是，既不去指责他们，也不去为自己辩护。然而，他知道这一切会吏长都会替他代劳的，而且做起来并不顶平和，可是他又不知道怎样拒绝会吏长的要求。

"我对这件事宁愿保持缄默。"他用抱歉的声音说。

"缄默！"会吏长依旧用洪亮的声音说，"您愿意在缄默中毁灭吗？"

"嘻，要是我该毁灭，那当然也愿意啦。"

"您真胡说啦，院长。我告诉您，非采取某种行动不可——咱们非得行动。让我打一下铃，传话给那帮人说，我要在方院子①里对他们说话。"

哈定先生不知道怎么拒绝是好，于是那个不愉快的命令便发出去了。方院子（它一向给人这样唤着）是一个四四方方的小院子，一面通到河滨，其他三面由哈定先生花园的高墙、哈定先生房子的一面人字形屋宇和受施人住宅那排房子的一头包围着。它四边铺了石板，中央铺着碎石块，石头小沟从方院子的四角通到中央一个格子盖那儿，一道有四个龙头的水管附设在哈定先生屋子的后边，上面遮得不透风雨，老头儿们就在那儿取水，平时清晨还在那儿盥洗。这是一个幽静、阴暗的地方，由院长花园里的树木荫覆着。向河的一面，有一排石凳。老头儿常坐在那儿，注视着河里往

---

① 方院子，原文为 quad，指被大建筑物遮住两三边的正方形或长方形院子。

来倏忽的小鱼。河对岸是一片肥沃、碧绿的草地,通到教长公馆,和它连成一片,跟教长的花园一样,一向也是人迹稀少的。因此养老院的方院子是再僻静不过的地方了。会吏长就决定在那儿把自己对老头们桀骜的举动的看法向他们表明一下。

仆人不久就进来禀报,说老头儿们已经在方院子里聚齐了,会吏长于是成竹在胸地站起身来去向他们说话。

“喂,院长,您当然也来啦。”他看见哈定先生不打算跟他一块儿走,便这么说。

“请你原谅,我不想去。”哈定先生说。

“看在老天爷面上,咱们自己‘阵营’里别先分裂吧,”会吏长回答说,“让咱们来加上一把劲儿,一大把劲儿,不过最要紧的是一块儿来加把劲儿。来,院长,来呀,别逃避您的责任啊。”

哈定先生很害怕,他怕自己被拖得做出什么不合本分的事来,然而他又不够坚强,无力拒绝,因此他站起身来跟着女婿去了。

老头儿们三个一群、五个一伙,聚在方院子里——他们只有十一个人,因为可怜的老约翰·拜尔染病在床,没有能来,不过他是汉狄最早的一个追随者,早在请愿书上画了押。的确,他不能离开病床。的确,除了养老院里的这些人外,他没有一个别的朋友,而养老院的人里,院长父女却是最忠实、最受到感激的。的确,他的虚弱的身体所能需要的一切,或是他的薄弱的胃口所能享受的一切,全都供给了他,但是想到每年有一百镑“专供自己用”(像亚伯尔·汉狄动听地所说的),他的滞钝的目光仍旧闪亮了片刻。可怜的老约翰·拜尔终于贪婪地在请愿书上画了押。

当这两个教士走来的时候,他们全把帽子脱下。汉狄脱得很慢,有点儿犹豫,但是他在斯库尔庇特房间里那么侮慢地提到的黑上衣和坎肩，竟然对他也有影响，他也把帽子脱下来了。邦斯走在别人头里，朝会吏长深深地鞠了一躬，同时敬爱地说，希望院长和爱莉娜小姐都很好，"还有博士夫人，"他转向会吏长，加了一句，"普勒姆斯特德的孩子们和您老。"说完之后，他也退到别人中去，跟其余的人一块儿在石凳上坐下。

　　会吏长站起来讲话的时候，在那个小方院子的当中站得笔直，看过去活脱就像竖立在那儿，作为卫道者适当化身的一座塑像。他的铲形帽既大且新、非常显眼，道道地地是一顶教士帽，和教友会①的阔边帽同样清楚地表明了他的职业。他的浓眉大目和丰唇厚颐表示出了教会的团结一致；宽阔的胸部，披覆着整洁的教袍，说明了教士阶级生活的优裕；一只手放在衣袋里，表示咱们国教对于它的世俗财产所保持的切实的控制；另一只手空着，准备行动，打算在需要的时候为保卫教会而战斗。在这些下边，匀称的裤子和整洁的黑绑腿那么突出地显露出亭匀的腿来，表示咱们教会的方正和外表的雍容大雅。

　　"唔，各位，"他摆好架子之后，开口说，"我想跟你们说几句话。你们的好朋友，这位院长，和我本人，以及主教大人——我就是代表他想向你们说几句话——全会感到很遗憾，真很遗憾，如果你们有任何正当原因来抱怨的话。你们方面的任何正当的抱怨原因，压根儿用不着你们呈递什么请愿书，会由院长、由主教，或是由我代表他立刻解决掉的。"说到这儿，演讲人停了片刻，指望有些低微的啧啧赞美声来表示最软弱的人已经开始退缩了，然而并没有这

---

　　① 教友会（The Quakers），基督教的一派，系英国人乔治·福克斯（George Fox，1624—1671）所创。

种啧啧声。连邦斯都紧抿着嘴坐在那儿,默不作声、很不满意。"压根儿用不着呈递什么请愿书,"他重复了一遍,"我听说你们呈递了一份请愿书给主教。"他停了停,等这些人回答。过了一会儿,汉狄鼓起勇气说:"是的,我们是递了一份。"

"你们呈递了一份请愿书给主教。据我听说,你们在里面表示,你们从海拉姆的产业里没有领到应得的全部款项。"听到这儿,大多数人都表示同意。"你们到底要求什么呢?有什么你们想要的在这儿没有得到呢?有什么——"

"每年一百镑。"老穆迪嘟哝着说,声音好像是从地底下传来的。

"每年一百镑!"卫道的会吏长①不由自主地喊出来,一只手捏成拳头,伸了出去,指责这些申请人的冒昧无礼,另一只手在裤子口袋里紧紧握住自己的零碎的半克朗②,因为那些半克朗很恰当地象征着教会的财富。"每年一百镑!嘻,各位,你们准是疯啦。你们还说到约翰·海拉姆的遗嘱!约翰·海拉姆替衰弱的老人、衰弱的老工人、不能工作的有病的老人、瘸子、瞎子、病得起不了床的人等等建造一所养老院的时候,你们想,他的意思是打算使这些人成为绅士吗?这些老头儿年轻的时候替自己和家里也许每天只挣两先令或是半克朗,你们认为约翰·海拉姆打算每年给这些光杆儿老头儿一百镑吗?不,各位,我来告诉你们约翰·海拉姆是什么意思:他的意思是说,十二个贫穷、衰老的工人,十二个不能再维持自己的生活、又没有朋友来维持他们生活的人,——这些人如

---

① 卫道的会吏长,原文为 The archdeacon militant,意即"代表卫道者的会吏长"。

② 半克朗(half-crown),英国银币,值英旧币两先令六便士。

果不由慈善机关加以保护,准会痛苦地饿死;他的意思是说,十二个这种人在贫穷困苦中应该到这儿来,临死之前,在这所养老院里得到庇护,得到饮食,还享有一点儿悠闲自在,以便最后升入天堂。这就是约翰·海拉姆的意思。你们没有看过约翰·海拉姆的遗嘱,我想劝你们这么做的那些歹人也未必看过。我可看过,我知道他的遗嘱是怎么说的。我告诉你们,这就是他的遗嘱,这就是他的用意。"

这十一个受施人鸦雀无声地坐着,静听会吏长讲说他所认为的指派给他们的地位。他们阴沉沉地瞪眼望着他的魁伟的身个儿,不过当时并没有用语言或是形迹表示出他这番话一准激起的愤怒和厌恶。

"现在,我来问你们,"他继续说下去,"你们认为你们比约翰·海拉姆打算供给你们的差势点儿了吗?你们没有得到庇护、饮食和悠闲自在吗?你们不是除了这些以外,还有许多别的吗?你们不是有种种能够享受到的恩惠吗?你们的饮食和住处不是比你们有造化进入这地方以前自己所能挣到的好一倍?口袋里的钱不也多十倍吗?现在,你们竟然呈递一份请愿书给主教,要求每年拿一百镑!我告诉你们是怎么回事,朋友们,你们上了当啦,给坏人利用啦,他们是为自己打算才这么做的。你们每年决不会比现在所拿的多拿一百便士。很可能,你们会拿得更少点儿。很可能,主教大人和你们的院长会做出点儿改变——"

"不,不,不,"哈定先生打断格伦雷博士的话说,他一直在痛苦不堪地听着女婿的激烈言论,"不,朋友们,我可不想作什么改变——至少在你们和我同呆在一块儿的时候,不会作出什么使你们比目前生活差点儿的改变。"

"愿上帝保佑您,哈定先生。"邦斯说。接着,好几个人全说,"愿上帝保佑您,哈定先生,愿上帝保佑您,长老,我们知道您一向是我们的朋友。"从说这些话的人数上看来,这种情绪似乎是普遍的。

会吏长话还没有说完便给打断了。他觉得在这场小小的骚动之后,他无法保持尊严再说下去,因此他领头回进花园,他的岳父紧跟在后面。

"哼,"他回进院长花园荫凉的地方后,说,"我想我对他们讲得很清楚。"他把额上的汗揩去,因为穿着一身厚实的黑教袍,在夏天晌午灼热的阳光下演讲,确实是够呛的活儿。

"是的,你说得很清楚。"院长用一种不以为然的音调回答。

"这最最要紧,"另一个说,他显然很自负,"这最最要紧。对付这种人,咱们非把话说得清清楚楚不可,要不他们不会明白你的意思。现在,我想他们明白我的意思啦——我想他们知道我是怎么个意思啦。"

院长表示同意。他的确认为他们已经彻底了解了会吏长所说的话。

"他们知道得很清楚,从咱们这儿可以指望得到点儿什么,他们知道咱们打算怎样对付他们的目无尊长的作风,他们知道,咱们不怕他们。这会儿,我要上贾德威克那儿去把我刚做的事告诉他,接下来我就到主教公馆去答复他们的那份请愿书。"

院长满怀心事——满得几乎憋不住了。要是他真憋不住——要是他肯把脑子里沸腾的思想倾吐出来,那他对于自己方才大不谓然地目睹的经过所表示的斥责,真会使会吏长大吃一惊的。可是种种不同的情绪使他默不作声,他眼下还不敢跟女婿意见不一——他甚至异常急于想避免跟教会里任何人有一丝决裂的痕迹,还非常害怕跟任何人在任何问题上公开争执。他的生活过去一直那么恬静,那么与世无争,早年的小麻烦只需要消极的坚忍,接下来的一帆风顺也从没有把任何实际的烦恼硬加到他头上——从没有使他跟任何人有什么不愉快的接触。他觉得他几乎愿意把随便什么施舍掉——比他知道应当施舍的还要多——来使自己避开这场暴风雨,他担心这场风雨就要来了。这场风雨非常迅猛,因此他的小河里恬静的流水都会给粗鲁的手搅扰得混浊不堪,他的幽静的小路都会成为战场,而这个仿佛是上帝赐给他的僻静的角落,也会受到侵扰和亵渎,甚至里面所有的人都会给弄得狼狈不堪、精神失常。

他没有钱来施舍,他从来就没有攒钱的习惯,但是如果他能够放弃掉一半的收入,悄悄地把密集在头上的乌云驱散——如果他能够这样在改革家和保守派之间,在可能做他女婿的波尔德和确实是他女婿的会吏长之间,把这件事和解下来,那他会多么心甘情愿、多么傻呵呵地自得其乐、多么快活迅速地永远把那一半钱放弃掉啊!

这种妥协绝不是出于什么深思熟虑,想保全剩下的一部分钱,因为哈定先生仍旧深信不疑,要是他乐意保持下去的话,他应当永远可以不受打搅地安享他所享有的一切的。不,他想那么做,纯粹是出于爱好恬静和害怕成为公众的谈话资料。他时常给感动得大起怜悯之心——起了那种为旁人的不幸事故悲伤的心情,不过他最怜悯的却是那个老主教。他凭着教会中的高职位支取的近乎荒唐的厚俸禄,已经成了那么多咒骂、那么公然诬蔑的话题。人们就不让那个可怜的八十来岁的教会中的克利萨斯①安安静静地升天——全世界都联合起来污蔑他、憎恨他。

他得忍受那样的命运吗？他的卑微的姓名会被人家传播开去，说是一个吞没穷人钱财的人，说是一个从指定救济老人和病人的从前的慈善事业里侵吞公款的人吗？他会受到报纸的侮辱，成为"压迫"的代用语，给唤作国教中典型的贪污人物吗？他内心这么真诚亲切地爱护那些老头儿，会有人说他抢劫了他们吗？他一小时一小时在那些挺拔的菩提树下面缓步走着，翻来覆去地想着这些懊丧的事。这时，他变得非常坚决，认为必须采取一个重大的步骤，把自己从遭到这么可怕的命运的危险中拯救出来。

同时，会吏长抱着志得意满的心情和沉着镇静的精神忙着做他的事。他跟贾德威克先生说了一两句话，接着，果然不出所料，他发现请愿书放在父亲的书斋里，于是写了一个简短的答复给那帮人，告诉他们没有什么弊病需要矫正，只应当对所受的大恩大惠表示感激。他看着主教签好字后，才上了四轮马车，回到普勒姆斯特德—埃皮斯柯派家里格伦雷太太身旁去了。

---

① 克利萨斯（Croesus），小亚细亚里狄亚的国王（在位期：公元前560—前546），以巨富著称，所以他的名字成了富翁的代名词。这里指吉尔福德伯爵，见第11页注②。

第六章　院长的茶会

哈定先生经过不少痛苦疑虑之后,只决定下了一件事。他决定无论如何不生气,不使这个问题成为他跟波尔德,或是跟受施人发生争执的原因。为了推行这个决议,他当天下午写了一封短信给波尔德先生,邀请他下星期某一天晚上来会会几位朋友,听点儿音乐。要不是因为他答应过爱莉娜要举行这次小聚会的话,在目前这种心情里,他多半无心来这样玩乐的,但是他已经答应过,所以只好写了请束。爱莉娜来和爸爸商量这件事的时候,相当高兴地听见他说,"哦,我方才正想到波尔德,所以我想亲自写信给他,不过他姐姐得由你来写。"

玛丽·波尔德比约翰年纪大,在我们这篇故事说到的时候,不过刚三十出头。她可不是个毫无动人之处的年轻姑娘,虽然一点儿也不美,最大的优点便是性情和善。她不很机灵,也不很活泼,似乎也没有弟弟那份儿精力,然而她却给一种高度的是非感支配着,她的性情是亲切可爱的,缺点比优点要少一些。凡是偶然会见玛丽·波尔德的人,都不很注意她,可是深知她的人全非常喜欢她,而他们认识她越久,就越喜欢她。爱莉娜·哈定是最喜欢她的一个人。虽然爱莉娜始终没有公然跟她谈过她弟弟,可是她们彼此都了解对方对他的情感。当两封请柬送进来的时候,姐弟俩正坐在一块儿。

"多新鲜,"玛丽说,"他们会送两份请柬来。嘿,哈定先生要是也时髦起来,世界可真要改变啦。"

她弟弟立刻明白这种"修好姿态"的性质和用意,但是要他在这件事上处之泰然比要哈定先生自自然然,还为难点儿。本来,要受害者宽大是比要压迫者宽大容易得多。约翰·波尔德觉得他无法去参加院长的茶会。他以前从没有像现在这么爱爱莉娜。当他的恋爱前面现出这么许多障碍的时候,他却从没有这么热烈地感觉到自己多么急切地想娶她做妻子。但是她父亲却仿佛正在亲自把这些障碍清除掉。话虽如此,他仍旧觉得不能再公然以朋友的身份上那所宅子去了。

他手里拿着柬帖,坐在那儿琢磨这些事的时候,他姐姐正等待着他作出决定。

"唔,"她说,"我想咱们得分别写封回信,咱们都说很乐意去。"

"你自然去啦,玛丽。"他说,她也欣然表示同意。"我可不能去,"他继续说,显得严肃、忧郁,"我心里真希望能去。"

"那为什么不能去呢,约翰?"她说。她还一点儿没有听说到,她兄弟打算加以革除的这个新发现的弊端——至少一点儿没有听说到把她兄弟的名字牵扯进去的这件事。

他坐着想了一会儿,然后决定最好把自己进行着的工作立即告诉他姐姐:他迟早总得说的。

"眼下我恐怕不能再以朋友的身份上哈定先生家里去了。"

"哟,约翰! 干吗不能去呢? 啊,你跟爱莉娜拌了嘴吗!"

"没有,那可没有,"他说,"我顶到这会儿从没有跟她拌过嘴。"

"那么是怎么回事,约翰?"她亲切、关心地望着他说,因为她很知道,他的心多么向往他说自己不能再踏进去的那所宅子。

"嗜,"他终于说了,"我已经承担下海拉姆养老院那十二个老头儿的那件事了。这当然使我跟哈定先生直接发生了冲突。我可能不得不反对他,干涉他的事情,也许还得损害他。"

玛丽凝神朝他望了好半晌,才开口回答,而所说的也只是问他,他打算替那些老头儿做点儿什么。

"嗜,说起来话长,我不知道能不能把事情跟你讲明白。约翰·海拉姆立下了一份遗嘱,把他的产业留作慈善事业用,专救济一些穷苦的老头儿,可是这些收入没有真帮到那些人,反而大部分进了院长和主教总管的腰包。"

"你是打算从哈定先生手里把他的那份钱给夺走吗?"

"我还不知道我打算怎么样。我的意思是想调查一下。我想瞧瞧谁有资格享受这项产业。我想,要是办得到的话,照顾着使巴彻斯特城里的穷苦人普遍得到该得的好处,因为根据遗嘱,他们事实上是遗产的承受人。总而言之,我是想把这件事给纠正一下,如果办得到的话。"

"你干吗要这么做,约翰?"

"你可以拿这句话去问随便什么别人,"他说,"照你这么说,那么谁都没有替这些穷苦人主持公道的义务了。咱们要是奉行这条原则,软弱的人就永远受不到庇护,不法的行为就永远没有人反对,而且也没有人去替穷人奋斗了!"波尔德说到这儿,便以自己的德行所唤起的热情来安慰自己。

"可是,你认识哈定先生这么多年,除了你以外,难道就没有别人来做这件事吗? 当然,约翰,作为朋友,作为一个年轻的朋友,比哈定先生又小这么多——"

"这完全是娘儿们的见解,玛丽。年纪跟这有什么关系? 别人也许借口说他年纪太大啦。至于跟哈定先生的交情,要是这件事是对的,那么绝不应该以私害公。因为我尊重哈定先生,为这我就应该丢开我对这些老头儿应负的责任吗? 再说,我应当扔掉一件良心告诉我是桩好事的工作,因为我舍不得失掉和他的私交吗?"

"还有爱莉娜呢,约翰?"他姐姐怯生生地望着兄弟的脸说。

"爱莉娜,那就是说哈定小姐,如果她认为适当——我是说,如果她爸爸——或者不如说,如果她——真的,或者说是他——如果他们觉得需要——可是现在用不着谈到爱莉娜·哈定,不过这句话我可要说,她要是真有我赞赏的那种心灵,那她就不会责备我去做我认为有责任做的事。"于是波尔德以罗马人的自慰来宽慰他自己①。

玛丽静坐了一会儿,后来她弟弟提醒她,请柬一定得回一下。她这才站起身,把书桌挪到面前,拿出纸笔,慢吞吞地写道:

> 星期二上午,帕肯汉姆别墅
>
> 亲爱的爱莉娜:
>
> 我——

她写到这儿便停住,望着她的兄弟。

---

① 古罗马人以诚实、守法著称,所以这么说。

"喂,玛丽,你干吗不写下去?"

"哦,约翰,"她说,"亲爱的约翰,请你把这件事再仔细考虑一下吧。"

"再仔细考虑一下什么?"他说。

"考虑一下养老院的这件事——哈定先生的这一切——你说的那些老头儿的一切。没有什么事请你——没有什么责任要你去反对你的最老的、最好的朋友。哦,约翰,想想爱莉娜。你要伤她的心的,也伤你自己的心。"

"胡扯啦,玛丽。哈定小姐的心跟你的一样安稳。"

"约翰,请你务必为了我,把这件事放下吧。你知道你多么爱她。"她说着走到他面前来,在地毯上跪下。"请你放下这件事吧。你要使你自己、使她和她爸爸伤心难受的,你会使咱们大伙儿都伤心难受。为了什么呢? 为了正义的梦想。你决不会使那十二个人比他们眼下更幸福点儿。"

"你不明白,亲爱的小姐。"他说,一面用手抹抹她的头发。

"我明白,约翰。我明白这是幻想——是你自己的梦想。我知道得很清楚,不可能有什么责任要你做这个疯狂的——这个自杀的事情。我知道你全心全意地爱爱莉娜·哈定。我现在告诉你,她也爱你。要是你眼前有一个明白的,一个确切的责任,我决不会吩咐你为了随便哪个女人的爱情而玩忽它,但是这个——嗳,在你做出什么事来使你和哈定先生非冲突不可之前,再细想想吧。"他没有回答,她跪在那儿,倚着他的膝盖,从他脸上的神情看来,她以为他会依从的。"无论如何,让我告诉他们你去参加这次茶会。无论如何,在你心里还疑惑不定的时候,千万别跟他们绝交。"说着,她站起身,打算照着她希望的那样把回信写好。

"我心里并没有疑惑不定，"他最后站起身来说，"我要是因为爱莉娜·哈定长得标致，现在就后退，那我从此就瞧不起自己了。我是爱她的，我非常乐意听她告诉我你刚才代表她说的那句话，可是我不能为了她便撤下我已经着手做的工作。我希望她往后能承认和尊重我的动机，但是目前，我不能以客人的身份上她父亲的家里去。"接着，巴彻斯特的布鲁特斯①走了出去，默想着自己的德行来加强自己的决心去了。

可怜的玛丽·波尔德坐下来，很伤心地写完了她的信，说她自己准来参加这次茶会，但是她兄弟却因事无法前来。我恐怕她并没像应有的那样，佩服她兄弟的卓越的自我牺牲美德。

茶会就像这种聚会惯常的那样举行了。有穿质地优良的绸衣服的胖老太太，有穿薄细布上衣的苗条的姑娘。老绅士背靠着空壁炉站在那儿，显得一点儿不像坐在自己家里安乐椅上那么舒服；年轻的绅士僵着脖子聚集在门口，还没有充分的勇气去进攻那些穿细布上衣的人儿②，那些人儿排成一个半圆形，严阵以待。院长竭力想鼓起一次冲锋，但是由于没有大将的韬略，结果竟然惨败。他女儿尽力去安慰她统率下的部队，她们吃下益神爽口的茶点口粮，耐心地期待着即将来临的战斗，但是爱莉娜自己却无心做这工作，她唯一乐意和他交锋的那个敌人并不在那儿，她和旁人都感到有点儿无聊。

会吏长的洪亮的声音清晰可闻，压倒了所有别人的声音。他

---

① 布鲁特斯（Marcus Junius Brutus，公元前85—前42），古罗马共和党首领，暗杀恺撒的主要人物。他是恺撒的好朋友，可是为了防止恺撒推翻共和政府，毅然把恺撒刺死。他还处死了自己的两个儿子，因为他们阴谋叛国。

② 指年轻的姑娘们。

过甚其词地向牧师弟兄们叙说教会遭到的危险，牛津都发生疯狂改革的可怕的谣言，以及惠斯顿博士的该死的邪说。

可是过了一会儿，娇柔的声音开始羞羞怯怯地响起来了。一向安放圆凳子和乐谱架的地方，有些轻微的活动。蜡烛插进了蜡台，大簿子①从隐秘的地方给拿了出来，当晚的节目开始了。

我们的朋友经常把那些小轸子②拧了又拧，才觉得拧对了；他拉出了多少嘈杂的声音，才取得了随后的和谐。爱莉娜和另一位宁芙③把细布衣服窸窸窣窣动了一番，弄出了多少皱痕，然后才在钢琴面前坐好。那个高个儿的阿波罗④紧靠着墙，把和他身个儿一般长的笛子高高地伸到了他的芳邻的头上。那个肥胖红润、身材矮小的低级驻堂牧师缩到一个小角落里，在那点儿空隙内以令人惊异的技巧校好了他所熟习的小提琴！

现在，石破天惊的声音来了：他们配合得天衣无缝，和谐流畅地演奏了下去——登山、下谷——一会儿愈过愈响，一会儿愈过愈低，一会儿响起来仿佛鼓起一场战斗，一会儿低下去仿佛为被杀戮的人们悲哀。从一切声音里，透过一切声音，超乎一切声音，都听见那只大提琴的旋律。呀，那些轸子那么拧了又拧，可不是毫无道理的——听呀，听呀！现在，那个最悲凉的乐器独自在诉说它的动人的故事了。小提琴、笛子、钢琴全静了下去，凛凛地听着它们弟兄的悲吟。那只不过是一刹那：在人们还没有来得及充分领略那些凄凉、低沉的音调之前，整个乐队又全力演奏起来了——踏板给

① 指乐谱而言。
② 指弦乐器的弦轴。
③ 宁芙（nymph），希腊神话中掌管山林、河流、海洋等的仙女。此处借指少女。
④ 阿波罗（Apollo），希腊神话中音乐、太阳等的守护神，相传为一美男子，此处借指青年小伙子。

踩了下去，二十只手指以无比的热情飞快地掠过低音乐键。阿波罗直吹得僵硬的颈巾变成了一条绳子，小牧师两只胳膊使劲地演奏着，直到他疲惫得闭起眼睛，倒靠在墙壁上。

　　在一切应当寂静无声，人们礼节上（即使不谈什么欣赏的话）应当倾听的时候，这是怎么回事呢——黑衣军团①怎么会在这时候离开了他们潜伏的地方，打起小仗来了？他们一个个溜向前来，怯生生地用小枪毫不准确地乱射。嗳呀，朋友们，不管敌人多么易受攻击，这样的努力是攻不下城池的。后来，一种比较厉害的大炮对准了目标，进攻才缓缓克奏微功，穿细布衣服的行列给冲破了，陷入了混乱，强大的椅子行列垮台了，战斗不再是在两阵对圆之间进行，而是个别战士拳来脚往地短兵相接②，就和从前光辉的日子里，战斗实在崇高可贵的时候一样。鏖战在角落里，在窗帘的掩护下，在门半遮着的沙发后面，在隐僻的窗前，以及在挂幔的遮覆下，你来我往地进行着。这些攻击全是致命的、你死我活的、无法医治的。

　　除了这个之外，另外还起了一场战斗，比这一场严肃认真。会吏长由一个臃肿肥胖的教区长协助着，正和两个牧师对垒，共同领略着短惠斯特③的种种危险和乐趣。他们一本正经地注意着洗好的牌，全神贯注地留神着还没有出现的王牌。他们猜忌地互相望着，多么焦急而精细地理着手里的牌啊！嗜，那个瘦博士为什么这么慢——他是个形容枯槁的人，生着凹下去的下巴和瘪下去的眼

---

① 黑衣军团，原文为 the black-coated corps，指穿着黑礼服的年轻小伙子们。
② 指跳舞而言。
③ 惠斯特（whist），一种四人玩的牌戏，和桥牌大同小异，分为长短两种，长惠斯特打满十分为一局，短惠斯特满五分为一局，三局中连赢两局即全胜。

睛,跟国教教会的富裕似乎不大相称!嗳呀,干吗这么慢呢,你这瘦博士?瞧,会吏长多么紧张,一语不发便把牌放在牌桌上,然后望着苍天,换句话说就是望着天花板,请求帮助。听,他怎样叹息啊!他把大拇指插在坎肩口袋里,仿佛表示,这种苦恼离结局还远着哩!搅乱瘦博士心情的那种希望,如果有希望的话,是多么渺茫的啊。他张张牌都很精细地放好,周密地估量着每一张无敌的爱司、受到保护的国王①,以及令人快慰的王后的价值。他研究着十一点和十点,计算他的每一组牌,然后根据整副牌再来估计他可以得多少分。最后,一张牌先打了出去,三张牌很快地也摊到了桌上。小博士又打了一张,他的配手目光炯炯地凝神注意着这一副。这样已经来过三副了——一连三副都是那两个牧师走运。这时,会吏长奋起应战,在第四次攻击中,他用一张微不足道的两点打垮了一张国王,打倒了王冠和王笏,使浓密的胡须和颦蹙的额头②伏到了牌桌上。

"这就像大卫打倒歌利亚③那样。"会吏长把四张牌推给他的配手说。接着,他打出一张王牌,随后又是一张,接下去是一张国王——再就是一张爱司——再就是一张受到保护的十点,这从瘦

---

① 受到保护的国王,原文是 guarded king,意为持牌人除国王外,还有一张同花的小牌,对方出爱司时,可以不牺牲国王。

② 国王(King)这张牌上画着一个国王,蓄着一把大胡子,蹙起额头,手持王笏,头戴王冠,所以这么说。

③ 大卫打倒歌利亚,《旧约·撒母耳记上》第十七章第四节以下:"非利士营中出来一个讨战的人,名叫歌利亚……身高六肘零一虎口,头戴铜盔,身穿铠甲,甲重五千舍客勒,腿上有铜护膝,两肩之中背负铜戟,枪杆粗如织布机轴,铁枪头重六百舍客勒。……大卫是犹大伯利恒的以法他人耶西的儿子。……他手中拿杖,又在溪中挑选了五块光滑石子……手中拿着甩石的机弦,就去迎那非利士人。……大卫用手从囊中掏出一块石子来,用机弦甩去,打中非利士人的额,石子进入额内,他就仆倒,面伏于地。"

博士手里把他剩下的唯一的柱石①——他珍藏着的王牌王后——
给逼出来了。

"怎么,没有第二张黑梅花②了吗?"会吏长对他的配手说。

"只有一张黑梅花。"肥胖的教区长从丹田里硬挣着喃喃地说
出来。他坐在那儿,脸红红的、闷声不响、细心观察、莫测高深,是
一个稳健而不够机灵的伙伴。

但是会吏长并不要多少黑梅花,一张也不要。他一口气把剩
下的牌全打出去,快得简直叫对方心慌意乱,接着把约莫四张牌推
给他们,作为他们应得的部分,把其余的推过桌面,递给那个红脸
的教区长。他喊了一声,"两副用普通牌,两副用大牌③,最后一副
决定了胜负。"在烛台下记下了三分④,把第二副牌发完之后,瘦博
士才计算出来他总共输去了多少。

这样,院长的茶会便举行过了。男男女女围围脖、扣鞋子,嘴
里连连地说他们玩得多么痛快。古登勒夫⑤太太,那个红脸的教
区长的妻子,紧握住院长的手,说她从来没有玩得这么乐。这显示
出来,她在世上一向待自己多么菲薄,因为那一晚,她始终坐在一
张椅子上,无事可做,既没有跟人说话,也没有人跟她说话。玛蒂

①　柱石,原文为 tower of strength。莎士比亚剧本《理查三世》第五幕第三场:
The king's name is a tower of strength(王上的威名便是柱石)。
②　黑梅花,西洋纸牌有五十二张,分为四组,一组为心牌(hearts),一组为棒牌
(clubs),一组为钻石牌(diamond),一组为铁锹牌(spades),棒牌俗称黑
梅花。
③　大牌,原文为 honours。惠斯特牌戏中,爱司、国王、王后和十一点为
honours。
④　三分,原文为 treble。惠斯特牌戏中,如果以五比零的比数赢得一牌,即得
三分,称为 treble。
⑤　古登勒夫(Goodenough),原字有"够好的"之意。

尔姐·约翰逊让在银行里工作的小狄克逊替她把斗篷披上、扣好的时候，心里想到，每年拿两百镑，还有一所小房子，真也够幸福的。再说，他将来有一天准可以做到经理。阿波罗把笛子包好收进口袋里时，觉得自己表演得非常出色。会吏长兴致勃勃地把赢来的钱弄得叮叮当当，可是瘦博士却悄悄地辞去，一路上不断地嘀咕道："三十三分！""三十三分！"

这样，他们全离去了，只剩下哈定先生和他的女儿。

爱莉娜·哈定和玛丽·波尔德之间的谈话原用不着絮叨。历史学家和小说家都没有听见他们的男女主人公所说的一切，这可真是令人感激不尽的，否则写上三卷、二十卷怎么会够呢！照目前的情形论，这种话我听到的非常少，所以我希望在三百页内写完我的作品，做好这件愉快的工作———一部只有一卷的小说①。且说，她们俩说了一些话。在院长吹灭蜡烛，把乐器放进匣子的时候，他女儿忧伤、沉思地站在空壁炉前面，决心要跟爸爸谈一下，可是又决不定说什么是好。

"唔，爱莉娜，"她爸爸说，"你还不去睡觉吗？"

"是的，"她动了动，说，"我这就要去睡啦，不过爸爸——波尔德先生今儿晚上没有来，您知道他干吗不来吗？"

"我邀了他，我自己写信给他的。"院长说。

"但是您知道他干吗不来吗，爸爸？"

"咳，爱莉娜，我猜得出，不过净猜这种事太没有意思啦，孩子。

---

① 十八、十九世纪时，英国小说家的作品往往篇幅很长，一写总是好几卷，如理查逊（Samuel Richardson，1689—1761）的《克莱里萨》（*Clarissa Harlowe*）有八卷，菲尔丁（Henry Fielding，1707—1754）的《约瑟夫·安得鲁斯的经历》（*The History of the Adventures of Joseph Andrews*）有四卷，狄更斯（Charles Dickens，1812—1870）的《双城记》（*A Tale of Two Cities*）有三卷。

你干吗为这件事这么认真呢?"

"哦,爸爸,告诉我吧,"她大声说,一面张开胳膊搂着他,紧盯着他的脸,"他打算做什么事? 到底是怎么回事? 有没有什么——什么——什么——"她简直不知道用什么字眼是好——"什么危险?"

"危险,孩子,什么样的危险?"

"对您的危险,出乱子的危险,损失的危险,还有——。哦,爸爸,您干吗先前不把这些告诉我呢?"

哈定先生不是一个待人极严厉的人,更不是一个待女儿严厉的人,况且他这时候活在世上最心爱的就是这个女儿,但是这会儿,他还是把她估量错了。他知道她爱约翰·波尔德,他完全同意她的爱情。一天天,他愈来愈把这件事放在心上,以慈父的怜惜竭力琢磨,怎样才可以把这件事安排好,使他和波尔德之间可能发生的争执不至于牺牲女儿的感情。这会儿,当她第一次跟他谈起这问题的时候,他自然想到她那方面比想到自己这方面要多点儿,他自然会以为她心里烦恼的是她自己的心事,而不是因为他了。

在她抬眼望着他脸的时候,他面对着她默然站了一会儿,然后吻了一下她的额角,让她在沙发上坐下。

"告诉我,娜儿,"他说(他只在心情最和蔼、最慈祥、最平静的时候才唤她娜儿,可是他的心情一向是慈祥平静的),"告诉我,娜儿,你喜欢波尔德先生吗——很喜欢吗?"

这句话问得她大吃一惊。我可不是说,她在想到约翰·波尔德,以及在跟玛丽谈话的时候,当真忘却了自己,忘却了自己的恋爱:她的确没有忘掉。她想着很难受,她心眼儿里不得不承认爱慕的人,为他的眷顾她曾经那么得意的人,那样一个人,竟然会反对她父亲,要毁掉他。她觉得自己的虚荣心受到了损害,他对她的爱情竟然没能阻止他采取这样一个步骤。如果他当真爱她,他决不会冒着失去她爱情的危险来做这样一件粗暴的事的。但是她最感到忧虑的,还是为她爸爸。当她说到危险的时候,她指的是对他的危险,而不是对自己的。

这句话问得完全出乎她意料之外:"我喜欢他吗,爸爸?"

"是的,娜儿,你喜欢他吗? 你为什么不该喜欢他呢? 不过这两个字还嫌不恰当——你爱他吗?"她一动不动地坐在他怀里,没有回答他的话。她的确没有准备公然承认自己爱他,只打算像原先想好的那样亲自骂约翰·波尔德一顿,还听她爸爸也骂上他一顿。"唉,亲爱的,"他说,"咱们把心里的话全说出来吧:你把你自己的事告诉我,我也把我和养老院的事全告诉你。"

接着,他不等她回答,便竭力把他们指控海拉姆的遗嘱执行不当的经过,老头儿们提出的要求,他认为自己处境的优点和弱点,波尔德所采取的步骤,以及他猜想波尔德将要采取的步骤,一口气全说给她听。接下去,他没有多问,便逐步就爱莉娜的爱情作出了一些推测,把这场恋爱说成是一种他毫无反对理由的感情。他替波尔德解释,原谅了他所做的事,不,称赞了他的干劲和用心,夸奖了他的好品质,再三再四地说他是个无可褒贬的人。随后,他提醒女儿时间已经多么晚,还说了许多他自己都无法相信的话来安慰她,两眼闪烁、充满情感,把她送进了她的卧房。

第二天早晨,哈定先生和女儿同进早餐的时候,他们没有再谈论这件事。事实上,他们俩好多天都没有再提到这问题。在茶会后不久,玛丽·波尔德到养老院来过一次,可是当时,客厅里有不少人,因此她没有提到她的兄弟。第二天,约翰·波尔德在教堂区的一条幽静、阴暗、绿树成荫的小径上遇见了哈定小姐。他非常急于想看见她，可是又不愿意到院长的家里去，所以存心在她一个人常走的地方来等着她。

"我姊姊告诉我，"他急促地把预先想好的话一下子全说了出来，"我姐姐告诉我，你们那天晚上的茶会挺热闹。很可惜我没有能来。"

"我们也觉得很可惜。"爱莉娜庄重安详地说。

"我想，哈定小姐，您明白目前为什么——"波尔德说到一半踌躇起来，支支吾吾地停住，然后又开始解释，一下又停住了。

爱莉娜一点儿也不愿意给他帮忙。

"我想，我姐姐已经向您解释过了吧，哈定小姐？"

"您用不着解释，波尔德先生，我想我父亲是永远乐意见您的，只要您乐意和以前一样上我们家来的话。没有什么事改变了他的感情，至于您的见解，那您自己当然知道得再清楚也没有了。"

"您父亲非常宽厚、非常和蔼，他一向是这样，可是您，哈定小姐，您——我希望您不会太见怪，因为——"

"波尔德先生，"她说，"我可以老实对您说一件事：我永远认为我父亲是对的，凡是反对他的人，我都认为不对。要是不认识他的人来反对他，我会很宽大地认为他们的错误是因为认识不清，但是如果那些应该知道他、敬爱他的人来攻击他，那我可不得不另抱一种看法了。"说完，她深深地行了个礼①，昂然朝前走去，撇下她的情人怏怏地呆在那儿。

---

① 行了个礼，原文为 curtsey，西洋妇女把左腿退后，微微一哈腰所行的一种敬礼。

第七章 朱 庇 特

虽然爱莉娜·哈定昂然地从约翰·波尔德的身旁走开,可是我们绝不要以为她内心里是和她的举动一样扬扬自得。第一,她自然不乐意失去她的情人;第二,她并不像她假装的那样,十分肯定地认为自己是对的。她父亲告诉过她,一再告诉过她,波尔德并没有做什么不公正或是不厚道的事,那么,在她觉得自己这么舍不了他的时候,为什么要责骂他,扔开他呢?——但是人情,尤其是姑娘们的心情,就是这么回事。她在教堂区绿叶荫覆的榆树下从他身旁走开的时候,她的神情、声音,以及身体的一切动作和姿态,全和内心矛盾不一。她随便怎样都愿意握住他的手,跟他理论,连哄带骗地劝说他丢开他的计划,总之,用女性的一切武器去征服他,牺牲自己来搭救父亲,但是自尊心不容她那么做。她没有露出一丝恋恋的神色,或是说一句温柔的话,便离开了他。

波尔德要是判断另外一个男人和另外一个女人,也许会像我们一样明白这一切的,可是在恋爱的事情上,人们对自己的事反而看不清楚。他们说，性情懦弱的人绝娶不到俏丽的女人，可是我很奇怪，男人的性情往往非常懦弱，那么俏丽的女人是怎样赢得的呢！要不是因为她们性情温柔，看出我们缺乏勇气，偶尔还从坚固的堡垒里走出来，帮助我们击败她们自己的话，那么她们常常就会不被征服（即使不是毫无创伤的话），安然逸去，心里即使没有自由，身体至少总是自由的。

可怜的波尔德垂头丧气地悄悄离去。他觉得就爱莉娜·哈定讲，他已经毫无希望了，除非他可以同意放弃一件他保证去做的工作，但是说真的，要他放弃倒也不是很容易的。律师已经请好了，并且这问题多少已经引起了公众的注意。再说，像爱莉娜·哈定这样一个心地高傲的姑娘，怎么能爱慕一个不把自己所负的责任当回事的人哩！她会容许她的爱情在牺牲他的自尊心的代价下赢得吗！

至于改革养老院的争端，顶到那会儿，波尔德对自己的成功没有什么不满的地方。巴彻斯特为这件事闹得满城风雨。主教、会吏长、院长、总管和教会的几位其他的朋友天天都在开会，商讨他们的战略，准备迎接这次总攻击。他们已经去请教了亚伯拉罕·哈法萨德爵士，但是还没有得到他的回示：好多份海拉姆的遗嘱、院长的细账、租约、总账，以及一切可以抄录的和某些不能抄录的文件的副本全送交给了他，这场官司的规模可真够大的。不过最重要的是，《朱庇特日报》①也提到了它。新闻界的那份强有力的

---

① 《朱庇特日报》(The Jupiter)，作者暗指伦敦的《泰晤士报》。朱庇特为古罗马的主神，相当于希腊的宙斯神。他用霹雳惩罚罪犯，又被称作雷神、雨神、电神、暴风雨神，因为他有权支配雷电风雨。罗马人认为他坐在王位上时，一手掌握霹雳，一手抓着丝柏制成的王笏。
　伦敦的《泰晤士报》初创于一七八五年，原名《世界日报》(Daily Universal Register)，一七八八年，改名《泰晤士报》。到十九世纪的三十年代，它的一位写稿人史特林上尉（Captain Sterling）撰文，强有力地支持庇尔（Sir Robert Peel，1788—1850）的保守党政府，替《泰晤士报》赢得了"雷神"的称号。所以作者用"朱庇特"隐射《泰晤士报》。

报纸在一篇攻击圣克劳斯的重要文章里,这样写道:

> 另一件事,规模的确较小,但含意却相仿佛,大概即将受到外界的注意。我们获悉,附属于巴彻斯特大教堂的一所古老的养老院的院长或是主管人,支取了创办人遗嘱中规定给他的年俸的二十五倍,而每年纯粹用在救济用途上的钱数却始终固定不变。换句话说,在过去四百年里,这笔财产虽然逐渐增值,可是创办人遗嘱下的承受人却没有从增值中受到利益,增加的钱都由所谓院长侵吞干没了。我们简直想象不出有什么比这更不公平的事情。单说大约有六个、九个或是十二个老人得到了他们在世上所需要的那些东西,并不是一个答复。院长什么事不做,他凭什么道德的、神圣的、传统的或是法律的理由应该拿这笔大收入呢?这些受施人的满足,如果他们满足的话,并不能给他权利来享受这笔财产!当他伸出教士的手掌来领取十二三个做工作的教士的俸禄时,他有没有扪心自问,他凭什么劳绩该受这样的报酬呢?他的良心有没有怀疑过自己对这种津贴的权利呢?还是,他心里竟然从来没有这样想到过这个问题?他已经领了好多年,并且,如果上帝保佑他的话,还打算永远继续领取昔日热心敬神的果实,根本不问自己是否有此权利,或是别人是否受到损害!我们必须说,只有在国教教会里,只有在国教教士中,才可以见到这种漠视道义的情形。

目前,我不得不让读者自去想象,哈定先生看了上面这篇文章后的心情。据人家说,《朱庇特》每天销四万份,每份至少有五个人看。那么就有二十万读者会知道对他的这项指控了。二十万人心里都会为这件恼人的不讲道义的行为,为巴彻斯特养老院院长的无耻的抢劫，义愤填膺了！他怎样答复这个呢？他怎样开诚布公地向这一群人，向这二十万人，向国内受教育的、有修养的、文雅高尚的人吐诉衷情呢？怎样向他们说明他不是强盗，不是一个贪鄙的、懒惰的、见利忘义的教士，而是一个谦逊的、恭顺的人，无心地拿了无心地给予他的俸禄呢？

"写封信给《朱庇特》。"主教提议。

"噢，"会吏长说，他比他爸爸世故得多，"噢，再给他们揶揄得透不过气来吗，再给他们翻来覆去、来来回回地嘲弄，像只老练的猭狗①嘴里的老鼠一样吗？您在答复里也许会漏掉一个字母，或是一个字，于是他们就要一讲再讲，说大教堂的牧师没有学识了。您也许会犯上一个小错误，说一句不确实的话，或是承认什么事情，那反而是自己谴责自己。您也许会发觉自己粗鄙、急躁、不恭敬、没有修养，这十之八九是可能的，但是您既然是牧师，那您就犯了亵渎神灵的罪！一个人可以有最好的理由，最大的才干和最文静的性情，他可以写得和阿狄生②文笔一样优美，和朱尼厄斯③一样有力，可是就算有这一切，受到《朱庇特》攻击的时候，他还是没法好好地答复。《朱庇特》在这种事情上是具有无上权威的。它在英国的势力相当于俄国的沙皇，或是美国的暴民。答复这样一篇文

---

① 猭狗(terrier)，一种机灵而勇敢的小猎狗。

② 阿狄生(Joseph Addison，1672—1719)，英国名散文家，文笔幽默、风趣，体裁典雅、流畅，曾和斯蒂尔(Richard Steele，1672—1728)共同创办《旁观者》(The Spectator)。

③ 朱尼厄斯(Junius)，一七六九年一月至一七七二年一月，《伦敦公告》(Public Adver. tiser)上刊载的七十封信的作者。这位作者在这期间一直用着"朱尼厄斯"这一笔名，后来几经考查都无法查出他的真名实姓，有人认为是伯克(Edmund Burke，1729—1797)，有人认为是华尔坡尔(Horace Walpole，1717—1797)，也有人认为是庇特(William Pitt，1708—1778)。他的文体遒劲有力、雄浑瑰丽，极尽讥讽之能事。

章！不，院长，什么事都可以做，就是别做这件事。咱们该料到有这种事情，您知道，可是咱们不必多余地去把这种事情招到头上来。"

《朱庇特》上的这篇文章虽然给我们这位可怜的院长带来莫大的烦恼，可是对于对方的某些人，却是一场巨大的胜利。波尔德看到哈定先生受人这样直接攻击尽管有点儿抱歉，然而发觉自己维护的事情由这样一个坚强有力的支持者出面赞助，还是感到非常高兴的。至于那个法律代理人芬雷，那更是欣喜若狂了。怎么！跟《朱庇特》站在一面来伸张正义，由《朱庇特》来附议、促进并争取实现他所提出的意见，这够多么光彩！也许，他自己的名字会给提出来，说是代表巴彻斯特贫民奋斗而获得极大成就的法学家！也许，他会受到下议院许多委员会的质询，一天不知拿上多少钱来做他个人的开支——也许，他会为这场官司受聘许多年！总而言之，《朱庇特》的这篇社论在芬雷海阔天空的思想里所引起的光辉灿烂的美梦，简直是无穷无尽的。

再说那些老受施人，他们也听说到这篇文章，模糊不清地知道了点儿这时候出面来赞助他们要求的这个了不起的支持者。亚伯尔·汉狄一拐一拐地从这间房走到那间房，一遍又一遍地把他对于报上的文章所了解的一切全说出来，自己还增添了一些他认为应当增添的话。他告诉他们，《朱庇特》说，他们的院长简直跟强盗一样，而《朱庇特》所说的话，全世界都承认是正确的。《朱庇特》认为他们每人——"咱们每一个人，乔纳生·克伦普尔，想想看这个！"——明明白白地每年应该拿一百镑。如果《朱庇特》这么说，那就比大法官①的判决还来

---

① 大法官（Lord Chancellor），英国等级最高的法官，内阁阁员，主持上议院的辩论，与政府同进退，又是最高法院（Court of Appeal）院长，有权委派各级法官。

得有效。接着,他拿了芬雷先生送来的那份报纸四处走动。虽然他们谁也看不明白,可是凭着和那份报纸的接触,凭着那份报纸的外表,他们就觉得他们听说到的话得到了证实。乔纳生·克伦普尔反复想着他失而复得的财富;约伯·斯库尔庇特看出来,自己在请愿书上签名够多么对,并且自个儿这么说了好几十遍;斯普里格斯用他的一只眼睛吓人地瞟着;穆迪因为最接近未来的黄金时代①,所以特别痛恨那些依旧占有他那么垂涎的财产的人。就连比莱·盖舍和可怜的卧病在床的拜尔都变得兴奋不安,只有大邦斯蹙起眉头、站在一边,他满怀悲伤,因为他看出来,不幸的日子就要来了。

巴彻斯特教会当局②在会吏长的提议下,决定不写什么抗议、解释,或是答辩给《朱庇特》的编辑,不过,顶到这时候,这是他们作出的唯一决定。

亚伯拉罕·哈法萨德爵士那会儿正专心致志地忙着在拟定一个羞辱罗马教徒③的法案。这个法案将叫作《修道院保管法案》。它的大意是,使任何五十岁以上的基督教教士可以搜查任何他疑心身上带有不轨的文件,或是耶稣会④信经的女修士。因为法案共有一百三十七条,每一条各有一个使罗马教徒烦恼的地方,又因为大家知道有五十个狂热的爱尔兰人⑤将对这个法案寸步不失地

---

① 指死而言。
② 教会当局,原文为 conclave,指天主教选举教皇的红衣主教团,此处借指教会的枢要人员。
③ 对天主教徒的卑称。
④ 耶稣会(The Jesuits):天主教的一派,系西班牙人洛约拉(Ignatius Loyola,1491—l556)于一五三四年所创,十八、十九世纪时,英国曾严加取缔,违者概处极刑。
⑤ 一八〇〇年英国通过《联合法令》(Act of Union),使爱尔兰和英国联合起来,爱尔兰人在上议院有三十二个议席,下议院有一百个议席。
爱尔兰人多信奉天主教,仅北部为新教的势力范围。

进行斗争,所以法案应有的结构和适当的措辞花费去亚伯拉罕爵士不少时间。这个法案倒确实取得了希望的效果。当然,它始终没有成为法律,可是它完全冲散了爱尔兰议员们的队伍。他们原本联合起来竭力压迫政府通过一个法案,强制所有男人喝爱尔兰威士忌,所有女人穿爱尔兰毛葛。这个法案一来,使"毛葛和威士忌大联盟"在这一届会期的其余时间里完全不足为害了。

因此,亚伯拉罕爵士的意见一时没有能送来,而巴彻斯特人们的不安、期望和痛苦却一直保持在高潮里。

第八章　普勒姆斯特德—埃皮斯柯派

现在,我们得请读者去访问一下普勒姆斯特德—埃皮斯柯派教区长的公馆。因为这会儿还是清晨,所以请读者跟我们一块儿同登会吏长的卧室。公馆里的女主人正在盥洗梳妆。我们不必拿凡俗的眼光去盯着那个看,我们朝前走进里面一间小房去,博士就在那儿更换衣服、存放靴子和讲道集。我们在那儿站住脚,预先声明,那房间的门是大开着的,因此我们的可敬的亚当和他尊重的夏娃①可以互相谈话。

"都是你的不是,会吏长,"夏娃说,"我开头就告诉你,结果会怎样。爸爸不责怪别人,单责怪你。"

"啊呀,亲爱的,"博士出现在他的更衣室门口说,脸和脑袋都给他使劲擦着的粗毛巾裹住,"你怎么可以这么说?我正在尽我最大的力量。"

"我希望你少尽点儿力倒好,"他太太打断他的话说,"你要是让约翰·波尔德上那儿来来往往,听他和爸爸高兴,那他和爱莉娜这会儿早就结婚了,咱们就绝不会听到这档子事啦。"

"可是,亲爱的——"

"哦,满不错,会吏长。当然你是对的,我知道你绝不会自己认错,可是事实上,你是惹恼了那个年轻人,惹得他来攻击爸爸。"

"但是,太太——"

"都因为你不乐意让约翰·波尔德做你的连襟。爱莉娜哪儿能找到个更好的人呢?爸爸一个大子儿也没有,爱莉娜尽管挺好,可是压根儿没有什么妩媚动人的地方。我的确不知道她哪儿能嫁个比约翰·波尔德更好的人,或是,说真的,跟他一样好的人。"焦急的姐姐补上一句,一面把最后一根鞋带最后拧了一下。

格伦雷博士深深地感到这种攻击很不公平,但是他能说什么呢?他的确激怒了约翰·波尔德,他的确反对他做自己的连襟。几个月以前,想到这件事,他就生气,可是现在,事情却改变了。约翰·波尔德显出了他的力量。尽管会吏长依然很讨厌他,可是力量总是受人尊敬的,所以这位大长老开始想到,结上这样一个亲戚也许不算轻率了。话虽如此,他的座右铭仍旧是:"誓不屈服",他还要一决雌雄。他深信牛津,深信主教团②,深信亚伯拉罕·哈法萨德爵士,深信自己,只有单和太太呆在一块儿的时候,失败的疑虑才搅扰着他。他再一次想把这种信心传达给格伦雷太太,于是第二十次告诉她亚伯拉罕爵士的能耐。

"哦,亚伯拉罕爵士!"她说,一面在下楼之前把屋里的钥匙全放进她的篮里去,"亚伯拉罕爵士不能给爱莉娜找个丈夫,等爸爸

① 可敬的亚当和他尊重的夏娃,《圣经》认为亚当和夏娃是人类的父母,此处借亚当指会吏长,夏娃指会吏长太太。

② 主教团(The bench of bishops),根据英国宪法,国教教会在上议院占有二十六个席位,由坎特伯雷大主教、约克大主教、伦敦主教和其他二十三个主教代表出席,合称主教团。

给排挤出养老院之后,亚伯拉罕爵士也不能给爸爸另找一份收入。听我告诉你,会吏长,你跟亚伯拉罕爵士一块儿和人家打官司的时候,爸爸就已经把他的职位丢掉了,那么你把他和爱莉娜怎么办?再说,谁来付亚伯拉罕爵士的诉讼费呢?我想他不会接下这件案子来白当差吧?"说着,女主人走下楼去跟子女和仆人一块儿做早祷去了。她可地地道道是一位典型的精明的贤内助。

格伦雷博士福气很好,儿女成群。三个大的是男孩,那会儿正从学校回家来过暑假。大的叫查尔斯·詹姆斯,二的叫亨利,三的叫塞缪尔①。两个小的(一共有五个)是女儿:大的叫佛洛林姐,用的是约克大主教②的夫人的名字,因为她是她的教女③,小的叫格里珊儿,用的是坎特伯雷大主教的一位妹妹的名字。男孩儿们全很聪明,将来大概可以应付得了世上的种种烦恼和磨难,然而他们的性情各不相同,各有各的个性,在博士的朋友中,也各有各的人缘。

查尔斯·詹姆斯是个谨慎、方正的孩子,一向为人深沉,他很知道别人对巴彻斯特会吏长的长子抱着什么样的希望,因此时刻留神,不肯随便跟别的孩子混在一起。他可没有弟弟们那么大的

① 查尔斯·詹姆斯、亨利和塞缪尔,是特罗洛普对当时三位显赫的主教所作的讽刺性人物素描。这三位主教是:伦敦主教查尔斯·詹姆斯·布洛姆菲尔德(Charles James Blomfield, 1787—1857)、埃克塞特主教亨利·菲尔波茨(Henry Phillpotts, 1778—1860)和牛津主教塞缪尔·威尔伯福斯(Samuel Wilberforce, 1805—1873)。
② 约克大主教(The Archbishop of York),英国国教由两个大主教主持教务,坎特伯雷大主教(The Archbishop of Canterbury)和约克大主教。坎特伯雷大主教地位较尊。
③ 教女(godchild),按国教教规,婴孩诞生后,举行洗礼时,必须有教父教母,男孩两位教父一位教母,女孩两位教母一位教父,负责孩子的宗教教育,俟孩子长大,行过坚振礼(confirmation)后,他们的义务才算完毕。

才干,然而他的识见和举止的得体,却胜过了他们。他的缺点,如果他有缺点的话,就是过分注意语言,而不注意事实。他有点儿过于爱耍手腕,而且就连他爸爸有时候都对他说,他太喜欢妥协啦。

二儿子是会吏长最喜欢的。说真的,亨利的确是个绝顶聪明的孩子。他的多才多艺实在令人惊异。到普勒姆斯特德—埃皮斯柯派来的客人,如果指名要见见他的话,常常给他用在显然最不相同的事情上的出色本领所惊倒了。有一次,他出现在一大圈人面前,扮作改革家路德①,他扮得惟妙惟肖,把他们都逗乐了。三天之后,他扮一个圣方济会②的托钵僧扮得活龙活现,又使他们大吃一惊。为了后面这一个出色的"成就",他爸爸给了他一枚金几尼。据他弟兄们说,这个奖赏是他爸爸预先答应的,说是如果表演是很成功的话。他还给送到德文郡③去玩了一趟,这个酬劳是这孩子最急于想得到的。不过他爸爸在那儿的朋友却并不赏识他的才具,反而传回家来一些很糟糕的话,说他生性刚愎自用。他的确是一个极勇敢的孩子,倔强到底。

不久,在家里、在巴彻斯特大教堂若干英里以内,甚至在他就学的威斯敏斯特④,大伙都知道小亨利的拳击打得不错,从来不肯认输。别的孩子至少有一点儿理由才动手,他却毫无理由也跟人搏斗。支持他的人有时候以为他给沉重的打击和失血昏晕折磨垮了,朋友们打算把他从比赛中撤走,可是不,亨利从不服输,也从不

---

① 改革家路德,即马丁·路德(Martin Luther,1483—1546),德意志宗教改革家,宗教改革领袖之一。

② 圣方济会(The Capuchins),天主教的一派,一五二〇年由马蒂奥·迪·巴西(Matteo Di Bassi)创立。

③ 德文郡(Devonshire),英格兰西南的一郡。

④ 威斯敏斯特(Westminster),这儿指伦敦市的一所学校。

厌战。他唯一喜欢呆的地方似乎就是竞技场。别的孩子都乐意多交朋友,他却偏偏最喜欢结上大群的仇敌。

他的亲戚们虽然禁不住很佩服他的勇气,不过他们有时候也难免觉得惋惜,认为他有点儿强横霸道。那些不像他爸爸那样偏袒他的人都很难受地看到,尽管他会奉承老师和会吏长的朋友,他待仆人和穷人却傲慢专横。

也许,塞缪尔是大伙最喜欢的孩子了。亲爱的小索庇①——他给这样亲热地叫着——和慈母钟爱的孩子一样讨人喜欢。他的态度温雅,言词动人,声音爽朗,一举一动都落落大方。他和两个哥哥完全不一样,待大伙很有礼貌,待卑微的人很和蔼,连对厨房里的女仆都和颜悦色。他是个大有前途的孩子,读书也用心,深得老师们的欢心。但是他的哥哥却不大喜欢他。他们常向母亲诉说,说索庇的谦虚是别有用意的。他们认为普勒姆斯特德—埃皮斯柯派家里太相信他的话了,显然怕他长大成人以后,在家里比他们俩随便哪一个都有势力,所以哥儿俩之间有了一种默契,要压制住小索庇。但是这可并不容易做到。塞缪尔尽管顶小,却很机警。他不能像查尔斯·詹姆斯那样死板板地道貌岸然,也不能像亨利那样搏斗,然而他却精通他自己的武器。不顾他们俩,他仍旧设法保持住自己所采取的立场。亨利说他是个虚伪、狡猾的家伙。查尔斯·詹姆斯虽然一向称他亲爱的兄弟塞缪尔,可是碰到机会,也从不是迟迟不肯说他坏话的。按实在说,塞缪尔的确是一个狡猾的孩子,就连最爱护他的人都不得不承认,他这么小小年纪,使的字眼就未免太圆滑,而声调的抑扬顿挫也未免太有功夫了。

---

① 索庇(Soapy),原字有"善于巴结"、"会奉承"的意思。

两个小闺女佛洛林妲和格里珊儿的确是很好的姑娘,可是她们没有哥哥们的那种精明强干的品质,她们的声音在普勒姆斯特德—埃皮斯柯派是不大听到的,因为她们生来胆小、娇羞,当着人面,连叫她们说话都嗫嗫嚅嚅地说不上来。虽然她们穿着干干净净的细白布上衣,系着粉红的带子,样子非常可爱,然而会吏长的客人却从来不大注意她们。

　　不论会吏长和太太在私人更衣室里谈话的时候多么低声下气,等他高视阔步地走进早餐室的时候,那种神气就不见了。他在第三者的面前立刻端起主人老爷的架子来。那位聪明、能干的太太真很知道她终身厮守的这个人,所以也决不把自己的权力施展到他忍受不住的地步。清晨,成群的宾客、孩子和仆人齐集了来听他读上帝的话①。那时候,来到普勒姆斯特德—埃皮斯柯派的陌生人只看见他那令人肃然的傲岸的额头,只注意到他太太多么温柔地坐在她的钥匙篮子后面,一边一个小姑娘,静望着他那威严的目光。嗨,陌生人看到这个情形的时候,绝猜不出大约十五分钟以前,他太太曾经坚决地一句不让他,简直不容他开口分辩。然而女人的机智和本领本来就是这样的啊!

　　现在,我们来看看普勒姆斯特德—埃皮斯柯派的陈设精致的早餐室和教区长公馆一切什物的舒适气氛吧。它们的确很舒适,可是并不豪华,连富丽也说不上。真个的,照花在上面的钱来看,凭着目光和鉴赏力原可以做点儿更好的选择。各间房都有一种沉闷的气氛,这原可以无伤大雅地避免掉的,颜色可以选得更好点儿,光线可以散布得更充足点儿,但是也许那么一来,笼罩着整所

_____

　　①　指做早祷。

宅子的教士气氛就会多少受到了损害。无论如何,那些又厚又贵的深色地毯不是没有经过仔细研究就铺下来的,那些凸花暗淡的文凭也不是没有细加琢磨就挂起来的,还有那些厚厚的幔子,挂起来把阳光都遮掉了一半,连花了远超乎购买现代商品的价格买来的那些老式椅子,都不是没有目的的。桌上的早餐器皿也同样昂贵、同样朴实。显然,目的是在花钱而不要光彩或是华丽的外表。水壶是暗色的纯银的,就和茶壶、咖啡壶、奶油罐、糖缸一样。杯子是旧瓷的,上面有暗龙花纹,每件大约要值一镑,可是在外行看来,却没多大价值。银叉子非常重,拿在手里很不自在,面包篮更是重得不得了,除了身体强壮的人,谁都嫌重。吃的茶叶是最好的,吃的咖啡是最黑的[①],吃的奶油是最浓的。餐桌上有没涂黄油的烤面包、涂黄油的烤面包、松饼和煎饼,有热面包、冷面包、白面包、黑面包、家里做的面包、买来的面包、小麦面包和燕麦面包。如果除了这些之外,还有什么别的面包,那么那儿也都有。还有些鸡蛋放在餐巾里,一小片一小片脆皮的熏肉放在银罩子下面,小鱼盛在小匣子里,切碎的炸腰子蜷缩在热水碟[②]上,这些一会儿全要放到崇高的会吏长的盘子旁边。此外,摊在餐具架上一个雪白的餐巾里,有一大块火腿和一大块牛排。牛排是前一天晚餐时就放在桌上的。这便是普勒姆斯特德—埃皮斯柯派的家常便饭。

然而,我始终觉得教区长公馆不是一所和谐愉快的宅子。人类不是单靠面包生活的这一事实,似乎多少给忘却了。尽管男主人气象高贵,女主人容貌和蔼可亲,子女们才气横溢,饮食精美,尽

---

① 最黑的咖啡最好。
② 热水碟(hot-water dish),一种双层的碟子,下贮热水,使菜肴可以保暖,犹如我国的水碗。

管有这种种引人入胜的地方,但是一般说来,我总觉得教区长公馆有点儿沉闷。早餐之后,会吏长当然去忙他的教务去了。格伦雷太太,我想,是察看一下厨房去了,虽然她有一个每年领六十镑的第一流的女管家。她还要去照管佛洛林姐和格里珊儿的功课,虽然她有一个每年领三十镑的优秀的女教师:但是不管这些,她反正是不见了。我跟三个男孩一向都合不来。查尔斯·詹姆斯虽然总显得很有学识,却从来没有什么可说的,而他当真说了出来的话,下一分钟就又立刻取消了。他有一次告诉我,他认为一般讲来,板球①是男孩们玩的一种上等游戏,只是他们玩的时候应该别东跑西跑,又说手球②也是一种很正当的游戏,只要打球的人别显得太激动。亨利有一次跟我拌过嘴,因为他和格里珊儿争论怎样使用喷壶在园里浇花最好的时候,我帮助了他的妹妹。从那天起顶到现在,他一直没跟我说过话,虽然他常常指东骂西地编派我。我有半小时左右的确很喜欢小塞儿③的温和的语言,但是甜言蜜语久而久之也叫人腻烦。我发觉,他倒挺喜欢那些在家里僻静的角落和菜园里遇见的比较钦佩他的话的人。再说,我有一次还听见小塞儿东拉西扯地胡说。

因此,总的说来,我觉得教区长公馆是一所令人气闷的宅子,尽管我得承认,那里的一切都是最最考究的。

在我们提到的那天早晨,早餐之后,会吏长和平时一样,退到

---

① 板球(cricket),英国最流行的一种球戏,双方各十一个人,各有三柱门(wicket)一座,由两名球员把守,攻击者用球棒打球,目的在以球打倒三柱门,行动很激烈,必须往来奔跑。
② 手球(fives),英国学校中流行的一种两人或四人玩的球戏,打起来相当激烈。
③ 塞儿,塞缪尔的爱称。

书斋里去,告诉人说他那天很忙,不过要是贾德威克先生来了,他一定见他。他走进那间神圣的房间,仔细地打开他惯常在上面写作他喜爱的讲道稿的那个纸夹,在上面摊开一张已经写了些字的白纸。接着,他把墨水瓶放好,眼睛望望钢笔,折起吸墨水纸。这样安排好以后,他又从座位上站起身,背对着壁炉站在那儿,舒舒服服地打了个呵欠,把他的粗胳膊伸得笔直,露出了结实的胸膛。随后,他走过房当中,把门锁上。这样准备完毕以后,他才在圈椅里坐下,从桌子下边一个秘密的抽屉里拿出一部拉伯雷①的作品,开始以巴汝奇②的调皮的恶作剧来赏心自娱。这样,会吏长那天上午就消磨过去了。

他那样悠闲自在地看了一两小时的书以后,门上忽然有人敲了一下,说贾德威克先生来了。拉伯雷赶快退避进那个秘密的抽屉,圈椅也似乎很知趣地自行空了出来。当会吏长快快地拔开门闩时,总管所看见的是,他正和平时一样,在为教会工作。对于那个教会,他可真是座擎天立地的柱石。贾德威克先生是刚从伦敦回来的,因此据说带有很重要的消息。

"咱们到底得着亚伯拉罕爵士的意见了。"贾德威克先生坐下来说。

"噢,噢,噢!"会吏长急切不耐地喊着。

"哦,意见挺长③,"另一个说,"不是一两句话就说得完的,还

---

① 拉伯雷(Francois Rabelais,约 1483—1553),法国大作家,著有《巨人传》(*Gargantua et Pantagruel*),共分五部,对当时的教会人士、僧侣、教皇等尽情加以讽刺。
② 巴汝奇(Panurge),《巨人传》中人物,为胖大官儿的好友,是一个调皮、幽默的家伙。
③ 意见挺长,原文是 it's as long as my arm,直译是"它和我胳膊一样长"。

是您自己看吧。"他说着递给会吏长一份不知包括有多少页的意见书,上面满是那位检察长对于交给他办的案件重叠反复提出的意见。

"结论是,"贾德威克说,"他们那方面有点儿漏洞,咱们最好按兵不动。他们是控诉哈定先生和我本人。亚伯拉罕爵士认为,按照遗嘱上的措辞和历来的合法的安排,哈定先生和我只是领薪水的职员。被告应该不是巴彻斯特市政厅,大概就是牧师会或是您的老太爷。"

"嗬——嗬!"会吏长说,"这么说,波尔德大爷找错了人啦,是吗?"

"亚伯拉罕爵士的意见是这样。但是随便找谁,几乎都是不对的。亚伯拉罕爵士认为,要是他们攻击市政厅或是牧师会,咱们也可以打败他们。他认为主教是最准确的目标,可是就连到那地步,咱们还可以辩护说,主教不过是个负有监察责任的人,从来没有同意执行其他的职务。"

"这很清楚。"会吏长说。

"并不十分清楚,"另一个说,"您瞧,遗嘱上说,'主教大人慈悲仁厚,乐于鉴察一切俱得其平。'所以,在接受和行使推荐权的时候,令尊大人有没有同时担负起其他指定的职务,这也许是一个问题。这是很可怀疑的,然而即使他们击中了这一点——眼前,他们还差得远哩——这一点,如同亚伯拉罕爵士所说的,真太好啦,您可以强迫他们先付出一万五千镑诉讼费,才能闹出个结果来!而这笔钱他们打哪儿来呢?"

会吏长乐得两手直搓。他对于自己立场的公正,始终没有怀疑过,但是他原先有点儿害怕,怕对方会获得什么不公正的胜利。

现在,听说他们的事情四周密布着暗礁和浅滩,他真乐得心花怒放。这么多触礁的理由全是不谙水性的人的目光所瞧不见的,而讲求实际的法律老手的锐利眼睛一下就瞧出来的。他太太希望波尔德娶爱莉娜,那是个多大的错误啊!波尔德!嘿,他要是跟个笨驴似的硬干下去,那么他还没知道在跟谁打官司,就已经变成个讨饭的了!

"这好极啦,贾德威克——这好极啦!我告诉过您吧,亚伯拉罕爵士是咱们该找的人。"他把那份意见书放在桌上,亲切地拍拍。

"不过您千万别让人瞧见这个,会吏长。"

"谁?——我吗!——绝对不会。"博士说。

"人家会传出去的,您知道,会吏长。"

"当然啦,当然啦。"博士说。

"因为这意见要是给传出去,那就会教给他们怎么个打法啦。"

"一点儿不错。"博士说。

"除了您和我以外,别让巴彻斯特这儿随便谁瞧见这个,会吏长。"

"对,对,决不让一个别人瞧见,"会吏长说,对于这么严格地保守秘密感到很高兴,"决不让一个别人瞧见。"

"我知道格伦雷太太对这件事很感兴趣。"贾德威克先生说。

会吏长有没有眨眨眼呢?我想他大概没有眨,可是虽然也许没有用那种有伤体面的神色,他却用眼角告诉了贾德威克先生,尽管格伦雷太太对这件事兴趣很大,她也没法看到这份意见书的。同时,他把前面提到的那个小抽屉微微拉开了一点儿,把那份意见书放在那部拉伯雷的作品上面,然后给贾德威克先生看了看保护这些秘宝的那柄钥匙。谨慎的总管这才表示满意。嗳！愚蠢的人啊！他可以使出布拉默①或是查布②的一切本领，把拉伯雷和别的东西牢牢地深藏起来，保守秘密，但是他把打开这些机巧秘密的钥匙又藏到哪儿去呢？据我们看来，那屋子里大概没有一个抽屉里的东西是女主人不知道的，不过，我们想，她也应该有权知道这一切。

"但是，"贾德威克先生说，"咱们当然应当把亚伯拉罕爵士的意见告诉令尊大人和哈定先生一点儿，使他们可以安心，知道事情进行得很顺利。"

"哦，是的——这当然啦。"博士说。

"您最好让他们知道，亚伯拉罕爵士认为无论怎么说，压根儿告不了哈定先生，还说这场官司按目前情形看，对方是准败无疑的。他们要是继续打下去，结果一定是遭到驳回。您最好告诉哈定先生，亚伯拉罕爵士很明白地认为，他只不过是个职员，因此是没有责任的——再不然，您如果觉得好的话，我亲自去见见哈定先生。"

"哦，我明儿就要见着他的，还有我们老人家。我就把这一点解释给他们听——您吃了午饭再走怎么样，贾德威克先生。好，您要是一定要走，您是不肯留下的，我知道您的时间很宝贵。"他于是和主教区的总管握握手，恭恭敬敬地把他送了出去。

会吏长又把那个抽屉拉开，把亚伯拉罕·哈法萨德爵士那精通法律而又被法律所困的脑力的精髓，又看了两遍。很显然的，就亚伯拉罕爵士说来，老头儿们的要求是否公正，哈定先生的答辩是否公正，都是他从没考虑过的事。据他认为，他就是为了打败对方这

---

① 布拉默(Joseph Bramah，1748—1814)，英国发明家，最著名的发明就是"布拉默锁"，一七七八年取得专利权。
② 查布(Charles Chubb，? —1845)，英国名锁匠，做有"查布锁"。

份劳绩而拿钱的。按照他的看法，他已经煞费心思来争取胜诉了，并且可能还很有希望。至于哈定先生的急切的渴望，想由适当的权威人士来告诉他，他没有损害任何人，他的确很合理地该拿那笔收入，他夜晚可以心安理得地睡觉，他不是强盗，不是抢劫穷人的人，他和全世界都可以坦然相信，他不是《朱庇特》所说的那么一个人——至于哈定先生的这种渴望，亚伯拉罕爵士压根儿一点儿都不知道。说真的，我们倒也不能认为他有责任来满足这种渴望。他的"战斗"不是按这种方法进行的，也不是按这种方法取得胜利的。他的目的只是胜诉，而他一向总能打赢官司。他利用敌人的弱点，而不是凭借自己的力量去打垮他的敌人，因此跟亚伯拉罕爵士对打官司的时候，要构成一件他找不出一丝缺陷来的案子，几乎是不可能的。

会吏长对于意见书中论辩的精辟，感到欣快。平心而论，他期望的倒不是一场有利于自己的胜利。就他个人来说，打输了他也一无损失，或者不如说，他可能遭到的损失至多也不至于使他心头波动。然而他这样急切，倒也不是由于热爱正义，甚至主要也不是为了替岳父担心。他是在和一个从没被征服的敌人打一场从没有结束的战斗中的一仗——那就是教会和教会敌人的战斗。

他知道哈定先生付不起办理这事的全部费用：付不起亚伯拉罕爵士的这些滔滔的意见，将来得答辩的那种种理由，将来所作的那些辩论，以及如同他推测的，将来这件案子可能不得不慢慢经历过的那各级法院等等的费用。他知道这一笔巨大的开支大部分至少得由他和他爸爸负担，然而替会吏长说句公道话，他在这上面倒毫不退缩。他是一个喜欢弄钱的人，贪图大宗收入，可是花起来倒也非常慷慨。在他看来，预先见到这项举动的成功，便是非常快意的事，尽管他本人可能需要为这件事付出巨大的代价。

第九章 会 商

第二天早晨,会吏长准时去见他爸爸,接着派人送了一张便条给院长,请他到主教公馆去一趟。格伦雷博士在去巴彻斯特的途中,靠在四轮马车里,默想着这件事情。他觉得把自己志得意满的心情转达给他父亲和岳父,都是很困难的。他希望自己这方胜利,敌方失败。主教希望这问题平息下去,可能的话,永远平息,然而无论如何,总要平息下去,等他的短短的残年度完再说。哈定先生不仅需要胜利和安宁,还要求自己可以在世人眼前分辩清楚。

然而,主教到底比较容易应付点儿,所以在另一个人到来之前,这个孝顺的儿子已经说得父亲相信,一切都进行得很好。接着,院长到了。

哈定先生到主教公馆来消磨一个上午的时候,一向总坐在主教的身旁。主教坐在一张极大的安乐椅里,两旁装有蜡台,还有一个读书架、一只抽屉和其他的用具。这张椅子所放的位置不论冬夏,是从不移动的。平时,当会吏长也在那儿的时候,他总面对着两位尊长,这样他们可以共同和他进行争辩,然后再共同向失败低头,因为这是他们二老一成不变的命运。

我们的院长进来的时候,先向女婿打了招呼,然后亲切地询问了一下他朋友的身体状况,接着便在他一向坐惯的位子上坐下。主教具有一种温文尔雅的气度,这使哈定先生的柔和的妇女般的亲切显得特别可爱。真个的,看着这两位性气平和的老教士互相紧握着手,笑容可掬地亲昵一番,的确是很古怪的。

"亚伯拉罕爵士的意见到底来啦。"会吏长开口说。哈定先生已经听说到不少话,所以非常急于想知道结果。

"事情很顺利,"主教捏捏他朋友的胳膊说,"我很高兴。"

哈定先生望着把这项重要消息带来的坚强使者,等候他证实这些令人高兴的消息。

"是的,"会吏长说,"亚伯拉罕爵士挺仔细地研究了这件案子。老实说,我知道他会这样——挺仔细地加以研究。他的意见是——说到他对这种问题的意见的正确性,凡是知道亚伯拉罕爵士的声名的人,没有一个会怀疑的——他的意见是,他们的理由全不能成立。"

"但是,怎么不能成立呢,会吏长?"

"噢,第一:——不过您又不是律师,院长,我恐怕您不会明白的。这件事的要点是这样:——根据海拉姆的遗嘱,替养老院选派了两位领薪水的管理员。按法律来说,就是两个领薪水的雇员。您跟我总不会为名义争执吧。"

"要是说我是一个雇员,我决不会争执,"哈定先生说,"你知道,玫瑰——"

"是的,是的。"会吏长连忙说,这种时候,他不耐烦听人引什么诗句。"好,咱们就这么说,两个领薪水的雇员:一个照管老人,另一个照管银钱。您和贾德威克就是这两个雇员。不论你们俩随便哪一位,比创办人遗嘱上的规定多拿了点儿或是少拿了点儿,显而易见,没有人能够攻击你们哪一位不该拿这笔派定的薪水。"

"这似乎很明白。"主教说。他听到"雇员"和"薪水"这些词儿,很显眼地怔了一下,然而这些词儿显然并没有叫会吏长怎么不安。

"很明白,"他说,"也很满意。事实上,既然需要选派这种雇员来替养老院服务,那么付给他们的待遇就得按照当时一般的待遇来决定这种劳绩应该拿多少,而管理养老院的人才是唯一能够就这一点作出判断的。"

"谁是管理养老院的人呢?"院长问。

"嗬,让他们去找吧,那是另一个问题。他们告的是您和贾德威克,这就是你们的答辩,而且是一个理由充足的、无懈可击的答辩。我想这是很能让人满意的。"

"唔。"主教疑惑不定地望着他朋友的脸,嘀咕了一声。院长默不作声地坐了一会儿,显然并不十分满意。

"而且还是决定性的,"会吏长继续说下去,"他们要是朝陪审团去诉说,料他们也不会这么做,就是这么做的话,英格兰随便哪十二个人①都用不着花五分钟就会否决他们的意见的。"

"但是,按照这种说法,"哈定先生说,"倘若负责管理的人每年要发给我一千六百镑,那我就可以拿一千六百镑,而不止拿八百镑了。既然我是管理人之一,即使不是主要管理人的话,这样不可能是公正的办法。"

---

① 陪审团由十二个人组成。

"哦,嗳,那全跟这问题毫无关系。问题是:这个多管闲事的家伙和许多骗人的律师跟讨厌的异教徒,是否阻碍得了一个人人知道对教会基本上公正、有益的办法。咱们千万别无谓地挑针打眼,尤其在自己人当中,要不这场官司和这笔诉讼费就永远没有完了的时候啦。"

哈定先生又默不作声地坐了一会儿。主教又去捏了一下他的胳膊,盯视着他的脸,想看看能不能找出一丝心满意足的微光,可是他脸上却毫无这种光彩。可怜的院长用各种手势在隐而不现的弦乐器上不断地拉奏着悲伤的挽歌:他心里正琢磨着亚伯拉罕爵士的这个意见,疲乏而又热切地想从里面找出点儿令人满意的论点来,但是他一点儿也找不出。最后,他说:"你瞧见意见书的吗,会吏长?"

会吏长说他没有——那就是说,他看到的——也就是说,他没有看见意见书的正本,他看见了一份所谓副本,不过他说不上来,是全部还是部分意见的副本,他也说不上来,他所看见的是不是那个大人物的 ipsissima verba①,不过他所看见的里面的断语和他方才所说的确实丝毫不差,于是他又说了一遍,这样的结论在他看来是极其令人满意的。

"我想瞧瞧那份意见书,"院长说,"我是说,它的副本。"

"喔,我想您要是一定要看,本可以看,不过我瞧不出有多大的益处。当然,里面的大意是绝对不可以给外人知道的,因此多弄几份副本很不妥当。"

"为什么不可以给外人知道呢?"院长问。

---

① 拉丁文,意思是"原来的话"。

"您怎么问出这样的话来!"会吏长说,一面举起两手表示惊讶,"可是您是这样——到了事务工作上,孩子也不比您头脑更简单点儿。您瞧不出吗,咱们要是告诉他们,诉讼对您无法成立,而对一个别人或是许多别人也许可能成立,那么咱们岂不是把武器送到他们手里,教他们怎样来杀咱们吗?"

　　院长又默不作声地坐了一会儿,主教又愁闷地瞅着他。"咱们目前该做的一件事,"会吏长说下去,"就是保持沉默,一声不吭,让他们乐意怎么玩就怎么玩下去吧。"

　　"这么说,咱们不打算让外人知道,"院长说,"咱们请教过检察长,他告诉咱们,创办人的遗嘱是极端公正地执行着的。"

　　"啧,啧!"会吏长说,"多奇怪,您会瞧不出,咱们该做的就是什么事也不做:咱们为什么要提创办人的遗嘱呢? 咱们据有这个机构,咱们知道他们无法把咱们赶出去,这在眼前的确也就够了。"

　　哈定先生从座位上站起身,在书斋里沉思地踱来踱去,主教很痛苦地一直盯视着他,而会吏长却继续滔滔汩汩地说个不停。他说他相信这件事目前的状况是可以叫任何精明人感到满意的。

　　"那么《朱庇特》怎么样呢?"院长突然站住脚问。

　　"哦!《朱庇特》,"另一个回答,"《朱庇特》没有多大道理。您得宽容它。当然,咱们分内应该容忍的事情可不少,这里边原不可能没有一点儿叫咱们不愉快的地方。"说到这儿,会吏长显得道貌岸然。"再说,这件事太琐碎、对一般人兴趣又大,所以除非咱们去挑起这问题,否则《朱庇特》不会再提的。"会吏长又显得非常老练、世故。

　　院长继续走来走去。那篇文章的尖刻锋利的字句,对他说来记忆犹新,个个字都仿佛尖刺似的戳在他的心眼儿上。他曾经逐字逐句把那篇文章看过不止一遍。最糟的是,他认为人人和他一样,都很熟悉那篇文章。他会被人看作那里边所说的那个不正派的、贪得无厌的教士吗?他会被指出来说是那个吞没穷人面包的人,可自己又没法子驳斥这种指责,洗清自己受人玷污的名声,和以前一样,清清白白地立身处世吗?他还得忍受这一切,和往常一样接受他现在已经憎恶的收入,给人看作一个那种贪鄙的教士,使教会因为这种贪鄙而受到侮辱吗?那是为了什么呢?他为什么要忍受这一切呢?他为什么该死去呢(因为他觉得,在这种耻辱的折磨下,他简直活不了啦)?他在房里来回踱着的时候,痛苦而热切地作出决定,如果获得允许的话,他可以欣然地放弃他的职位,抛开愉快的住处,离开养老院,凭着自己余下的一点儿收入,贫苦地、清白地、快乐地生活。

他是个有点儿怯懦的人,连在最知道他、他最爱的人面前都怕提起自己,可是这一次他到底把话挣出来啦。他相当突兀而有力地说,他不再能够,也不再乐意忍受这种痛苦了。

"如果能够证明,"他最后说,"我是正大光明地应该拿这笔钱的,就像上帝知道,我一向认为我是应该拿的那样。如果这笔薪俸当真是我应该拿的,那么我和别人一样,也急于想保住它。我得照顾我女儿的幸福。我年纪也挺大啦,失去我过惯了的舒适生活,免不了总会有点儿痛苦,不过我和别人一样,也急于想证明给全世界看我是对的,这样来维护我所保持的地位,但是我可不能在这么大的牺牲下继续做下去。我受不了这个。您难道能叫我这样做吗?"他几乎是热泪盈眶地朝着主教恳求。主教这时也离开了他的座位,倚在院长的胳膊上,站在桌子的那一面,脸朝着会吏长。"在世界上这样大声议论我的时候,您难道能叫我安安静静、心安理得、无动于衷地坐在一旁吗?"

主教可以体谅他,同情他,但是无法劝导他,所以只好说,"不,不,凡是痛苦的事情绝不会叫您做的,您只做良心告诉您是正当的事。您认为哪样最好,就那样做。西奥菲勒斯①,别劝他,千万别劝院长做什么痛苦的事情。"

可是会吏长虽然不会同情,却会劝导。他觉得应该多少断然地提点儿意见的时候已经到了。

"怎么啦,长老。"他冲着父亲说。每逢他唤父亲"长老"的时候,那位慈祥的老主教便不由得哆嗦起来,因为他知道倒楣的时候就要来了。"怎么啦,长老,提意见有两种提法:有的意见就眼前讲也许是好的,有的意见就未来讲也许挺好:我可不能提出前一种意见来,如果前一种和后一种大相抵触的话。"

"对,对,对,我想是不能。"主教又坐下来,用手遮着脸说。哈定先生背向着另一面墙坐下来,给自己奏起一支很适合这么一个不幸的场合的调子。会吏长背向着空壁炉,站在那儿说出了他的意见。

"别以为这个多余地提出来的问题不会带来多大的痛苦。这一点咱们大伙儿应该全瞧得出。事情丝毫没有变得比咱们料想的坏点儿,但是因为调查是痛苦的,就放下这件事,承认咱们错了,那是软弱,简直是软弱,甚至是罪恶。咱们不仅得顾到自己,教会的利益多少也归咱们在掌管。要是人家发现,担任圣职的人一受到攻击就接二连三地辞职,那么这种攻击便会接踵而来,直到咱们一无所有才为止,这一点不是显而易见的吗? 要是这样遭人抛弃,那

---

① 会吏长的名字。

么国教教会岂不是非整个儿垮台不可吗？如果这在许多人身上是对的，在一个人身上也是对的。您这会儿一被人指控，就打算扔掉院长的职位，放弃已经归您的位置，为了一个毫无实际的目的，想要来证明您公正廉洁，可是您那目的最后还是达不到的，您反而会给您的道友们一个致命的打击，您会鼓励英国所有不安分的异教徒对教会的某种收入来源作出同样的指责，而且您还会大大挫伤那些急于替您辩护和支持您的立场的人们的信心。我想象不出有什么比这更软弱、更错误的事来了。您并不是认为这些指控里有一点儿公道，也不是怀疑您自己该不该做院长。您相信自己是正直的，可是因为您生性懦弱，就想向他们屈服。"

"懦弱！"主教说，他想劝会吏长别说得太过火。哈定先生坐着没有动，直瞪瞪地望着女婿。

"嗨，这难道不是懦弱吗？他不肯这么做，还不是因为他怕忍受不正当地加到他身上的那些诽谤吗？这难道不是懦弱吗？现在，咱们来瞧瞧您害怕的那些诽谤到底多么厉害。《朱庇特》登载了一篇文章，那篇文章无疑会有许多人读到，但是懂得这问题的人有多少会相信《朱庇特》的议论呢？大伙儿都知道《朱庇特》存的是什么心：它拈起攻击吉尔福德伯爵的那件事，拈起攻击罗彻斯特教长的那件事，还拈起攻击六七个主教的事。大伙儿不是都知道，它会拈起任何这类事情来，不问是非真假，不管大家知道公正不公正，只要这样可以促进它自己的见解。《朱庇特》的这一点用意不是全世界都知道吗？真知道您的人有谁会因为《朱庇特》的话就把您看作一个坏人呢？那么为什么要管那些不知道您的人呢？我不谈什么您自己的舒服生活，不过我得说，您为了一时的冲动，因为这是一时的冲动，就把爱莉娜唯一的生计抛弃掉，那随便怎么说也是不妥当的。您要是这么做,您要是当真放弃掉院长的职位,甘心破产,那对您有什么好处呢? 如果您将来不该拿这笔收入,那您过去也不该拿。您一放弃这个职位就会引起一个要求,要您偿还您已然领下和花费了的钱。"

可怜的院长苦哼了一声,一动不动地坐在那儿,望着这个铁石心肠的演讲人,听他这样来折磨自己。主教从遮着脸的两手后面软弱无力地应和了一声,但是会吏长不大把这种软弱的表示放在心上。他一口气说完了他的"忠告"。

"但是,让咱们来假定,要是这个位置空了,您自己跟它的纠纷结束啦,您会感到满意吗? 您在这件事上的希望难道就只是为了您自己和您的家属吗? 我知道绝不是。我知道对于咱们的教会,您和我们随便谁一样关切。那么这样一个背教的举动会给教会一个多大的打击呢? 不论这场痛苦多么厉害,您以教徒和牧师的身份,应该为教会忍受这场痛苦。是我父亲任命您的,您应该支持他的权利。您应该为您的前任维护他们地位的合法性。您应该为那些继任的人好好地保住您从别人手里好好地承受下来的一切。您还应该为咱们大伙儿在这件事上真诚友爱、毫不畏缩的协助而坚持下去,这样咱们彼此支持,才可以毫不羞愧、毫不丢脸地维护着咱们的伟大目的。"

会吏长说到这儿停住,踌躇满志地站在那儿,等着看他的名言谠论产生什么影响。

院长觉得自己憋得气都有点儿透不过来了,他随便怎样都乐意,只要能够跑到外边去,不跟房里的这两个人说话,也不注视着他们,然而这办不到。他不能什么话不说,扬长而去。他觉得自己被会吏长的滔滔雄辩搅得惶惑不定。会吏长所说的话里,有一种沉重的、冷酷的、不能辩驳的实情,还有不少切合实际而又令人厌恶的识见,所以他不知道怎样表示同意,也不知道怎样表示异议。如果要他受罪,他觉得他可以毫无怨言、毫不怯懦地忍受,不过他得心满意足地知道,自己的立场是公正的。他所不能忍受的就是:旁人指责他,而他自己洗刷不清。他已经开始怀疑自己在养老院的地位是否公正。他知道他的自信心不会因为波尔德先生搞错了某种法律程序而恢复过来,他也不会很满意地脱身而去,因为通过法律上的一种假定,从养老院获得最大利益的他,竟会给认为只不过是一个雇员。

会吏长的话使他哑口无言——使他茫然若失——使他不知所措,可是就没有使他满意。就主教说,这席话的影响也好不了多少。他没有看清楚当时的情形,不过他很知道不得不准备应付一场战斗。这场战斗会毁去他剩下的几件舒适的东西,使他悲伤地进入坟墓。

院长仍旧坐在那儿望着会吏长。他的思想后来索性全部集中在如何从当前的处境中逃走的方法上。他觉得像一只鸟儿看见一条蛇而被吓愣住一样。

“我希望您同意我的看法,”会吏长终于打破了那片可怕的沉默说,“长老,我希望您也同意我的看法。”

哦,主教当时是怎么叹息的啊!“长老,我希望您同意我的看法。”那个毫不容情的“专制者”说。

“对,我想你说的是对的。”那个可怜的老头儿慢吞吞地唉声叹气地说。

“那么您呢,院长?”

哈定先生这会儿真给激动起来——他非得说话和行动不可

了。他于是站起来，转过身回答道：

"这会儿别逼我回答，我对这件事决不会轻举妄动的。不论我怎么做，我准会预先告诉你和主教。"这样，他没再说一句话，便起身告辞，很快地逃出了主教公馆的门厅，走下了巍峨的台阶。等他独个儿走进幽静的教堂区大榆树树荫下以后，他才能自自在在地呼吸。他在那儿慢慢地走了好半晌，愁眉苦脸地想着自己的情况，徒劳无益地想驳倒会吏长的议论。随后，他转回家去，决定忍受一切——不名誉、焦急、耻辱、犹疑、愤慨——照着那些人要他做的那样去做，因为他依然相信那些人是最适合、最能够正确地指导他的。

第十章 苦 难

哈定先生回到自己家里以后,变得从来未有的忧伤。在那个难忘的上午,当他被迫当着女婿拿出出版人为了印行他心爱的那部圣乐所开的账单时,当他不倚赖别人,付出了自己能付的费用之后,发觉自己还欠下三百多镑的债务时,他是很不愉快的,然而那会儿所受的罪,和目前的痛苦一比,简直算不了一回事;——那会儿,他做错了事,他知道,所以能够打定主意决不再犯那样的过错,可是现在,他拿不定一个准主意,也不能提出一个坚定的保证来安慰自己。他被迫认为命运使他处在一个不法的地位上,而他却要保持这个地位,对抗舆论,对抗他自己的信念。

以前,他曾经很惋惜地,几乎是恐惧地,读到不时刊登出来的那些攻击吉尔福德伯爵做圣克劳斯养老院院长的苛刻评论和加在阔绰的主教区长老们及身兼数职的教士们身上的种种谩骂。他在判断他们的时候非常宽大,他的职业所造成的偏见促使他认为,他们受到的责备远远超出了他们应受的,而对他们纠缠不清的那种怨恨是恶毒的、不公平的,然而他还是把那些受攻击的人的境况看作极其可怜。他读到写的文章，不由毛骨悚然，浑身打战。他不知道在那种耻辱的折磨下，人们怎么活得下去。在他们的名声受到那种侮辱、那种公开抨击的时候，他们怎么可以有脸见他们的同胞——现在，这竟然是他的命运了——他，这个羞怯、谦让的人，命运曾经使他没没无闻、那样安乐，他曾经那样享受过自己小角落里的自在温暖，现在竟然也给拖出来，到了光天化日之下，在凶恶的人群面前横遭侮辱。他走进自己的宅子，成了一个垂头丧气、满心羞惭的人，一点儿没有办法赶走折磨着他的这份苦恼。

他踱进客厅，他女儿恰巧呆在那儿，但是他那会儿不能跟她说，因此连忙离开，走进书斋去。可是他走得不够快，没能逃避掉爱莉娜的目光，没能阻止她看出他心头的烦乱，所以一会儿工夫后，她也跟着来了。她发现他坐在平时常坐的那张椅子里，面前并没有和平时一样摊开一本书，手里也没有预备好一支笔，也没有放一些涂着歪歪斜斜的音符的乐谱草稿，更没有他那么精细而又那么杂乱地记着的养老院的账目。他什么也没有做，什么也没有想，什么也没有看，他只是在痛苦受罪。

"别进来，爱莉娜，亲爱的，"他说，"待会儿再来，宝贝儿，我眼下很忙。"

爱莉娜瞧得很清楚是怎么一回事，可是她还是离开了他，悄悄地溜回客厅去了。等院长那样独个儿枯坐了好一会儿以后，他又站起身走走——他走着可以比坐着更理解自己的思想。他正打算悄悄溜进花园的时候，在门口遇见了邦斯。

"喂，邦斯，"他说，那腔调就他说来是够尖锐的，"什么事儿？你找我吗？"

"我只是来问候问候长老，"那个老受施人用手碰碰帽子①，说，"还来问问伦敦的消息怎样。"他停了一会儿，又补上一句。

院长怔了一下，把一只手放到额上，觉得有点儿不知所措。

"芬雷律师今儿早上上那儿去来着，"邦斯说了下去，"从他的脸神上，我觉得他并不像前一次那么高兴。外面有点儿传说，说会吏长从伦敦得到重要的消息。汉狄和穆迪两个脸绷得跟魔鬼似的。我希望，"这个老头儿强装出快活的音调说，"事情有点儿转机了。不久，这一切使长老这么烦心的瞎扯就会过去。"

"唉，邦斯，我也希望如此。"

"可是消息到底怎样，长老？"老头儿几乎是悄没声地说。

哈定先生朝前走去，不耐烦地摇摇头。可怜的邦斯简直不知道他叫这位庇护人多么难受。

"要是有什么使您高兴的消息，我倒很乐意知道。"他用亲切的音调说，那种音调是院长在千愁万苦中实在受不了的。

他站住脚，把老头儿的两手握在他的手里。"朋友，"他说，"亲爱的老朋友，没有什么消息，没有什么叫我高兴的消息——听主的旨意吧②。"两小滴热泪流出眼眶，从他的皱缩的面颊上淌了下来。

"那么听主的旨意吧，"另一个严肃地说，"不过他们告诉我伦敦有好消息，所以我来跟长老道个喜，可是听主的旨意吧。"于是院长又朝前走去。受施人巴巴地盯着他，但是没有得到一点儿鼓励叫他跟着走，只好没精打采地回到自己的住处去了。

---

① 致敬的意思。
② 《新约·马太福音》第六章第十节："愿你的国降临，愿你的旨意行在地上……"

有两小时，院长就这样呆在花园里，一会儿走走，一会儿一动不动地站在草地上。后来，他的腿乏啦，不知不觉地在园里的座椅上坐下，接着又走起来。爱莉娜藏在窗口细白布窗帘后面，通过树隙注视着他，一会儿看得见，一会儿又被小路的转折遮挡住了。这样，时间消逝过去，一直到了五点钟，院长才悄没声儿地溜进屋子来准备吃晚饭。

那顿饭吃得很愁闷。那个循规蹈矩的女仆在端碟子、换盘子的时候看出来，一切都不正常，于是显得更规矩。父女俩谁也吃不下，讨厌的食物不久便给撤了下去，桌子上放上了一瓶葡萄酒。

"要找邦斯来吗，爸爸？"爱莉娜说，她以为由那个老头儿来陪伴，也许会减轻他的愁闷。

"不用，亲爱的，谢谢你，今儿不用。下午天气这么好，你不打算出去吗，爱莉娜？别为了我呆在家里，亲爱的。"

"我觉得您似乎挺不高兴，爸爸。"

"不高兴，"他着恼地说，"嗳，世界上人人都有不高兴的份儿。我和别人一样，当然也免不了，甭提啦，跟我亲亲，亲爱的，去吧。等你回来，我也许会乐意跟人谈谈。"

于是爱莉娜又被排除到父亲的烦恼以外去了。嗳！她当时倒不是想看到他快乐，而是想分担点儿他的烦恼，不是想硬逼他跟人谈谈，而是想说服他把心眼儿里的话全告诉她。

她照着爸爸的意思戴上帽子，跑到玛丽·波尔德那儿去。那里现在已经成为她每天去的地方了，因为约翰·波尔德当时在伦敦，跟律师和教会改革家们混在一起，深深地搅和在巴彻斯特院长这件事以外的事情里。他给一位议会议员提供点消息，跟另一位议会议员一起吃饭，捐助基金来设法废除教士的收入。在"王冠与船锚"①举行的那次全国大会上,他附议了一个决议案,主张国教教士,不问是谁,每年年俸至多不得超过一千镑,至少也不得少于二百五十镑。这一次他讲的话很短,因为有十五个人要说话,还因为那间房只租用了两小时。两小时后教友会和科布登先生②要在那儿起草一份援助俄国沙皇的告群众书,不过他的话还是锋利有力的,至少有个同伴告诉他是这样。他那时候就常跟那个同伴呆在一起,非常倚仗他——那个同伴名叫汤姆·托尔斯,是个很出色的才子,据说在《朱庇特》编辑部里担任很高的职位。

爱莉娜近来常到玛丽·波尔德那儿去,这会儿她又去了。玛丽很亲切地听着这个闺女称颂她的父亲,而爱莉娜也许更亲切地听着玛丽谈说她的兄弟。同时,院长独个儿坐在那儿,斜倚在椅子的扶手上。他倒了一杯酒,不过他这么做只是出于习惯,因为他一口也没有喝。他坐在那儿,瞪眼望着敞开的窗子,想到(如果可以说他曾经想过的话)以往的幸福生活。过去的种种欢乐那时全涌上了他的心头。那些欢乐在他享受着的时候,他却压根儿没有细加体味:他的安逸的日子,他的毫不辛苦的轻松工作,他的舒适的树木成荫的住处,那十二位老邻居,——直到现在,他们的福利还是由他很亲切地多方照拂着,——他的绝顶聪明的孩子,亲爱的老主教的友谊,那些拱形屋顶下的走廊③的庄严肃穆气氛,他很喜欢听见自己的声音在那些走廊里回荡,最后,还有那个最好的朋友,

---

① 酒馆名。当时英国政党党员常假酒馆作为集会之地,经常到那儿去议论国家大事。
② 科布登(Richard Cobden,1804—1865),英国政治家,自由贸易的积极支持者,反对《限制谷物输入法》(*Corn Law*)的中坚人物。他和教友会与和平主义同伴约翰·布赖特(John Bright)一起,反对对俄国进行的克里米亚战争。
③ 指教堂座位之间的走廊。

那个从不背弃他的良友,那个请到的时候,永远诉说着那么悦耳的音乐的能说会道的伙伴,他的那把大提琴——嗳,他以前多么快乐啊!可是现在那种种欢乐全过去了。他的无所事事的安逸的日子是一种罪恶,给他带来了苦难。他的树木成荫的住处已经不再舒适了,也许它不再是他的了。他那么希望为他们谋福利的老邻居们,竟然成了他的对头。他女儿和他一样可怜,连主教都因为他的处境而变得很痛苦。他永远不能再像以往那样在教友中侃侃而谈了,因为他觉得自己太没有面子了。他甚至都不敢去碰他的琴弓,因为他知道琴弓会拉出一阵多么悲伤的哀鸣、多么凄怆的叹息来。

两小时后,爱莉娜回来吃点心了。他依然保持着老样子坐在那张椅子里,手脚几乎一动也没有动。爱莉娜终于把他拖进了客厅。

茶点似乎和晚饭一样不惬意,虽然院长因为那天什么都没有吃,所以把一碟黄油面包都狼吞虎咽下去,压根儿不知道自己在吃些什么。

爱莉娜已经打定主意,要逼他对自己说,可是她又不知道从哪儿说起。她得等到茶壶撤去,等到用人不再出出进进的时候才好开口。

最后,一切都撤下去,客厅里不再有人进来了,爱莉娜于是站起身,绕过桌子走到爸爸面前,用胳膊抱住他的脖子,说道:"爸爸,您告诉我是怎么一回事,好吗?"

"什么是怎么一回事,亲爱的?"

"使您难受的这件新的糟心事儿,我知道您不快活,爸爸。"

"新的糟心事儿!不是新的糟心事儿,亲爱的,咱们大伙有时候都有烦恼。"他想笑笑,可是却是个糟透了的失败。"不过我该不是一个叫人郁闷的伙伴。来,咱们奏点儿音乐听听吧。"

"不,爸爸,今儿晚上您别拉提琴——今儿晚上那只会惹得您心里更烦。"她像他们最高兴的时候常做的那样,在他的膝上坐下,用一只胳膊抱住他的脖子说:"爸爸,您要是不对我说,我就不离开您。哦,您要是知道把一切全都告诉我对您有多大的好处,那您一定肯告诉我啦。"

父亲吻了女儿一下,把女儿搂到怀里,但是他仍旧什么话也没有说。他觉得要他说出自己的糟心事够多么困难。他就连在自己孩子的面前也非常害臊!

"哦,爸爸,一定得告诉我是什么事,我知道是养老院的事,是他们在伦敦干的事,是那个刁恶的报纸说了什么话,但是如果是为了这种糟心事,让咱们一块儿伤心难受。咱们爷儿俩是相依为命的。亲爱、亲爱的爸爸,您对我说呀。"

哈定先生这会儿也无法好好地说,因为热泪已经像五月里的雨点似的流下了他的面颊,但是他把孩子紧紧地搂在怀里,像个情人那样使劲儿捏捏她的手。她吻了一下他的前额和泪湿的面颊,倚靠在他的怀里,像女人所能做的那样来安慰他。

"我的好孩子,"等他忍住眼泪,可以说话的时候,他这么说,"我的亲爱的孩子,你为什么也得不快活呢? 现在还用不着这样。将来也许会到那地步的,咱们可能非离开这地方不可,可是到那时候再说,你年轻轻的,为什么也得不快活呢?"

"您就为这个吗,爸爸? 如果就为这个,那咱们离开得啦,到别地方去轻松愉快地过日子。如果就为这个,那咱们就走。哦,爸爸,只要咱们有饭吃,只要咱们心里自在,您和我会很快乐的。"

爱莉娜告诉她爸爸,他可以怎样把一切烦恼全丢开,说着的时候,她脸上显得热情洋溢。等哈定先生再想起这个逃走的主意时,一丝欢乐的光彩掠过了他的额上。有一会儿,他又想到自己可以把世上人们嫉妒的这笔收入一脚踢开,他可以揭穿那个胆敢在《朱庇特》上写那种东西骂他的刽子手①的谎话,他可以撇开亚伯拉罕爵士、会吏长、波尔德和其余的人,让他们打他们的官司,自己完全置身事外,摆脱掉这么令人糟心的事情。嗳,将来会多么快乐呢,爱莉娜和他呆在一个小村舍里,以前的荣华荡然无存了,剩下的只有音乐!是的,他们将带着乐谱和乐器朝前走,边走边把尘土从脚上抖去,离开这个忘恩负义的地方。从来没有一个穷教士贪恋一笔丰厚的圣俸,像我们的院长这会儿想扔掉他的俸禄这么急切的了。

"放弃掉它,爸爸。"她又说,同时从他膝上跳起来,站在他面前,大胆地盯视着他的脸。"放弃掉它,爸爸。"

哦,看着那丝欢乐的光彩昙花一现地消逝,真叫人伤感啊!当我们这位可怜的院长一想到会吏长的时候,那种满怀希望的神色竟然又从那张愁苦的脸上消失了,因为他想到自己不能离开他现在憎恨的这个职位。他就像一个给枷锁束缚住、给铁链捆绑着的人,一点儿没有行动的自由,他没有选择的余地。"放弃掉它!"哦,要是他能这么办就好了。那是摆脱一切烦恼的一种多么轻松的方法啊!

"爸爸,别犹疑不定啦,"她说下去,以为他的踌躇是由于他不愿意放弃这么舒适的家,"您呆在这儿是为了我吗?您以为我没有一辆小马车和一间考究的客厅就会不快活吗?爸爸,只要呆在这

---

① 刽子手,原文为 wielder of the tomahawk,直译是"挥舞战斧的人"。

儿对您的名誉有损害,我就永远不会快乐。如果我可以看见您轻松愉快,那么在最小的屋子里我也可以一天到晚很快活。哦!爸爸,瞧您脸上显出来有多少心思。虽然您不肯告诉我,每次我一看着您,就知道是怎么回事啦。"

他怎样近乎痉挛地把她又搂到了自己的怀里!他怎样老泪婆娑地吻她!他怎样为她祝福,用那会儿新涌到他嘴边的种种亲密的爱称唤她!他怎样自怨自艾,有这么一个宝贝在家里,这么一颗掌珠在怀里,这么一朵芬芳的花儿在他内心的幽美的花园里,还要不快乐!接着,他把话匣子打开,终于详尽无遗地把他希望做的一切和他不能做的一切,全告诉了她。他把会吏长的那一番议论重述了一遍,并不认为那些议论真有道理,只是解释说,他怎样跳不出那些议论——会吏长怎样向他说,为了教会的利益,为了主教的隆情厚谊,为了朋友们的热望,为了责任感,他非留在那儿不可。他对这些虽然不十分明了,却不能不承认。他告诉她,他们怎样指摘他懦弱。虽然在世人面前,他不是一个很重视这一指摘的人,可是现在,他却老老实实、开诚布公地解释给她听,这样一个指摘是叫他痛心的,他也的确认为,单为了逃避眼前的痛苦就辞职,是懦弱的,因此他必须尽可能地忍受给他安排下的这场苦难。

她觉得这些琐琐碎碎的话使人腻烦吗?哦,不,她恳求他细细说明他所说的那种种感情,直到他把内心里的一切全告诉了她。他们俩一块儿谈到会吏长,就像两个孩子谈到一位严厉、讨嫌,而又受到尊敬的老师一样。他们又谈到主教,说他像慈父那样非常慈祥,不过对一个万能的小教员,便束手无策了。

接着,等他们谈完了这一切,等父亲把一切全告诉了孩子,孩子也不能不和父亲一样坦白了。因为他们提到约翰·波尔德这姓名,于是她承认自己原先是如何渐渐爱上了他——"是曾经爱过他的,"她说,"可是现在,她不愿意再爱他,也不会再爱他了——不,即使她跟他有过盟誓,她也要把盟誓取消——即使她曾经发誓要像妻子那样爱他,她也会扔开他而问心无愧,因为他竟然成了她父亲的对头。"

但是院长说波尔德并不是他的对头,还鼓励她去爱他,并且吻了她一下,温和地责备她不该作出这样严厉的决定,要把他抛弃掉。接着,他跟她谈说苦难过去后比较幸福的日子。他说,她的年轻的心不应该扯得四分五裂来博取小牧师、大教士、教长或是会吏长的欢心。不,就连全牛津①开会决定需要做这种牺牲的时候,都不做。

这样,他们彼此大大安慰了一番——本来,这样推心置腹的谈话,在什么糟心事上不能给人安慰呢! ——末了,他们又亲热地表示了一下父女之爱,便行分开,相当快乐地回到各自的卧房里去了。

---

① 指国教教会的高教派。

第十一章　伊菲革涅亚①

　　那天晚上，爱莉娜头靠在枕上，聚精会神地思索着一条妙计，想把父亲从苦难中拯救出去。在热情的鼓舞下，她决定应该采取自我牺牲的方法。这么好一位阿伽门农怎么不应当有一位伊菲革涅亚呢？她要亲自去请求约翰·波尔德撤销这件事，她要解说给他听她父亲的种种不幸，他的处境多么痛苦。她要告诉他，如果她父亲给这样拖到群众面前，受到这样不正当的侮辱，他会活不下去的，她要请求他看在过去的友谊分上，以男子汉的气魄和宽大仁慈的态度来处理这件事，有必要的话，她愿意为自己请求的恩惠跪倒在他的膝下，可是在这么做之前，必须把爱情撇在一边。这件事决不可以有什么交换条件。她可以求他以宽大仁慈的态度来处理这件事，可是她是一个纯洁的姑娘，甚至还没有人向她求过爱，所以她决不能亲自去求他看在爱情的分上，而且在这种情况下，也决不能允许他这么做。当然，他受到这样的挑逗，很可能会吐出对她的爱慕之情,这是意料中的事,他们彼此的感情已经够使这样一件事确定无疑了,但是同样确定的是,她一定得拒绝他。她不能使他以为这意思是说:"让我父亲自由自在吧,我就是你的报酬。"在这件事情上,没有牺牲品——耶弗他的女儿搭救她父亲②的时候也没有——她也不可以这样做给那位最慈祥、最亲爱的父亲看,她多么能为他的幸福忍受苦难。不,她必须要用一个决定来约束住自己的整个心灵。这样下定决心以后,她觉得自己可以像向老祖父去请求的时候那样,怀着极大的信心去向波尔德作这个重大的请求了。

不过我承认,我很替我的女主人公捏一把汗,这倒不是为了她的使命的成败——一点儿不是为了这个,因为说到她的高洁的计划是否会完全成功,说到这样一个计划的最后结果,凡是通达人情和熟读小说的人,没有谁会稍有一点儿怀疑的。我指的是她从女性中究竟能够得到多少同情。二十岁以下的小姑娘和六十岁以上的老太太也许都可以了解她,因为在女性的心里,旖旎亲切的柔情像泉水似的,经过多年之后,重又涌出水来,喷出和早年一样纯洁的泉水,大大地涤清了走向坟墓的下坡路。不过我恐怕,在这两个时期之间的大多数妇女,都不会赞成爱莉娜的计划。我恐怕三十

---

① 伊菲革涅亚(Iphigenia),希腊神话,伊菲革涅亚是阿伽门农(Agamemnon)之女。阿伽门农得罪了月神阿耳忒弥斯(Artemis),特洛伊战争爆发,阿耳忒弥斯使海上平静无风,停泊在奥力斯的舰队无法启航,身任希腊军指挥官的阿伽门农只好把伊菲革涅亚献给阿耳忒弥斯,作为牺牲。

② 《旧约·士师记》第十一章:"耶弗他(以色列人的首领)就向耶和华许愿,说,你若将亚扪人交在我手中,我从亚扪人那里平平安安回来的时候,无论什么人,先从我家门出来迎接我,就必归你,我也必将他献上为燔祭。于是耶弗他往亚扪人那里去,与他们争战,耶和华将他们交在他手中。……耶弗他回米斯巴到了自己的家,不料,他女儿拿着鼓跳舞出来迎接他……父亲就照所许的愿向他行了,女儿终身没有亲近男子。"

五岁的老处女要说,这么一个荒谬的计划是绝不可能行得通的,姑娘们跪在情人面前,那一准会给情人吻的,她们绝不会使自己处在这样一个地位上而没有料到这一点,爱莉娜上波尔德那儿去,只是因为当下的情形使波尔德不能上她这儿来,她当然不是个小傻子,就是个狡黠的小坏蛋,不过很可能,她主要还是为她自己,而不是为她父亲设想。

亲爱的女士们,你们对这种情况的判断的确不错,可是这样来判断哈定小姐的个性却大错特错了。哈定小姐比你们年轻得多,因此不可能像你们那样,知道这种会面会使她遭到什么样的危险。她会被对方吻的,我想她很可能是会的,但是我郑重地、肯定地向你们保证,在她作出这儿所提到的这个重大决定的时候,她连这场大祸的影子也没有想到。

后来,她睡着了。第二天,她精精神神地起来,遇见她父亲的时候非常亲热地拥抱了一下,脸上挂着最可爱的笑容,所以一般说来,他们的那顿早饭一点儿不像前一天的那顿晚饭那样愁闷。接着,她向父亲告了个便,说是有事得那么早离开他,便着手进行她的活动去了。

她知道约翰·波尔德在伦敦,因此这一幕戏那天无法扮演,但是她也知道,他很快就要回来,也许就是第二天,所以必须和他姐姐玛丽商量出一个小办法来,好和他会面。当她到了那屋子的时候,她和平时一样,走进午前活动的那间起居室,看见一根手杖、一件大衣和四下放着的一些各色各样的小包,知道波尔德一定已经回来了,不禁怔了一下。

"约翰突然回来啦,"玛丽走进房来说,"他乘车走了一夜。"

"那么我改天再来吧,"爱莉娜说,她突然觉得惊慌,打算立刻溜之大吉。

"他现在出去啦,两小时内不会回来,"另一个说,"他去找那个讨厌的芬雷去了。他回来就是为了找他,今儿夜里就搭邮车①又走。"

今儿夜里就搭邮车又走,爱莉娜心里暗自想着,一面竭力鼓起自己的勇气来——今儿夜里又走——那么时机决不可错过了。她原来站起身要走,这会儿又坐下了。

她希望这场严峻的考验可以延宕下去:她已经打定主意要做这件事,但是她可没有准备当天就做,所以这时,她觉得坐立不安,惶惑窘困。

"玛丽,"她开口说,"在你弟弟又走之前,我一定得见见他。"

"噢,成,当然成啦,"另一个说,"他一定乐意见你的。"她想把这看作一件理所当然的事,可是她心里也觉得有点儿纳罕,因为玛丽和爱莉娜前一阵子天天谈到约翰·波尔德和他的行为与爱情。玛丽老要管爱莉娜叫妹妹,老怪她不叫波尔德的名字。爱莉娜老是只吞吞吐吐地承认一点儿自己的爱慕,可是像个腼腆的姑娘那样,连对情人的名字也不赞成使用这种亲密的唤法。这样她们一小时一小时谈着。玛丽·波尔德年纪大得多,所以带着快乐的信心预想到,将来有一天爱莉娜会不怕羞地唤她姐姐的时候。不过她十分肯定,爱莉娜目前自然很可能要避开她的兄弟,而不会来找他。

"玛丽,我今儿一定要见见你弟弟,请他给我做一件重要的事。"她神情郑重地说。那种神情对她讲来是很特别的。接着,她

---

① 邮车,指搭客兼运送邮件的列车。

说下去,把自己的计划,她仔细衡量了来搭救父亲脱离痛苦的计划,全部告诉了她的朋友。她还说,这种痛苦如果继续下去,会使他与世长辞的。"不过,玛丽,"她继续说,"你知道,你现在绝对别再拿我和波尔德先生开什么玩笑了,你现在不可以再提那件事啦。我请你弟弟帮这么大一个忙并不害臊,不过我这么做了以后,我们之间绝不能再有什么别的感情了。"她郑重、严肃地说,那副神气的确比得上耶弗他的女儿,或是伊菲革涅亚。

显然,玛丽·波尔德并没有完全听明白这一番议论。爱莉娜·哈定代替父亲想来打动波尔德的善良的本性,这在玛丽看来似乎是很自然的。约翰似乎自然也会心软下来,被这种孝顺的眼泪和这种妩媚的姿色所征服。可是在她想来,约翰心肠软下来以后,无论如何自然会用胳膊搂住他的情人,说:"现在这问题既然解决了,咱们就结为夫妇,皆大欢喜吧!"这样的报酬对谁都没有不利,那么他的善良的性情为什么不应该获得这样的报酬呢?玛丽的理智多于旖旎的幻想,所以她不明白这一点,而她也就把这说出来了。

然而爱莉娜是很坚决的,她娓娓动听地说了一席话来支持自己对这问题的见解。她说,她不能在自己提出的以外的任何条件下屈身去请求这么大一个恩惠。玛丽也许认为她有点儿夸张,但是她自有她的见解,她不肯牺牲自己的自尊心。

"不过我知道你的确爱他——对吗?"玛丽分辩说,"而且我知道,他对你也比对世上随便什么都爱。"

爱莉娜还打算再说一套话,但是泪水汪到了眼眶边,她说不出来了,于是假装要擤鼻涕,走到窗口去,暗地里重新鼓起自己的勇气。等她觉得多少忍住了以后,她很简洁地说道:"玛丽,你这是胡说。"

"可是你是爱他，"玛丽说，她跟着她的朋友走到了窗口，这会儿正用胳膊紧抱着爱莉娜的腰。"你是全心全意地爱他——你知道是这样。你敢否认吗？"

"我——"爱莉娜开口说，她骤然一下转过身来想驳斥这种说法，但是她打算说的违心之论哽在喉咙里，压根儿没说出来。她无法抵赖自己的爱情，因此便大流眼泪，靠在朋友的怀里呜咽，并且坚决地说，爱不爱对她的决定压根儿没有什么关系。她还说了上千遍，说玛丽是个最最无情的姑娘，要玛丽发了几百次誓，保证严守秘密，结尾还说，一个姑娘要是泄露了朋友的恋爱，即使是对她的亲兄弟，也是一个卖友的阴险小人，就像要塞里的一个兵士打开塞门、迎接敌人一样。她们正谈着这件事的时候，波尔德回来了，爱莉娜被迫非采取急遽的行动不可啦。她不努力完成她的计划就得放弃。在那位先生把走道里的门关上的时候，她溜进了朋友的寝室，把泪痕从眼睛上洗去，心里打定主意办完了再说。"告诉他我在这儿，"她说，"一会儿就来。还有，听着，不论你有什么事，都别离开我们。"于是玛丽相当忧郁地告诉了她的兄弟，说哈定小姐在隔壁房间里，就要来跟他谈谈。

爱莉娜站在镜子面前梳理头发，一面从脸上把伤心的痕迹抹掉。这时候，她心里主要想到的的确是她父亲，而不是她自己，然而我要是说她并不急于想在情人眼前显得漂亮，那也是不实在的，否则她为什么对不听她手支配的那一束"倔强的"鬈发要那么拢了又拢，而对起皱的缎带又那么急切地要抹平呢？再说，她为什么要弄湿眼睛来消除眼皮上的红肿呢？为什么要咬咬娇媚的嘴唇来恢复它们原有的颜色呢？当然，她是急于想显得非常漂亮，因为她毕竟只是一个人世间的安琪儿啊！可是即使她长生不死，即使她以小天使的翅膀倏地飞进那间起居室去，她也不可能具有一颗更诚实的心，或是一个更真挚的愿望，打算不顾一切，牺牲自己，来搭救她的父亲。

从那天在大教堂区她愤愤地把约翰·波尔德撇下走开以后，约翰·波尔德就没有再遇见过她。从那天起，他的全部时间都用在促进反对她父亲的那件事情上，而且相当成功。他常常想到她，心里翻来覆去地盘算着许多方法，想让她看出来，他的恋爱是多么大公无私的。他要写信给她，请求她不要因为他的急公好义的行为损害到她对他的看法，他要写信给哈定先生，说明他的一切见解，大胆地要求娶院长的女儿，极力说明，他们之间的不愉快的境况，并不一定是他们多年的友谊，或是更密切的关系的障碍。他要跪在他情人的面前，他要等到做父亲的丧失了家和俸禄的时候，娶他的女儿，他要放下这场官司上澳大利亚去，当然和她一块儿，撇下《朱庇特》和芬雷先生去处理他和哈定先生两方的诉讼。有时候，他清晨醒来，急躁不堪，真想把脑袋打穿，了却一切烦恼——可是这个想头一般总是在跟汤姆·托尔斯一块儿很放荡地吃了一顿晚饭之后才会有的。

那天，当爱莉娜缓步走进房来的时候，他觉得她多么美啊！那些琐屑仔细的修饰可不是毫无道理的。虽然她姐姐，会吏长太太，曾经认为她的姿色不够妩媚，可是看得对眼的时候，爱莉娜还是很标致的。她的脸并没有大理石胸像那种冷若冰霜的俏丽，端正的容貌非常完美，完全合乎亭匀的规律，在陌生人和熟朋友看来都觉得很可爱，除非生病或是年龄影响到它们，否则是永远不变的。她可没有惊人的艳丽姿色，没有珍珠般洁白的肌肤，没有鲜明的红润。她没有吸引人的那种雍容华贵的外表,令人一见倾心,接着又以冷冰冰的神色弄得人失望。您可以在街上走过爱莉娜·哈定,压根儿不注意她,可是您不可能跟她消磨上一个晚上而不对她爱慕。

她的情人觉得她以前从没有显得像眼下这般可爱。她脸上虽然严肃,却生气勃勃,又黑又亮的大眼睛热切有力地闪闪发光。当她握住他手的时候,她的手直哆嗦。等她唤他的时候,她几乎叫不出他的名字来。那时,波尔德衷心希望,上澳大利亚去的计划正在实现,他和爱莉娜一块儿离开,从此对这场官司不闻不问了。

他开始说话,问候她的身体——先说伦敦多么乏味,又说了半天巴彻斯特多么愉快,再讲到天气很热,接着便问候到哈定先生。

"父亲不太好。"爱莉娜说。

约翰·波尔德很不安、非常不安。他绷起一副人们在这种场合常做出的莫名其妙的严肃脸孔,说他希望不是什么大毛病。

"我特意想跟您谈谈我父亲,波尔德先生。说真的,我这会儿上这儿来就是为了这件事。爸爸为养老院的事很不高兴,真很不高兴。波尔德先生,您要是瞧见他被这件事弄得多么苦恼,一定会可怜他的。"

"哦,哈定小姐!"

"说真的,您一定会的——谁都会可怜他,可是一位朋友,一位像您这样的老朋友——您一定会的。他简直变了个人,一点儿兴致都没有啦,恬淡的性情和和蔼、快乐的声音全没有啦。您瞧见他,简直会不认识他的,波尔德先生,他大变了样。而且——而且——如果这样继续下去,他会活不了的。"说到这儿,爱莉娜用手绢捂住脸,听话的人也用手绢去擦眼睛,但是她鼓起勇气,继续说她的话。"他会伤心去世的。波尔德先生,我知道当然不是您在报上写那些恶毒的东西——"

约翰·波尔德急煎煎地说不是他写的,可是他和汤姆·托尔斯的亲密关系使他心里非常不安。

"是的,我想一定不是的,爸爸压根儿就没有这么想过,您不会这么狠毒的——可是那篇文章险些儿送了他的老命。爸爸想着人家竟然会那样说他,大家会瞧见他给人家那样说,就受不住了——他们说他贪鄙、奸诈。他们还说他抢了老头儿们的钱,又说他什么事不做净拿养老院的薪俸。"

"我从没有这么说过,哈定小姐。我——"

"是的,"爱莉娜截断了他的话,继续说下去,因为她那会儿正滔滔不绝地说到了高潮,"是的,我相信您一定没有,不过别人这么说了。如果这件事继续下去,如果这种东西再写出来,那就要把爸爸的命送掉。唉呀!波尔德先生,您要是知道他目前的情况,您就相信啦!爸爸根本就不大把钱放在心上。"

听她说话的姐弟二人都同意这种说法,说他们知道谁都没有像院长那样不肯接受不义之财的。

"呀,你这么说真太好啦,玛丽,还有您,波尔德先生。人家对爸爸有什么不正当的想法,我可受不了。你们知道不知道,他情愿把养老院完全扔下,只是他不能够这么做。会吏长说那样太懦弱了,而且还背弃了教友们,损害了教会。不管出现什么情况,爸爸都决不肯这么做的。他情愿明儿就离开那地方,扔下房子、俸禄和一切,只要会吏长——"爱莉娜预备说"肯答应他",可是她刚要说出有损父亲尊严的话,立刻又止住了。随后她长叹了一声,补说道——"哦,我真希望他可以离开。"

"认识哈定先生的人，没有谁指责他。"波尔德说。

"可是他是在受责罚，他在受罪，"爱莉娜说，"为了什么呢？他做了什么错事呢？他为什么该受到这场迫害呢？他一生从没有起过一个恶念，也从没有说过一句狠话！"说到这儿，她说不下去了，一大阵抽抽噎噎的哭泣哽塞住了她，使她说不出话来。

波尔德第五也不知第六次说，他和朋友都从来没有把什么罪名归在哈定先生个人的身上。

"那么他为什么该受到迫害呢？"爱莉娜淌眼抹泪地突然喊着说，在热切中却忘了她是打算委屈自己来向约翰•波尔德恳求的——"他为什么要被挑出来受这些嘲笑和侮辱呢？他为什么要给弄得这么不幸呢？哦！波尔德先生，"——她转过脸去朝着他，仿佛下跪的场面就要开始了——"哦！波尔德先生，您干吗要弄出这一件事来呢？您，我们大伙儿那么——那么——尊重的您！"

说老实话，改革家的报应的确临到头上了，他目前的情况真是不值得艳羡的。他没话可说，只好借口公义那套滥调（那是压根儿不值得重述的），只好反复颂扬哈定先生的德行。说真的，波尔德当时的处境的确糟不可言。如果有哪位先生代表哈定先生来拜访他，他当然可以拒不谈论这个问题。可是他怎么能够拒绝一个美貌的姑娘，拒绝他损害了的那人的女儿，拒绝他自己的情人呢？

同时，爱莉娜定了定心，重新打起精神来。"波尔德先生，"她说，"我上这儿来求您放弃这件事。"他从座位上站起来，显得非常烦恼。"求您放弃它，求您放过我爸爸，不要断送了他的性命或是把他逼疯了，因为要是这样继续下去，他不是活不了，就准会发疯的。我知道我的要求多么大，而我要求随便什么事情的权利又多么小，但是既然是为我爸爸，我想您会答应的。哦，波尔德先生，务必,务必请您替我们这么做——请您别把一个那么喜欢您的人逼得神经错乱。"

她并没有当真朝他跪下,可是他从椅子面前走开的时候,她跟着他,把两只柔软的手恳求地放在他的胳膊上。呀!在任何别的时候,这样的接触会是多么微妙动心的啊!可是那会儿,他却哑口无言、心慌意乱、六神无主。他对这么一位妩媚的恳求人能说什么呢?他怎样解释给她听,这件事他现在大概已经控制不住了,他怎样告诉她,他平息不了他所兴起的这场风暴呢?

"当然,约翰,你当然不能拒绝她。"他姐姐说。

"我愿意把灵魂献给她,"他说,"如果能对她有好处的话。"

"唉呀,波尔德先生,"爱莉娜说,"别这么说,我不替自己要求什么。我替爸爸要求的事,您答应了也不会损害到您自己。"

"我愿意把灵魂献给她,如果能对她有好处的话,"波尔德仍旧朝着姐姐说,"我的一切都是她的,只要她肯接受的话:我的房子、心、一切一切。我心里的一切希望都寄在她身上。她的笑容在我看来比阳光还可爱,看见她这会儿这么伤心,我浑身都觉得痛苦。谁都不会像我这样爱她的。"

"不,不,不,"爱莉娜突然喊起来,"咱们之间谈不到什么爱。您肯保护我爸爸避开您给他带来的灾难吗?"

"哦,爱莉娜,我什么事都愿意做,让我来告诉你我多么爱你!"

"别价,别价,别价,"她几乎尖叫起来,"波尔德先生,您这样太没有丈夫气概了。您肯,您肯,您肯让我爸爸太太平平地死在他的宁静的家里吗?"她说着一把抓住他的胳膊和手,跟他走过房间到门口去。"您不答应我,我就不离开您,就是到了街上也要揪着您。我在大庭广众之前也要朝您跪下。您一定得答应我这件事,您一

定得答应我这件事,您一定得——"她死乞白赖地紧揪着他,歇斯底里地、热狂地反复说着她的决心。

"跟她说话呀,约翰,回答她的话呀,"玛丽说,她被爱莉娜这种意想不到的激烈态度弄得不知所措,"你不可以这么不讲人情,拒绝答应。"

"答应我,答应我,"爱莉娜说,"说我爸爸是平安无事的——只要说一句话就成。我知道您多么守信用,说一句话,我就放开您。"

她仍旧抓住他,热切地盯视着他的脸,头发蓬乱,两眼血红。那会儿,她忘了自己,也不注意自己的容貌,然而他却认为从来没有看见她及得上那会儿一半那么可爱。他被她的秀色惊呆了,简直不能相信自己大胆爱着的竟然是她。"答应我,"她说,"您不答应我,我就不离开您。"

"我答应啦,"他最后说,"我答应啦——一切我能做的,我都愿意做。"

"愿上帝永远、永远降福给您!"爱莉娜说。她跪到地上,把脸伏在玛丽的膝上,像一个孩子那样呜咽啜泣。她的气力支持着她完成了自己承担下的任务,可是现在,她简直筋疲力尽了。

一会儿工夫,她有点儿恢复过来,站起身要走。倘若不是因为波尔德告诉她,他得解释给她听,他究竟有多大力量来结束控告哈定先生的诉讼,那么她早就走了。如果他谈什么别的事,她也早走了,可是这件事,她却非听不可。这时候,她的危险的境况开始了。在她主动地做着一件事的时候,在她紧揪着他,向他请求的时候,拒绝他献出来的爱情,把他的温存软语撇在一边,那是很容易的,可是现在——既然他已经屈服,还镇定、亲切地在跟她谈着她父亲的幸福,要她拒绝实在太困难啦。那时候,玛丽·波尔德帮助她。

现在,她完全倒到弟弟那面去了。玛丽没说几句话,然而她说的话句句都是一个直接的、致命的打击。她做的头一件事就是在沙发上她和爱莉娜之间空出个地位来给她弟弟坐。沙发很大,足够坐三个人,所以爱莉娜不能埋怨这件事,她也不能坐到另一张座位上去,表示有什么疑惧,然而她觉得这是个太不体贴的举动了。接下来,玛丽说起话来老仿佛他们三人是给一种密切的、特殊的关系接合在一起的,仿佛他们将来总一块儿希望,一块儿筹划,一块儿行动似的。爱莉娜无法反驳这个,她不能再发表一篇宏论,说:"波尔德先生和我跟陌生人一样,玛丽,而且永远都是这样!"

他解释给她听,虽然攻击养老院的行动确实是他单独发动的,可是如今许多别人都对这件事很感兴趣,有些人比他势力大得多,不过律师们的活动还是单听他的指示,而且更重要的,也只向他支取事务费。他答应马上通知他们,自己不打算打这场官司了。他说他认为在他退出不干这件事之后,大概不会有人再采取什么积极的步骤,虽然《朱庇特日报》上说不定还会偶然提到养老院的事。但是他答应,他将使用最大的影响去阻止他们再提到哈定先生本人。他最后提议那天下午亲自骑马上格伦雷博士那儿去告诉他,自己在这问题上改变主意了。为了这一点,他把立刻重返伦敦去的行程延缓下去。

这一切都很愉快。爱莉娜的确满心得意,认为她已经达到了寻求这场会谈的目的,可是伊菲革涅亚这个角色还是得演完。神已经听了她的祈祷,俯允了她的请求,那么他们难道不该得到答应酬谢他们的牺牲品吗?爱莉娜不是一个存心欺骗他们的姑娘,因此直等到她可以走的时候,她才站起身去拿帽子。

"你这就要走吗?"波尔德说。半小时以前,他还宁愿丢掉一百镑，只要自己是在伦敦，而她依然呆在巴彻斯特。

"哦，是的！"她说，"真谢谢您。爸爸一定会觉得您这是非常厚道的。"其实，她压根儿并不十分知道她父亲的情感。"我当然得告诉他，我还说您这就去找会吏长！"

"但是，我可以替自己说句话吗？"波尔德说。

"我去给你拿帽子，爱莉娜。"玛丽说，立即准备走出房去。

"玛丽，玛丽，"她站起身来，拖住她的衣服说，"你别走，我自己去拿。"但是玛丽这个出卖朋友的人竟然硬站在门口，不肯退回来。可怜的伊菲革涅亚！

接着，约翰·波尔德在一往情深中，倾吐出了他的心愿，像一般男人那样，发了些真心真意的誓，也说了许许多多假话。爱莉娜用种种激烈的音调一再地说："不成，不成，不成！"这在一会儿工夫以前那么有效，可是现在，啊呀！它的力量一点儿也没有了。即使她从来未有地激烈，那也不给人放在眼里了。她的"不成，不成，不成！"全遭到了坚决的反对，最后终于被压制下去。她的一切抵挡全归于失败。她被逼着回答：她父亲会不会反对，她自己有没有什么反感（反感！唉，真造孽，可怜的姑娘！这个词儿差点儿使她跳进他的怀里去），她有没有别的爱人（这她大声否认），她能不能爱他（爱莉娜无法说不能）。这样，她的防御工事终于全给摧毁了，姑娘的壁垒全给一扫而空，她投降了，或者不如说是光荣地摆脱了战争，显然是打败了，明明是打败了，不过并没有被迫公然承认。

因此，现代奥力斯岸头的圣坛上①并没有牺牲品的气味。

---

① 奥力斯(Aulis)，古希腊的一处海港，系阿伽门农牺牲伊菲革涅亚的地方。

第十二章　波尔德先生访问普勒姆斯特德

有些小姐太太们在前一章开头的地方所作的那种恶意的预测到底是否完全实现，我可说不上来。可是爱莉娜带着各项消息回到家里父亲面前的时候，的确觉得自己遭到了挫折。她的确胜利了，她的确达到了目的，她的确并没有感到不快，然而她并不觉得自己获得了全胜。现在，一切就会顺顺当当了。爱莉娜压根儿不喜欢莉狄亚式的恋爱①，她并不因为爱人以阿布索卢特的名字打门里进来，而不以贝弗利的名字打窗子里把她拖出去而对他不满，不过她觉得她是给硬逼着答应的，所以简直不能以弟妇的情义想到玛丽。"我以为我可以相信玛丽的，"她一遍又一遍地暗自说，"嗐，她竟敢在我要出去的时候，单把我留在房里！"但是爱莉娜觉得，这件事也算过去啦，她现在没有什么要做的，只有把准备告诉父亲的消息里再添上一件：她已经接受了约翰·波尔德的求爱。

我们暂且让她走她的路，先跟着约翰·波尔德一块儿到普勒姆斯特德—埃皮斯柯派去，只是这里略提一下，爱莉娜到家以后，并不会发现一切情形像她很天真地料想的那么顺利。两个"使者"来了，一个到了她父亲的面前，另一个到了会吏长那儿，每一个都反对她这样平静地解决一切困难的方式。一个是一份《朱庇特日报》，另一个是亚伯拉罕·哈法萨德爵士的一份补充意见。

约翰·波尔德跨上了马，到普勒姆斯特德—埃皮斯柯派去。他的行动并不十分轻快、热切，像人们在称心如意时那样，而是缓慢的、稳重的、沉思的，多少有点儿惧怕眼前的这次会面。时时，他回想到刚过去的那个场面，想着爱莉娜表示同意的那片沉默来激励自己，于是又像一个快乐的情人那样高兴起来。可是就连这种情绪里，也还免不了有一丝悔恨。把花了多少时间深思熟虑后作出的决定，在一个秀丽的姑娘的眼泪下这样断送掉，这岂不是显得自己幼稚而软弱吗？他怎样去会见他的律师呢？他的名字已经公然和这件事连在一起，他怎样退出去呢？他拿什么，嗐，拿什么话去向汤姆·托尔斯说呢？他正想着这些烦心的事情时，已经来到了通进会吏长园子②的那座门房外边，生平头一次进入了那片圣地。

波尔德骑马走到门厅门外的时候，博士的子女全聚在大路旁边那片倾斜的草地上。他们正激烈地辩论着跟普勒姆斯特德—埃皮斯柯派显然大有关系的事情，因此大门还没有关上的时候，就听见小伙子们的声音了。

佛洛林姐和格里珊儿看见她们家这么熟悉的一个敌人到来，

---

① 莉狄亚（Lydia）和阿布索卢特（Absolute）是英国剧作家谢立丹（Richard Brinsley Butler Sheridan, 1751—1816）的名著《情敌》（*The Rivals*）中的男女主角。阿布索卢特先以贝弗利少尉这个假姓名和莉狄亚谈情说爱，后来才露出了真名实姓。
② 园子，原文为 glebe，指教区教堂所属的田地。

不免大吃一惊,所以一瞥见骑马的人,转身便逃,惊慌失措地奔进母亲的怀抱里。她们那样的柔条嫩枝是不会憎恨危害的行为,也不会以卫道者的身份披挂起来去迎击敌人的。然而小伙子们却像英雄似的屹立不动,大胆地询问这个闯进来的人有何贵干。

"你要见这儿的哪位吗,先生?"亨利用不友好的音调目中无人地问。他的音调很清楚地说明,那儿反正没有人乐意会见他这样招呼着的这个人。他说话的时候,抓住喷壶壶嘴,挥动了一下,准备把任何人打个脑浆迸裂。

"亨利,"查尔斯·詹姆斯慢条斯理、字斟句酌地说,"波尔德先生当然不会不为了见谁就跑来了。如果波尔德先生有适当的理由要见这儿的什么人,他当然可以来。"

但是塞缪尔却轻快地走到马头前面,打算效劳。"哟,波尔德先生,"他说,"我相信爸爸一定乐意见您。我想您是要见爸爸吧。要我替您牵住马吗?哦,多么骏的一匹马!"他转过头去,朝着两个哥哥滑稽地眨眨眼。"爸爸今儿听说到关于那个古老的养老院的好消息。我们知道您一准也乐意听听,因为您是哈定外公顶好的朋友,又和娜儿姨那么相爱!"

"你们好吗,孩子们?"波尔德跳下马说,"爸爸要是在家,我想见见他。"

"孩子们!"亨利转身朝哥哥说,声音大得连波尔德也可以听见,"孩子们,真不错!咱们要是孩子,那他管自己叫什么呢?"

查尔斯·詹姆斯不乐意再多讲话,只是一丝不苟地把帽子歪戴好,把客人交给小弟弟款待去了。

塞缪尔谈着说着,拍拍马,直顶到仆人到来。可是等波尔德刚进了前门,他便用一根树枝戳到马尾巴下边,可能的话,想惹得马踢人。

　　那位教会改革家不一会儿便在我们已经进去过的那间房里，在教区长公馆的那个 sanctum sanctorum① 里，跟会吏长面对面谈话了。他进去的时候，听见一把特制的锁嗒地一响，但是这并不叫他觉得奇怪。那位德高望重的教士一定是在把他最近常读的讲道集收起来，不让凡人的眼睛看见，因为会吏长虽然难得布道，他的讲道却是鼎鼎有名的。波尔德认为没有一间房能像那间那样适合教会的一位长老了。四面沿墙都放着神学书籍，每一口书箱上都用小金字印着一些伟大的神学家的姓名，他们的著作就排列在那口书箱里：按照年代依次从最早的老前辈开始，凡是教会大长老们的宝贵著作那里都有，一直到最近反对授予汉普登博士②圣职的那本小册子。在书箱上面，还放有一些大人物中最了不起的人物的半身像：克里索斯特姆③、圣奥古斯丁④、托马斯·阿·贝克特⑤、沃尔西主教⑥、劳德大主教⑦和菲尔坡茨博士⑧。

　　一切可以使读书愉快，使疲乏过度的脑力松弛的设备，应有尽有：可以舒展四肢和肌肉的椅子，适合各种姿势的书桌和写字台，

---

① 拉丁文，意思是："私室"，"密室"。
② 汉普登博士(R. D. Hampden，1793—1868)，英国神学家，一八四七年任赫里福德主教。
③ 克里索斯特姆(St. John Chrysostom，约 347—407)，君士坦丁堡主教，神学家。
④ 圣奥古斯丁(St. Augustine，? —604)，罗马传教士，坎特伯雷第一任大主教。
⑤ 托马斯·阿·贝克特(Thomas à Becket，约 1118—1170)，坎特伯雷大主教。
⑥ 沃尔西主教(Thomas Wolsey，约 1475—1530)，英国的一位红衣主教、政治家。
⑦ 劳德大主教(William Laud，1573—1645)，英国高级教士，坎特伯雷大主教。
⑧ 菲尔坡茨博士(Henry Phillpotts，1778—1869)，英国埃克塞特主教。

设计精巧、可以随学者们乐意照射到任何地点的台灯和蜡台,可以在一天辛劳后片刻空闲的时间中消遣消遣的一叠报纸。还有,从窗子看出去,正望着一排树木那边的景致,沿着那排树木,是一条宽阔的绿色小路,从教区长公馆直通到教堂——在小路尽头,可以看见那座古老壮丽的茶色钟楼和许多不同的小尖塔与矮墙。英格兰没有几个教区教堂像普勒姆斯特德—埃皮斯柯派的保护得这么好,或是值得这么仔细地加以保护的,然而它的风格却很有缺陷:教堂本身很低——非常之低,因此要不是亏了四周的砌花矮墙,从教堂院子里便可以看见那几乎平坦的铅皮屋顶了。它的式样是十字架形的,虽然左右两翼不够匀称,一边比另一边大,而钟楼和教堂相比也未免过高了点儿。可是这个建筑物的色泽却非常悦目,它是那种鲜艳的灰黄色,这是我们大多数都铎式①老建筑物的一个非常触目的特征,只有在英格兰西部和南部才可以见到。石工也很瑰丽,窗子的竖框和精细的哥特式②花饰窗格意想不到的华美。虽然人们注视着这样一个建筑物的时候,一般都知道建造它的老牧师们造得不大对称,可是人们也无法说希望他们没这么造。

当仆人把波尔德领进书房的时候,他看见主人背向着空壁炉站在那儿,正准备接待他。他不禁注意到,那个宽阔的额头上洋溢着喜悦的光彩,而那张厚实的嘴上也比平时更显眼地挂着一副志得意满的神气。

---

① 都铎式指英国都铎王朝(Tudor)的一种建筑式样,很受哥特式的影响。
都铎王朝是英国的一个朝代,始于亨利七世(1485),终于伊丽莎白女王(1603)。

② 哥特式(the Gothic Style),一种建筑式样,初行于英国及法国北部,十二世纪至十五世纪盛行于西欧,其建筑法系将重量和伸引力集中在石柱和扶壁上,用尖拱代替圆拱。

"啊，波尔德先生，"他说——"唔，您有什么事吗？我可以告诉您，我很乐意替我老丈的这么一位好朋友效劳。"

"请您恕我来打搅，格伦雷博士。"

"哪儿的话，哪儿的话，"会吏长说，"我可以告诉您，波尔德先生是用不着道歉的，只要告诉我有什么事要吩咐我就得啦。"

格伦雷博士自己站着，他并不请波尔德坐下，因此波尔德只好手里拿着帽子，靠着桌子，把要说的话站在那儿说。他的确就这么说了。会吏长一次也没有打断他，也没有说一句话来鼓励他，所以他不一会儿就把话说完了。

"那么，波尔德先生，我想您是来告诉我，您想放弃对哈定先生的这个攻击啰。"

"哦，格伦雷博士，我可以肯定地告诉您，压根儿就没有什么攻击——"

"得，得，咱们别为字眼争执。我要叫它攻击——这是要从一个人那儿把他赖以为生的全部收入夺走，大多数人都会管这叫攻击的，不过您要是不乐意的话，就算不是攻击也成。您打算放弃您玩起来的这——这一场小游戏①。"

"我打算把提起的诉讼撤销。"

"我知道，"会吏长说，"您已经够呛啦。嗯，我可不能说我觉得奇怪。打一场输官司，自己什么也得不着，反而得四处付钱，这是太不合意的啦。"

波尔德的脸涨得绯红。"您误解了我的用意，"他说，"不过这

---

① 原文为 backgammon，系西洋人的一种两人玩的棋戏，棋子的进退由掷骰子来决定。backgammon 系从威尔士文 back cammon 二字转来，有"小战斗"之意。

没有多大关系。我并不是来跟您絮叨我的用意的,只是来告诉您一个事实。再会吧,格伦雷博士。"

"别忙——别忙,"另一个说,"我还不十分明白,您怎么会乐意私下来找我谈这问题的,不过也许我错啦,也许您的判断力比我强,但是您既然赏光——您既然可以说是逼着我把一件也许最好交给我们律师谈的问题稍许先谈谈,您一定会恕我冒昧,如果我请您听听我对您刚说的话的答复。"

"我并不忙,格伦雷博士。"

"噢,我倒很忙,波尔德先生。我的时间并不空闲,因此请您原谅,咱们这就直说吧——您不打算打这场官司啦?"——他停住,等一个答复。

"是的,格伦雷博士,我不打算打啦。"

"您使您父亲的一位最亲密的朋友,受够了报界对他名誉的种种无礼的侮辱,您还相当自鸣得意地说过,您是一个热心公益的人,有责任来保护养老院里受了您骗的那些可怜的老傻瓜。现在,您发觉这件事得不偿失,于是您就打定主意不干啦。波尔德先生,这倒是个挺精明的决定,可惜的是,您竟然这么久才明白过来。您想没有想到,我们这会儿也许倒不乐意撒手了? 我们也许觉得,为了您加到我们身上的损害,我们需要来惩罚惩罚呢? 我们为了应付您这场不公正的举动,已经花了一笔极大的费用,先生,您知道吗?"

波尔德的脸那会儿涨得更红,他差点儿把手里的帽子捏坏了,可是他并没有说什么。

"我们觉得有必要去请教金钱所能得到的最好的意见。请到检察长来帮忙得花多大的费用,先生,这一点您知道吗?"

"一点儿不知道,格伦雷博士。"

"我想您是不知道,先生。您把这件事不顾轻重地交到您的朋友芬雷先生的手里,他的六先令八便士和十三先令四便士大概算不了一笔大数目,于是这种诉讼给别人带来的花费和痛苦,您就漠不关心了,但是这笔挺够瞧的费用现在得由您来掏腰包啦,先生,这一点您知道吗?"

"哈定先生的律师可能提出的随便什么这种性质的要求,当然可以向我的律师提出。"

"'哈定先生的律师和我的律师!'您上这儿来单为了叫我去找律师的吗?说实在的,我认为那样的话,您的光临就未免是多余的了!现在,先生,我来把我的意见告诉您——我的意见是:我们不让您把这件案子撤销。"

"您爱怎么就怎么吧,格伦雷博士,再会。"

"请您听我把话说完,先生,"会吏长说,"我刚收到亚伯拉罕·哈法萨德爵士对这件事新提出的意见。您恐怕已经听说到这件事了——我恐怕这和您今儿的光临有点儿关系吧。"

"我一点儿不知道亚伯拉罕·哈法萨德爵士或是他的意见。"

"尽管这么说,他的意见可来啦。他说得挺明白,这件事不论从哪方面看,您都是丝毫站不住脚的。他说哈定先生在养老院的地位和我呆在教区长公馆这儿一样安稳,他说您所作的这个想毁掉哈定先生的举动,是从未有过的最无聊的想毁掉一个人的举动了。这儿,"他拍拍桌上的那份文件,"我收到了国内首屈一指的法学家的意见。在这样的情况下,您指望我因为您挺厚道地答应把哈定先生从您的罗网里释放出来,就朝您深深一鞠躬吗!先生,您的网子不够结实,逮不住他。先生,您的网子已经又破又烂啦,不用我告诉您,您早就知道了——现在,再会吧,我还忙着哩。"

波尔德这会儿真气得透不过气来了。他让会吏长一个劲儿说下去,因为他不知道用什么话来打断他,可是现在,既然给这样的侮辱激了起来,他不能不回上两句就离开那间房。

"格伦雷博士。"他开口说。

"我没什么要说的或是要听的了,"会吏长说,"我来略尽东道之谊,吩咐人给您牵马吧。"说完,他撤了一下铃。

"格伦雷博士,我是怀着十分热忱、十分亲切的心情上您这儿来的——"

"哦,你当然是这样,这一点没有谁怀疑。"

"怀着十分亲切的心情上您这儿来的——您这样待我,大大地损害了我的这种心情。"

"这当然啦——我不想瞧见我的老丈给毁掉,那对您的心情是个多么大的损害啊!"

"将来总有一天您会知道我今儿为什么来拜访您的,格伦雷博士。"

"当然啦,当然啦。波尔德先生的马在外边吗?对啦,打开前门。再会,波尔德先生。"说完,博士迈开大步走进客厅,把门关上,使约翰·波尔德简直无法再说一句话。

他只好骑上了马,觉得自己像一个从厨房里给赶出来的狗一样。这时候,小塞儿又迎着他来了。

"再会,波尔德先生,我希望我们不久还会很荣幸地再见着您。我相信爸爸一准永远乐意见您的。"

那的确是约翰·波尔德有生以来最痛苦的时刻了。就连想到恋爱的顺利,都不能使他感到安慰。不,当他想到爱莉娜的时候,他觉得都是这场恋爱才使他受这种肮脏气的。想不到他竟然给人家这样侮辱,而一句不能回答!想不到他竟然听了一个姑娘的请求,作出这么大的牺牲,而结果他的用意却给人家这么误解了!想不到他竟然铸成这么一个大错,这样来拜访吏长!他使劲儿咬着马鞭的柄,直到他咬穿了牛角制的鞭柄。他在盛怒之下,乱打那个可怜的畜生,接下来又觉得拿畜生出气,未免无聊,所以加倍气恼。他给人弄得这么束手无策,这么明显地给压制住了!他该怎么办呢?他既然保证撤销这场诉讼,就无法再继续下去,也不能进行什么报复——这正是敌人企图逼他采取的步骤!

他把缰绳扔给来替他牵马的仆人,直冲上楼,奔进客厅,他姐姐玛丽正坐在那儿。

"要是世界上有个魔鬼,"他说,"有个真正的魔鬼,那就是格伦雷博士。"他不乐意多告诉她,只是一把抓起帽子,又奔出去,没跟谁说一句话,就动身到伦敦去了。

第十三章 院长的决定

　　爱莉娜和爸爸的谈话,并不像前一章叙说的那场会谈那么粗暴,不过也并不多么顺利。她从波尔德家回来的时候,发现爸爸样子很古怪。在那难忘的一天,当大女婿向他讲说他对自己教会的义务时,他多么伤心沉默啊。这会儿,他并不是那样,也不像平日那样心平气和。爱莉娜抵达养老院的时候,他正在草地上来回踱着。她不一会儿便瞧出来,他情绪非常激动。

　　"我要上伦敦去一趟,亲爱的。"他一瞧见她立刻说。

　　"上伦敦去,爸爸!"

　　"是的,亲爱的,上伦敦去。我要设法把这件事解决掉。有些事真叫我受不了啦,爱莉娜。"

　　"哦,爸爸,是什么事?"她说,一面挽着他的胳膊,把他搀扶进屋子去。"我给您带来了非常好的消息。瞧您这样,倒叫我担心我办得太晚了。"他还没来得及告诉她为什么他作出这个突然的决定,或是指给她瞧桌上放的那份害死人的报纸,她便接着告诉他这场官司已经了结了。波尔德托她告诉他，诉讼这就撤销，不再有什么痛苦麻烦了，整个事情可以给看作仿佛从没有议论过。她并没有告诉他自己多么奋不顾身，才取得这个有利于他的让步的，也没有提到自己为这个让步将要付出的代价。

院长听到这个消息，并没有表示十分高兴。爱莉娜这么做虽然不是为了要爸爸感谢，而且她一点儿也没有想夸大自己斡旋的功劳，不过爸爸听到消息后的神情，却叫她觉得不很痛快。

"波尔德先生认为怎么适当原可以怎么做，亲爱的，"他说，"如果波尔德先生认为他自己错啦，他当然会中止他正在进行的事情，可是这并不能改变我的决心。"

"哦，爸爸！"她嚷着说，几乎苦恼得哭出来了，"我以为您会挺快活的——我以为现在一切全没有问题啦。"

"波尔德先生，"他说下去，"发动了很有势力的人来干这件事——非常有势力，因此我恐怕他现在已经控制不住他们啦。瞧瞧这个，亲爱的。"院长折起一份《朱庇特日报》，指着要她看的那篇文章。《朱庇特》平时每天总刊载三篇社论来鼓舞全国人民。哈定先生叫她看的就是最后的一篇社论。这篇社论猛烈地抨击了教会的各种尸位素餐的人，抨击了每年领好几万镑、什么事不做的家族，抨击了那篇文章所说的在钱堆里打滚的人，那些人既不是凭劳力赚到那笔钱，也不是继承到的，事实上是从较穷的教士那儿侵吞来的。它举出了几个主教的儿子和大主教的孙子，还举出了一些大有手腕的人，他们无法无天地巧取豪夺，又在许多人眼前掩饰起了自己的可耻的勾当。它收拾完了那些大人物以后，接下来便落到了哈定先生身上。

几星期以前,我们举过一个不法行为的实例,虽然规模较小,性质却完全相似。巴彻斯特一所养老院的院长浮领了整个机构的大部分收入。养老院何以要有一位院长,这是我们无法妄加解释的,我们也无法说十二个老人何以另外单独需要一位牧师,因为他们在巴彻斯特大教堂里原来保有十二个座位。但是即使如此,让这位先生自称院长,圣诗班领唱人,或是随便什么别的,让他从十二个受赡养的人身上加倍苛刻地勒索宗教税钱,或是让他加倍地玩忽大教堂的职务,显而易见,除了创办人规定给他的那一部分外,他是无权领取养老院收入的任何一部分的。同样显而易见,创办人并不打算把他捐助的钱的五分之三这样糜费掉。

　　这件事在我们提到过的上万件事里,的确是微不足道的,因为这位院长的收入一年毕竟只有区区八百镑。就八百镑一年讲,并算不了什么肥缺。也许,这位院长对教会比这有价值得多,这一点我们可不知道。但是如果真是如此,那么请教会用它可以支配的款项去付给他吧。

　　我们现在提到巴彻斯特养老院的问题,因为我们知道有人已经提起诉讼。这场诉讼将使国教信徒们心里很不好受。一位热心公益的先生,代表受施人,已经对哈定院长先生提出控诉。有人认为,哈定先生只拿了他做养老院雇员所应拿的薪水,他本人并不对自己薪俸的数目负责。如果有人质问雇来造房子的砖瓦匠,或是打扫房屋的女用人①每天所拿的工资,这种辩解当然是可以说得很响的,但是如果有位国教教士容许自己说出这样一种辩解来,那么我们实在不敢羡慕他的心情。

　　假如把这种答辩提出来,我们相信哈定先生将被迫以证

---

① 　女用人,原文为 charwoman,指雇来做杂活的按日计算工资的女仆。

人的身份来说明他的职务的性质、他做多少工作、领多少薪金,以及是什么人委派他的。我们相信他不会获得广大公众的同情,来补偿这样一场令人烦恼的讯问的。

爱莉娜读着这篇文章的时候,脸都气红了。等她读完以后,她几乎不敢抬眼去看父亲。

"嗨,亲爱的,"他说,"你认为这怎样——付出这样的代价来做院长,值得吗?"

"哦,爸爸,——亲爱的爸爸!"

"波尔德先生不能叫人不写这种东西,亲爱的——波尔德先生不能叫牛津的教士不,啊,不能叫国内所有的上流人士全不要看这篇文章。"他在房里来回地踱着,爱莉娜默然而失望地用眼睛盯着他。"我告诉你怎么办,亲爱的,"他继续说下去,这会儿讲得很镇定,可是态度很不自然,不像他平时,"波尔德先生不能驳斥你刚读的这篇文章里句句话中的真情实况——我也不能够。"爱莉娜直瞪瞪地望着他,仿佛简直不明白他说的话似的。"我也不能够,爱莉娜,这最糟糕,也许该说,如果没有补救办法的话,这将是最糟糕的事。从昨儿晚上咱们谈过以后,我把这问题想了不少时间。"他说着走到她面前,在她身旁坐下,像前一天那样,用胳膊搂住她的腰。"我把会吏长的话和报上的话全想了不少时间,我的确相信我没有权呆在这儿。"

"没有权做养老院院长吗,爸爸?"

"没有权每年拿八百镑做院长,没有权住在这么一所宅子里做院长,没有权把用作救济的钱很奢侈地糜费掉。波尔德先生对他提出的诉讼爱怎么办原可以怎么办,不过我希望他别为了我撤销。"

可怜的爱莉娜!这真叫她太受不了啦。她作了那个重大的决定难道就是为了这个吗!她撇开自己娴静的举止,发出悲剧女主人公的那种喊叫,难道就是为了这个吗!我们可以并不为了要人感激而去办事,可是等到人家并不感激,又未免觉得不很痛快。爱莉娜这会儿就是这样。我们可能对自己好心的举动淡焉漠焉,然而人家要是熟视无睹,我们又会觉得大不满意。往往,左手瞒着右手极秘密地施舍,然而左手又会觉得后悔,因为没有立刻得到报酬。爱莉娜并不想叫爸爸欠她一个大人情,然而她却预先想到爸爸知道她解决了他的糟心事以后会多么高兴。现在,这种希望全落空啦,她所做的一切都是徒劳无益的,她在波尔德面前自贬身份也是白费,这场横祸根本不是她的能力所能挽救的!

她先前还想着要多么下气怡声地告诉她父亲,她情人对她说的一切关于她的话,她怎样觉得无法拒绝他,跟着,像她原先料想的那样,她爸爸就会亲切地吻她,把她紧紧搂在怀里,允许下她的婚事。啊呀!这件事她现在一句话也无法提了。她父亲提到波尔德先生的时候,把他撇在一旁,仿佛他的思想、言语、举动都无关紧要似的。敬爱的读者,您有没有受到过人家的冷落呢?您有没有在自认为了不起的时候,突然给看成个无关紧要的人呢?爱莉娜那会儿的感觉就是这样。

"我不能让他们替我提出那样一个辩解来,"院长继续说下去,"不论这件事有多少是实情,这一点反正是不实的。这篇文章的作者说得对,那样的辩解是违反一个正派人的心意的。我要到伦敦去一趟,亲爱的,亲自去见一下那些律师。如果他们不能替我提出什么比那好的辩解来,我就离开养老院不干啦。"

"可是会吏长方面怎么样呢，爸爸？"

"我没有办法，亲爱的，有些事是人受不了的，——我就受不了这个。"——说着，他把一只手放在报纸上。

"可是，会吏长跟您一块儿去吗？"

说实在的，哈定先生早就打定主意，要瞒过会吏长先下手。他心里知道，他每采取一个步骤都得先告诉他的可怕的女婿，但是这次他决定送一个便条到普勒姆斯特德—埃皮斯柯派去，详细说明自己的计划，不过送信的人得在他动身上伦敦去后再离开巴彻斯特，这样他可以比博士先到一天，因为他深信博士会追踪而去的。在那一天的时间里，倘若顺遂的话，他可以把一切全安排好，他可以向亚伯拉罕爵士说明，他以院长的身份，决不再参加什么即将提出来的辩护，他可以向他朋友主教递上一份辞呈，把这件事全部公之于众。那么一来，连博士也无法打消他所做的事了。他太知道博士的长处和自己的短处，所以料定如果他们一块儿到了伦敦，那他就没法这么办了。说真的，要是博士当时知道他打算登程，及时加以阻拦的话，那么他干脆就到不了伦敦。

"不，我想不要他去，"他说，"我想在会吏长准备不及的时候先动身——我明儿一清早就走。"

"这最好，爸爸。"爱莉娜说，这表明她很领会爸爸的妙计。

"唔，是的，亲爱的。事实上，我希望在会吏长能够——能够干涉以前，先把这一切办好。他说的话有不少也是实情——他很会辩论，我往往无法驳倒他，但是有句老话，娜儿：'只有穿鞋的人才知道哪儿夹脚！'他说我缺乏真正的勇气、坚强的性格和忍耐的力量。这都的确，不过我相信，如果我除了一篇诡辩以外，提不出什么较好的理由来，我就不应当留在这儿。因此，娜儿，咱们不得不离开这个可爱的地方。"

爱莉娜的脸上显出了一丝开朗的神色,她告诉父亲她多么真心诚意地赞同他的话。

"真的,亲爱的。"他说,这会儿又显得很快乐,态度也很安逸了。"倘若咱们给人瞎说些闲话,这地方跟这许多钱对咱们有什么好处呢?"

"哦,爸爸,我真高兴!"

"亲爱的孩子! 起先,娜儿,想到你失掉你的漂亮的客厅,还有小马和花园,我的确觉得很难受。花园最可惜——但是山楂子树也有一片花园,一片很幽美的花园。"

小山楂子树是哈定先生做低级驻堂牧师的时候主管的一个小教区的名称。他现在依旧掌管着那地方。这个职位年俸只有八十来镑,有一所小住宅和一片园地,当时全交在哈定先生的副牧师手里。哈定先生就是想退避到那地方去。我们千万不要把这个教区错当作另外那个称作大山楂子树①的教区。大山楂子树是一个很优厚的教区,只有两百个居民,有四百英亩土地,大小什一税都归教区长,每年总共有四百多镑。大山楂子树是教长和牧师会可以赠人的肥缺,当时是由可敬的牧师维舍·斯坦霍普博士所据有,他还兼任巴彻斯特牧师会鹅谷的受俸牧师职和爱德塘与斯托格平古姆(应写作斯托克—平奎姆)的联合教区长。这便是维舍·斯坦霍普博士,他在科摩湖②上的那所环境宜人的别墅,对英国"上流"旅

---

① 大山楂子树,原文为 Crabtree Canonicorum,Canonicorum 一字有"正规"的意思。

② 科摩湖(The Lake of Como),意大利米兰以北的一片湖水,面积约五十余平方英里,周围景色极其幽美。

客讲,是非常有名的,而他所收集的伦巴底①蝴蝶则给人认为是一些稀世之珍。

"是的,"院长沉思地说。"山楂子树有一片很幽美的花园,不过去打扰可怜的史密斯,倒叫人有点儿过意不去。"史密斯这位先生是山楂子树的副牧师,他靠了自己的薪俸养活着妻子和六个儿女。

爱莉娜告诉她爸爸,就她说来,她可以满不在意地离开这所宅子和那几匹小马。他去到——去到可以逃避这些可怕的纠纷的地方,她心里只有高兴。

"但是,咱们得把乐谱带过去,亲爱的。"

于是父女俩继续筹划着未来的幸福生活,琢磨怎样不让会吏长干涉就把一切安排好。最后,他们又很亲热地谈了一气,院长这时才对她所做的一切事情表示很难为了她。爱莉娜倚在爸爸的肩上,终于找到机会把自己的秘密告诉了他。父亲向他的孩子祝福,还说她爱的那个人是诚实、善良而可靠的,并且一般说来,思想也很正直——就等一个好太太去使他变得非常方正——"亲爱的,我绝对相信,"他结尾说,"他是一个我可以很放心地把我的宝贝托付给的人。"

"但是格伦雷博士会怎么说呢?"

"喔,亲爱的,这没有办法——那么咱们就决定到山楂子树去吧。"

爱莉娜跑上楼去替父亲收拾衣服,准备启程。院长回到园里去向他那么熟悉的一切花树、灌木和绿叶成荫的角落最后一次告别。

---

　　① 伦巴底(Lombardy),意大利北部的一片地区。

第十四章　奥林匹斯山

　　波尔德精神沮丧、受尽侮辱、自怨自艾、极不称心地回到了伦敦寓所。虽然他和会吏长的会谈倒楣、吃亏,他仍旧不得不履行对爱莉娜的诺言。他怀着沉重的心情进行着他的不愉快的工作。

　　他在伦敦聘请的法律代理人惊讶而惶惑地听着他的指示,然而他们只好依从,一面喃喃地说了些替他惋惜的话,说没想到这笔巨大的费用反而落到了他们当事人的身上——尤其因为只要坚持下去,就可以把费用转嫁到对方的身上了。波尔德离开了最近常到的事务所,愤愤而去。他还没有走下楼梯,一份结算费用的通知单已经发下去了。

　　他接着想到报纸。好多家报纸都报道过这件事,不过他知道"基调"是由《朱庇特》发出的。他跟汤姆·托尔斯很熟悉,过去常跟他一块儿讨论养老院的事。波尔德不能说那报上的文章是他自己唆使人写的。他实在也不知道它们是他朋友的大手笔。汤姆·托尔斯从来没有说过和他有关的这份报纸将对这件事采取怎么一种看法,或是在这场争端中将站在哪一面。他对这类事情一向很审慎,压根儿不肯随意谈论那架强有力的机器的事情,而暗地里却享有参与推动那架机器的重大特权。尽管如此,波尔德却相信,在巴彻斯特引起莫大恐慌的那些可怕的言论,是他的大手笔,——他认为自己有必要防止它们再来一次,于是抱着这种想头从律师事务所那儿便到那所"实验室"去了。在那所实验室里,汤姆·托尔斯凭着惊人的化学方法,调制成大霹雳,在这个和其他的领域里促进一切善行,摧毁一切邪恶。

谁没有听说过奥林匹斯山①呢,——所有"活字之神"的那座巍峨的山居,伟大的女神派卡②最喜爱的那所宅邸,神明与魔鬼的那个神奇的住处。从那儿,为了统治一个属国,蒸汽机不断地嗡嗡鸣响,卡斯大利③的墨水汩汩不停地流动,这样每晚发布出五万份布告来!

没有镀金的天鹅绒宝座,也没有嵌宝的金笏。然而它是宝座,因为最崇高的人坐在那儿;它是王笏,因为最强有力的人执掌着它。奥林匹斯山就是这样。倘若一个陌生人在沉闷的中午,或是在寂静的午后那些昏昏欲睡的时刻去到那儿,他会发现没有什么公认的、象征权力与美的寺院,没有伟大的雷神的庙宇④,没有雄壮的正面和柱子支撑的房檐来衬托世界上这个最伟大的统治者的

①　奥林匹斯山(Mount Olympus),希腊北部的一座山峰,高九千七百余英尺。古代希腊人以为这个山是天上诸神居住的地方,天帝宙斯神的宫廷也在山上,此处隐射泰晤士报馆,参看第76页注①。

②　派卡,原文为Pica,系印刷术语,指十二磅大小的活字。

③　卡斯大利(Castaly),希腊帕纳萨斯山(Mt. Parnassus)上的泉名,古代希腊人认为它是祀阿波罗(Apollo)和缪司神(The Muses)的神泉,所以又称为诗歌之泉。

④　作者暗指泰晤士报馆,参看第76页注①。

威严。在没见过世面的肉眼看来,奥林匹斯山是一个相当卑下的地方,平庸、朴实——几乎鄙陋。它可以说是独据在一座雄壮的大城市里,接近最稠密的人群,然而却一点儿也不嘈杂和拥挤。它是一个与尘世隔绝的、枯燥无味的小地方,您可以说,它是由最淡泊的人以最大方的租金租下来的。"这是奥林匹斯山吗?"不相信的陌生人问。"要求内阁遵从的那些颠扑不破的法则,就是从这些黑暗、肮脏的小建筑物里发出来的吗? 主教们得听那些法则的指引,议会得受它们的约束,法官在法律上、陆军将领在战略上、海军将领在海战战术上、卖水果的老婆子在安排水果车上,都受到它们的指教吗?""不错,朋友——是从这所房子里发出来的。指导不列颠人民身心的唯一公认的颠扑不破的敕令,就是从这儿发出的。这个小朝廷是英格兰的梵蒂冈①。一位自我提名、自我委任——嘿,还有更奇怪的——自我信仰的教皇在这儿统治! ——要是您不能服从这位教皇,我得劝您尽可能悄悄地不服从,因为这位教皇直到目前为止,都不怕什么路德,这位教皇处理自己的案件,惩罚不信仰的人,手段的巧妙,是西班牙最熟练的宗教法庭②法官都没有梦想到的——他是一位能够彻底地、可怕地、激进地驱人出教的教皇,使你受不到人的怜恤,使你最亲热的朋友都嫌恶你,使你变成一个千人所指的恶棍!"

老天在上! 这便是奥林匹斯山啊!

《朱庇特》从来不犯错误,这在普通人看来真是够奇怪的。我

---

① 梵蒂冈(The Vatican),罗马教皇的宫廷。
② 宗教法庭(The Inquisition),教皇格列高利九世在西班牙、意大利等地设立的法庭,专门审理异教徒。西班牙的宗教法庭当时工作最忙,案件最多,因为寄居在西班牙的犹太人和伊斯兰教徒往往为了避免迫害,表面信奉基督教,实际仍信奉自己的宗教。

们不是殚精竭虑、不遗余力地为我们伟大的国家议会集合起最适合组成它的人吗。可我们失败得多么惨啊！议会总是犯错误：瞧瞧《朱庇特》，您就瞧出他们的开会多么多余，他们的会议多么白费，他们的一切操心劳神多么无聊了！我们多么自豪地看待我们的大臣们，国家的重要的公仆，民族的少数执政者，我们依赖他们的智慧，碰到困难的时候，指望从他们那儿得到指导！然而和《朱庇特》上的作家一比，他们算得了什么呢？他们聚齐了开会，深思熟虑、煞费心机地筹划国家的福利，但是等一切都做成以后，《朱庇特》却说一切都是白费。我们为什么要仰仗约翰·拉塞尔爵士[①]呢——我们为什么要尊重巴麦斯顿[②]和格拉德斯通[③]呢？汤姆·托尔斯不费吹灰之力就能纠正我们。瞧瞧我们的陆军大将们，他们铸成多么大的错误啊；瞧瞧我们的海军大将们，他们多么懒散啊。金钱、廉洁与科学所办得到的一切全都办了，可是我们部队的集合、给养、运输、服装、配备和管理多么糟啊。我们人才中最优秀的人才凭着一切可能有的物质设备，竭尽力量来为我们的舰艇配备人员，可是他们多么徒劳无功啊。一切，一切都不对头——啊呀，啊呀！汤姆·托尔斯，就数他知道这一切。嘻，嘻，你们这帮人世间的大臣们，你们为什么不更密切地追随着这位上天差遣到我们当中来的使者呢？

　　我们在不知道怎么办的时候把一切事情全告诉了《朱庇特》，这难道不好吗？我们放弃无聊的谈话、无益的空想和不起作用的操劳，这难道不聪明吗？下议院的多数法官久经拖延才作出的判

----

①　约翰·拉塞尔，英国政治家，见第 20 页注②。
②　巴麦斯顿（Henry John Temple Palmerston，1784—1865），英国政治家。
③　格拉德斯通（William Ewart Gladstone，1809—1898），英国政治家。

决,模棱两可的法律条文,以及人类容易犯错误的行为,全去它们的吧!《朱庇特》不是每天印五万份,上面刊满了对人类一切问题的精确的决定,使所有的事情都充分获得了解决吗?汤姆·托尔斯不是在这儿,能够指导我们,乐意指导我们吗?

是的,一点儿不错,能够在一切事情上指导人们,乐意在一切事情上指导人们,只要人们像服从专制君主那样服从他——心悦诚服。只要忘恩负义的大臣们不去找些汤姆·托尔斯不赞成的同僚,只要教会和国家、法律和医学、商业和农业、战争的艺术和和平的艺术全都俯首听命,那么就全会毫无缺陷了。汤姆·托尔斯不是具有洞察一切的目光吗?从澳大利亚的金矿到加利福尼亚的金矿,遍及人类栖息的全球,所有人的行为举止,他不是全都知道、全都看见、全都记录下了吗?从新西兰的一位主教到西北航线①的不幸的董事,他不是唯一适于判断他们才能的人吗?从伦敦的阴沟到印度的中央铁路,——从圣彼德堡的皇宫到康诺特②的木屋,什么都逃不过他的眼睛?不列颠人唯一该做的就是看报、服从、承受荫庇。只有傻瓜才怀疑《朱庇特》的智慧,只有疯子才跟《朱庇特》争论事实。

任何公认的宗教就连在根基最稳的国家里,也难免有不相信的人,任何教条也难免有嘲笑的人,任何教会也不会盛行得完全没有人反对。所以怀疑《朱庇特》的人也是有的!他们生活在上层社会里,虽然受到轻视,却平平安安地过着日子——他们是不列颠土生土长的人们,他们毫无顾忌地说,奥林匹斯山有它的价格,汤

---

① 西北航线(Northwest passage),指沿美洲北岸由北大西洋通到北太平洋的航线。
② 康诺特(Connaught),北爱尔兰的一省。

姆·托尔斯是可以用黄金收买的！

这便是奥林匹斯山，这个伟大国家的智士才人的喉舌。我们大概可以说，在这十九世纪，没有别的地方更值得人去注意了。具有政府各大员签名的国库支付令，不及一张这种阔幅纸张一半的力量。这种纸张从这儿大量散发出去，压根儿用不着什么签名来壮它的声势。

一个伟人，一个有势力的贵族——我们就说一位尊贵的公爵吧——功成身退，受到同胞们的敬畏——自己是天不怕、地不怕的，即使不是一个好人，至少是一个有势力的人——非常有势力，压根儿不大在意人家对他品德恶劣会说些什么。清晨起来，他忽然气焰低落、卑躬屈膝，成了一个人们鄙视的人物，急煎煎地只想尽快躲避到德国一个隐僻的地方，意大利一个人们见不到的隐身之处，或是老实说，随便什么人们见不到的地方。是什么造成这么大的改变的呢？是什么叫他这么苦恼的呢？《朱庇特》上刊登了一篇文章，窄窄的一条约莫五十来行，一下就打乱了爵爷的平静，把他永远从世界上驱逐出去。没有人知道是谁写出了那些尖酸刻薄的话。俱乐部里胡乱地谈论着这件事，悄悄地互相乱猜着这个那个姓名，而汤姆·托尔斯却安安静静地在蓓尔美尔街①上悠闲地踱步，紧紧裹着大衣，以御东风②，仿佛他是个极普通的人，而不是一个从奥林匹斯山上施放霹雳的神明似的。

我们的朋友波尔德那会儿可不是到奥林匹斯山去。以前，他曾经在那个孤僻的地点徘徊过，想着替《朱庇特》写文章是一件多么了不起的事情。他心里琢磨着，自己是否会由于一时才气焕发，

---

① 蓓尔美尔街（Pall Mall），伦敦的俱乐部街，从特拉法尔加广场（Trafalgar Square）通到格林公园（Green Park）。

② 英国的东风犹如我国的西北风，甚为寒冽，西风倒像我国的东风。

取得这种显赫的荣誉。他不知道汤姆·托尔斯会怎样对待他的微不足道的贡献,同时猜测汤姆·托尔斯以前一定也有个开头,一定也怀疑过他自己的成功的。托尔斯不可能生来就是《朱庇特》上的一个作家。波尔德就是怀着这种既奋发、又害怕的思想,看待那所寂静无声的神灵们的工作室,然而直到目前,他还从没有用语言或动作,试图稍微影响一下他那位绝无过失的朋友的片言只字。这会儿,他一心一意打算这么做,所以他跑到那个聪明人的寂静的寓所去,心头并不是没有剧烈的悸动。每天清晨,在那个寓所里,我们总看见汤姆·托尔斯吃着作为长生果①的烤面包,呷着作为玉液琼浆②的红茶。

离奥林匹斯山不远,不过更接近西区③那片幸福的地区,便是特弥斯④最喜爱的寓所。一道滚滚的潮流⑤那时从恺撒的古塔⑥涌到巴利的议论风生的大厅⑦,接着又带着都市的新贡献,从贵族的华厦⑧回到商人的市场。"法律"乐于光临的那些幽静的墙壁,被这道潮流冲洗着,矗立在那儿。圣堂⑨可真是世界中的世界啊!

---

① 长生果,原文为 ambrosia,系神话中神仙吃的食物,据说人吃了能长生不老。
② 玉液琼浆,原文为 nectar,系神仙的饮料,荷马在《伊利亚特》中说是一种红酒。
③ 西区(The West),伦敦"上流社会"的住宅区。
④ 特弥斯(Themis),希腊神话中司法律的女神。
⑤ 泰晤士河这一段是有潮汐的。"滚滚的潮流"和下文"都市的新贡献",是指没有处理的阴沟污水。
⑥ 指伦敦塔(The Tower of London),伦敦塔所在地原为古罗马人的城堡。
⑦ 指议会。巴利(Charles Barry,1795—1860)是英国建筑师,一八三五年设计了英国新议会的图样。
⑧ 指上议院。
⑨ 圣堂(The Temple),十二世纪时,为了保护耶路撒冷圣地,教皇组织了圣堂武士团(Knights Templar)。圣堂是他们在伦敦的聚会地,一三四六年为法学生占用,一六〇九年改为内圣堂(Inner Temple)和中圣堂(Middle Temple)两法学院。

它的"曲折的小路"（有人新近这样说到它们）多么幽静，而又多么接近人烟稠密的地区！它的肃穆的小径多么气象森严，虽然它们距离亵渎神明的河滨大道①和邪恶粗俗的佛里特街②近在咫尺！古老的圣邓斯坦教堂③，以及用大头棒撞钟的机器人，都给拆除了。古老的店铺，外表洋溢着有趣的历史，正一家家在消失。堂门④本身也要去了——《朱庇特》已经宣布了它的劫数。谣传一所巍峨的大厦就要出现在献给法律的这片地区，破坏威斯敏斯特⑤庭院的视野，和档案处⑥与林肯协会的风格大相径庭，可是直到目前，还没有什么东西威胁到圣堂的幽美景象的：它是京城里的中古庭院。

这儿，在这片完美的土地上最完美的地点，耸立着一排崔巍的屋宇，斜向着受尽玷污的泰晤士河。在窗子外面，圣堂花园⑦的绿幽幽的草地延展出去，对于伦敦人非常怡神悦目。倘若您命中注定该住在伦敦最浓的烟雾里⑧，您一准会说，这是您顶中意的地点

---

① 河滨大道（The Strand），伦敦的一条通衢，从佛里特街通到查宁广场（Charing Cross）。

② 佛里特街（Fleet Street），伦敦的报馆街，从勒门广场（Ludgate Circus）通到河滨大道，以佛里特河得名。

③ 圣邓斯坦教堂（St. Dunstan's Church），伦敦佛里特街的一座教堂，有一个高耸的大钟，下边有两个自动的人形。在教堂外边丛集着一些小店铺和摊子，教堂于一八三〇年完全拆除，后复重建。
圣邓斯坦（St. Dunstan，约925—约988），英国修道士，坎特伯雷大主教。

④ 堂门（The bar），即 Temple Bar，伦敦圣堂前的一道门，标明伦敦城的界限，初建于一六七〇年，一八七八年拆去。

⑤ 威斯敏斯特（Westminster），伦敦地名，为英国议会的所在地。

⑥ 档案处（The Rolls），以前政府存放档案的地方，现改为档案保管处（The Public Record Office），在衙门巷（Chancery Lane）。

⑦ 圣堂花园（Temple Gardens），伦敦圣堂的花园，由维多利亚堤（The Victoria Embankment）和泰晤士河分隔开。

⑧ 伦敦工厂区在泰晤士河南岸，烟囱林立，白昼成暝，兼因气候润湿，终年多雾，每与工厂中的煤烟相混合，笼罩全市，所以称为"雾都"。

了。是的，我这会儿正招呼着的您，我的亲爱的、中年的独身朋友，您住在别地方决不会像住在这儿这么惬意的。这儿，谁都不会问您在家不在家，独个儿还是有朋友一块儿。这儿，没有严守安息日的人①会来调查您的礼拜日，没有爱管闲事的房东太太会来察看您的空瓶，没有虚弱多病的街坊会来抱怨您睡得太晚。如果您爱读书的话，那么有哪个地方比这儿更适合读书呢？整个地点令人联想到印刷术。如果您崇拜帕福斯的女神②，那么塞浦路斯的树丛可比不上圣堂里的树丛这么阴森沉默了。才智和美酒永远在这儿，永远分不开。圣堂里的纵酒狂欢就和优雅的古希腊时一模一样。在希腊，巴克斯③的最热狂的崇拜者始终没有忘却他崇拜的那位神的尊严。那么在哪儿隐居能像在这儿这么安宁呢？在哪儿能像在这儿这么十拿九稳地可以享受到社会上的种种欢乐呢？

汤姆·托尔斯便居住在这儿，非常灵验地供奉着这时候掌管期刊的第十位缪司④。不过请读者不要以为他的房间是像那些在法律方面心怀大志的人常住的破寓所一样，或是跟那一样不舒服——四张椅子，一个放了一半书的松木书橱，前面有烟熏黑了的绿呢幔子，一张旧办公桌，上面堆满了灰尘厚积的文件，六个月没有翻动过一次，还有一张更旧的彭布罗克老大哥⑤，四条腿摇摇晃

---

① 严守安息日的人（Sabbatarian），指把星期日看作安息日，严加遵守的基督徒。
② 指希腊神话中爱与美的女神阿芙罗狄蒂（Aphrodite）。帕福斯（Paphos）是塞浦路斯岛上的一个古镇，以阿芙罗狄蒂神庙著名。
③ 巴克斯（Bacchus），希腊神话中的酒神。
④ 缪司（Muse），古希腊神话中司诗歌、美术、音乐等的女神，相传有九人，俱为宙斯神（Zeus）和记忆女神（Mnemosyne）之女。此处所谓掌管期刊的第十位缪司，乃作者戏言。
⑤ 彭布罗克桌（Pembroke table），一种折面桌。按彭布罗克是英国威尔士彭布罗克郡的首府。

晃,专供日常的种种用途,一只烹龙虾、煮咖啡的小锅,一只烤面包和羊排的器具。这样的器具和奢侈品是不能满足汤姆·托尔斯的舒适生活的。他在二层楼上独据着四间房,每间大致都陈设得比斯塔福德府第①还舒适点儿,即使没有那么华美的话。科学和艺术对现代生活最近作出的种种奢侈的贡献,他那儿应有尽有。他常坐的那间房里四面都是书架,很精致地放满了书。每本书的价值和装潢,都是极适合放在这样一批藏书里的:一边房角的一只非常轻便的小梯子显示出来,就连较高的架上的书也是准备随时翻阅的。这间房里只有两件美术品——一件是鲍尔斯②塑的罗伯特·庇尔③爵士的出色的半身像,这说明了我们这位朋友的政治信仰。另一件是米莱④绘的一个笃信宗教、身个儿特长的女人像,这同样清楚地说明了他所酷爱的艺术学派。这幅画并不像通常的画那样,不是挂在墙上,因为四壁已经没有一丝空隙可以挂画了。它有一个托子或是架子,竖立起来专托着它。那位虔诚的妇人于是呆在玻璃框里,立在架子上,凝视着一朵百合花,这在以前是从来没有一个女人那样看过的。

我们现代的艺术家,我们称作拉斐尔前派⑤的艺术家,不仅乐意回溯到早期画家们的那种精湛奇妙的笔法,并且乐意恢复他们

---

① 斯塔福德府第(Stafford House),英国萨瑟兰公爵的富丽堂皇的住宅。
② 鲍尔斯(Hiram Powers,1805—1873),美国雕刻家,寄居在意大利佛罗伦萨。
③ 罗伯特·庇尔(Robert Peel,1788—1850),英国政治家,曾几度出任保守党政府首相。
④ 米莱(John Everett Millais,1829—1896),英国拉斐尔前派画家。
⑤ 拉斐尔前派(Pre-Raphaelites),英国画家的一派,主张恢复拉斐尔(Raphael Santi,1483—1520,意大利画家)以前意大利艺术家的风格和精神,着重写实和色泽,主要画家为米莱、亨特(Holman Hunt,1827—1910)和罗塞蒂(Dante Gabriel Rossetti,1828—1882)。

的画题。他们从那些大师那儿吸取他们的灵感,刻意求精地取得了他们的细腻完美的笔姿,然而我们不能为那种刻意求精过分赞扬他们,虽然大概没有别的绘画能够超过近日绘画中的某些作品了。可是,说也特别,他们在主题上竟然犯了多么大的错误:他们不甘心采用陈规滥调——一个满身带箭的塞巴斯蒂安①、一个眼睛盛在碟子里的露茜亚②、一个拿着铁丝格子的洛伦佐③,以及带着两个孩子的圣母。但是他们对自己的革新并不感到高兴。一般说来,画家不应该按照人们认为不可能维持得很久的姿势来画一个人物。圣塞巴斯蒂安的坚忍、圣约翰在荒原上④的狂欢、圣母的慈爱,这些情趣都是通过固定的姿势自自然然地画出来的,但是那个弯着脖子、硬挺着背的女人,却叫我们感到痛苦不快,感到无端的迷茫,她望着她的花,如今还一直在那儿望着。

从汤姆·托尔斯的房里,我们很容易看出来,他是一个享乐主义者,虽然压根儿不是一个游手好闲的人。他正坐在一片海洋般的报纸当中,流连在最后一杯茶上的时候,他的小马夫把约翰·波尔德的名刺拿进来了。这个小马夫从来不知道他的主人在家,虽然他倒常知道他不在家,因此汤姆·托尔斯除去自己同意之外,从不会受到别人的打搅。这一次,他把名刺在手里揉了两下以后,向

---

① 塞巴斯蒂安(Sebastian,? —288),基督教殉道者,被罗马皇帝戴奥克李希安(Diocletian,245—313)处死。据传说,弓箭手乱箭俱发时,他并没有死,后来被人用木棒重击始毙。
② 露茜亚(Lucia,约283—约303),西西里殉道的一个处女。她和一个富裕的异教徒订婚,后来又拒绝嫁他,他遂向总督报告,说她是基督徒,总督便将她处死。据传说,她是盲人的守护神。
③ 洛伦佐(Pietro Lorenzo,约1412—1480),意大利画家、雕刻家、建筑师。
④ 拉斐尔绘有一幅名画《圣约翰在荒原上》,现存佛罗伦萨的乌菲齐画廊(Uffizi)里。

伺候他的小厮①示意说他接见,于是内间的门便给打开,通报说我们的那位朋友来了。

我前面已经说过,《朱庇特》的这个人和波尔德很亲密。他们的年龄相差不多,因为托尔斯这时候还不过三十多岁。当波尔德在伦敦各医院进修的时候,托尔斯还没有成为要人,所以常常跟他呆在一块儿。那时候,他们常常一块儿谈论他们的抱负与希望,那时候,汤姆·托尔斯还是个无人问津的律师,替随便哪家乐意聘用他的报馆做点儿速记的报道,苦苦地维持着自己的生活,那时候,他做梦也没敢想到给《朱庇特》写社论,或是对内阁大臣们的行为任意评论。从那时以后,情况改变了:无人问津的律师依旧无人问津,可是他现在瞧不起诉讼工作了。即使他十拿九稳可以做法官,他也不至于肯抛弃目前的事业。不错,他没有穿貂皮衣②,没有戴什么令人恭敬的标志,可是他本身却具有多大的重要性啊!不错,他的姓名并没有用大字标明出来,墙上从没有用白粉写过"汤姆·托尔斯万岁"——"新闻自由与汤姆·托尔斯"。可是有哪位议员能有他一半的权力呢? 不错,穷乡僻壤的人们并不天天谈说汤姆·托尔斯,可是他们都看《朱庇特》,并且都承认,没有《朱庇特》,人生就不值得过活了。这种隐约而又可以意识到的光荣,很配合这位先生的个性。他喜欢静坐在俱乐部的角落里,倾听政治家们高谈阔论,一面默想着他们怎么全逃不出他的手掌——只要值得提起笔来攻击,他便可以对他们中最叫嚣的一个加以攻击。他喜欢注视着他每天写到的那些大人物,而且自鸣得意,因为他比

① 指小马夫而言。
② 英国法官出庭均穿貂皮衣。

他们随便谁都了不起。他们每一个都对他的祖国负责，每一个受到质询时，都得答复，每一个都得平心静气地忍受辱骂，毫不作恼地忍受侮辱。可是他，汤姆·托尔斯，他对谁负责呢？没有谁能侮辱他，没有谁能质询他。他可以说出令人畏缩的话，没有谁可以回敬他。大臣们向他殷勤献媚，虽然他们也许根本就不知道他的姓名，主教们惧怕他，法官们对自己的判决犹疑不定，除非他出面加以认可，将军们在作战会议上考虑敌人的行动，还及不上考虑《朱庇特》可能会说的话来得仔细。汤姆·托尔斯从不夸耀《朱庇特》，连在最亲密的朋友面前，他也很少提到这份报纸。他甚至不希望人家说他和它有关系，然而他并不轻视自己的特权，或是小看自己的重要性。很可能，汤姆·托尔斯已经把自己看作全欧洲最有势力的人了，因此一天天，他这样过下去，竭力想显得是一个人，而内心里却知道自己是一位神。

第十五章 汤姆·托尔斯、道学博士和舆论先生

"哟,波尔德！你好吗？还没吃早饭吧？"

"哦,吃过啦,吃过几个钟点啦。你好吗？"

当一个爱斯基摩人^①遇见另一个的时候,他们是不是习以为常地彼此问个好呢？这种亲切的问候是不是出于人类的本性呢？这篇故事的读者有哪位遇见一位朋友或是故旧,不问上一句这种话呢？有哪位没听过这种回答呢？有时候,一个分外殷勤的人在问候时,会显得非常周到,自己答复自己说,他要是看你一眼,那么就不必问啦,意思是说,你外表显得够多么健康,可是这种人都是些对微支末节的作用预先考虑过的人。

"你很忙吧?"波尔德问。

"噢,是的,相当忙,可是也可以说相当不忙。我白天有一段空闲的时间,就是这会儿。"

"我想问问你,可不可以答应我一件事。"

托尔斯从朋友的音调里立刻听明白，这件事准跟报纸有关。他微笑着点点头，可是没有答应什么。

"你知道我在打的那场官司。"波尔德说。

汤姆·托尔斯说，他知道关于养老院那悬而未决的案件。

"嗨，我不再打下去啦。"

汤姆·托尔斯只扬起眉毛，把两手插进裤子口袋，等待他朋友往下说。

"是的，我放弃啦。我用不着把全部经过向你絮叨，事实是，哈定先生的举动——哈定先生是——"

"噢，是的，是那地方的主管人，是那个拿了所有的钱，什么事也不做的人。"汤姆·托尔斯打断他的话说。

"唔，这我可不知道，不过他对这件事的态度非常好，非常开朗，一点儿也不自私，因此我不能把这件事进行下去来损害他。"波尔德说到这儿，想到爱莉娜，心里不禁有点儿不安，然而他觉得，自己说的话一点儿也不假。"我想在院长出缺以前，暂时什么事也不做。"

"在谁都不知道出了缺的时候，"托尔斯说，"早又递补上人了，这是一定的。那么一来，这弊病就永远改革不了啦。这又是说在职牧师的既定权利那一套老话，可是如果在职牧师只有既定的过错，而镇上的穷人倒有既定的权利，只要他们知道怎样去取得的话，那么怎么样呢？目前的情形是不是有点儿像这样？"

波尔德不能否认这句话，只是他认为，这是一件非得操不少心才能当真得出点儿益处来的事情。在他钻进律师事务所这个狮子

---

① 爱斯基摩人（The Esquimaus），居住在美洲北冰洋沿岸的一种民族。

口以前，他没有考虑到这一点，这真太遗憾了。

"我恐怕，这得叫你很破费点儿。"托尔斯说。

"几百镑，"波尔德说——"也许得花上三百镑。我可没有办法，也准备豁出去啦。"

"这倒很像个哲学家。听到人这么满不在乎地说到几百镑，可真叫人精神一爽。不过我觉得你放弃这件事未免很可惜。发起这样一件事，又不把它干到底，那只白白地损害了一个人。你看见过这个吗？"他把一本小册子扔到桌子这边来。那本小册子几乎是刚印出来的。

波尔德没有看见过，也没有听说过它，不过他很熟悉这本小册子的作者。这位先生的小册子新近常被人谈到。它们专门谴责现代的一切事物。

"悲观主义者·道学博士"①是苏格兰人，早年在德国度过了不少日子。他在那儿读书，饱受熏陶，学会了用德国式的敏锐目光洞察一切事物的根源，精心地察看它们内里有无价值。没有人曾经比他更毅然地拿定主意，决不把任何邪恶的事看作善行而加以接受，也决不把任何善良的事看作邪恶而加以排斥。很可惜，他竟然没有认识到，在这个世界上，没有一件善良的事是完美无疵的，也没有多少邪恶的事里绝对没有一点儿善良的种子。

他从德国回来以后，用最典雅的文笔来表达他的思想，思想的活泼有力使一般读者大为吃惊。评论家说，他不会写英文。读者说，那没有关系，他所写的我们可以看得懂，而且不会看得打呵欠。这么一来，"悲观主义者·道学博士"就变得名震一时了。可是名

---

① 指英国著名史学家卡莱尔（Thomas Carlyle, 1795—1881）。

望毁了他,使他从此变成了一个废料,就和名望毁掉的许多别人一样。当他相当谦虚,把谴责只限于人类偶然干出的一些愚蠢行为和暴露出的一些缺点时,当他讥讽乡绅,说他们把精力全花在屠杀鹧鸪①上,或是讥讽一些出身贵胄、附庸风雅的人,说他们把诗人变成量啤酒桶的人②时,那倒毫无问题。只要所有的人细读了道学博士的著作以后,都变得诚实正派、奋发有为,那么我们倒很乐意有个人来指出我们的过失,然后高高兴兴地朝前看到未来的太平盛世。可是博士误解了时代的迹象和人类的心理,以批评一般事物为己任,担负起谴责一切事情和全人类这一巨大的工作,压根儿不再承认会有什么盛世。这就未免太不好啦。说实在的,我们这位作者的工作并不怎么成功。他的理论全很美妙,而他教给我们的道德准则的确是对历代成规的一种改进。在他决定保持蕴藉、神秘、隐晦的态度时,我们大伙儿都能够从博士那儿学到不少东西,而且也真有许多人学到了不少,可是等他变得切合实际的时候,他的魅力就不存在了。

他提到诗人和鹧鸪的那篇文章倒受到了不少好评。"哦,可怜的同胞啊,"他说,"每杆枪就打死了二十对鹧鸪,作诗的人一年拿六十镑,在邓弗里斯③量啤酒桶,这可不是大时代的迹象啊!——也许这是从没有记载过的、很少会出现的时代的迹象。不论我们采用什么经济学,政治的或是其他的,我们应该立刻看出来,这是不经济的办法中最愚蠢的办法了。我们的大地主(让我们说)以一

---

① 当时英国猎鹧鸪的风气盛行,起先用猎狗协助追逐,后来改用合围的方法,猎者分为两队,一队顺风追逐,另一队用排枪射击。猎时多在九月底。

② 量啤酒桶的人,指英国诗人彭斯(Robert Burns,1759—1796)。他凭私人的推引,曾当过苏格兰邓弗里斯地方的收税官,年俸不过六十余镑。

③ 邓弗里斯(Dumfries),苏格兰邓弗里斯郡的首府。

几尼一头的代价打死的鹬鸪，在拉登肉市①竟然只以一先令九便士零售出去，而且每打五十只鸟儿，就有一个偷猎的人遭到监禁②！我们的诗人、著述人、创作家在量啤酒桶，而且工作得很糟，没有空闲来创作，只有一点儿空去喝喝酒，做做那种量酒桶的副业！

　　"真个的，当我们用长了锈的钝刀那么不舒服地刮下巴颏儿的时候，我们却用好剃刀去砍木头！哦，我的政治经济学家，供求、分工和高压手段的大师③——哦，夸夸其谈的朋友啊，假如你学问这么渊博，请你告诉我，在维多利亚女王④的这些王国⑤里，对诗人的需求量多么大，而答应的供给量又多么大呢？"

　　这些话都说得很好。这给了我们一线希望。等我们下次再发现一位诗人的时候，我们也许会待他好点儿。虽然鹬鸪不可不打，对偷猎的人或许可以想点儿办法。然而，我们不愿意跟着这么一位含糊不清的教授去学习政治学。当他告诉我们威斯敏斯特里的英雄们⑥毫无价值的时候，我们便开始认为他已经写够啦。他对公文匣⑦的攻击被认为内容空虚，但是因为那篇文章很短，我们还是让博士再多发表发表他的意见吧。

---

① 拉登肉市(Leadenhall)，伦敦肉类和家禽的市场。
② 英国当时有所谓"狩猎法"(*Game Laws*)，对偷猎的人非常严厉，重者甚至处以七年徒刑，或放逐七年。
③ 指经济学家。供求、分工和高压手段都是资本主义经济学的要素。
④ 维多利亚女王(Queen Victoria, 1819—1901)，英国女王，一八三七年即位，她的朝代是英国资本主义最发达的时代。
⑤ 指英国和她的自治领等。
⑥ 威斯敏斯特寺(Westminster Abbey)是伦敦最著名的大教堂，许多英雄和名人都葬在该寺的墓地上。
⑦ 此处借公文匣喻官僚主义。

倘若处理繁文缛节的最为巧妙的手法,对躺在那儿喘气的人——我们可以说,奄奄一息的人——会有点儿益处,倘若装有从来未有之多的天鹅绒衬里与查布专利品①的公文匣对一个 in extremis② 的人会有点儿安慰,那么我和许多别人一样,也会舌敝唇焦地向约翰·拉塞尔勋爵发出呼吁,再不然依着您的意见,大哥,向阿伯丁勋爵③发出呼吁,或是依着您的意见,老兄,向德比勋爵④发出呼吁,因为我早已舌敝唇焦,对这种事根本不以为意了。这反正全都一样。哦,德比!哦,格拉德斯通!哦,巴麦斯顿!哦,约翰勋爵⑤!每位都神闲气定,带着公文匣跑来。自负的大夫啊!尽管自负的大夫很多,没有公文匣能治疗这种混乱的情况的!怎么!还有其他新大夫的名字吗,心眼儿里还没有受到繁文缛节之累的门弟子吗?嗐,我们再来呼吁一下。哦,迪斯雷利⑥,伟大的反对党党员,气象严厉的人!或是,哦,莫尔斯沃思⑦,伟大的改革家,您这答应给我们带来乌托邦⑧的人。他们来啦,每一个都那么神闲气定,每一个——哎哟,我呀!哎哟,我的祖国呀!每一个都带着一只公文匣!

哦,神闲气定的唐宁街⑨啊!

---

① 指查布锁,详见第 93 页注②。
② 拉丁文,意思是:"临死"。
③ 阿伯丁勋爵(George Hamilton Gordon,1784—1860),英国政治家,曾任首相。
④ 德比勋爵(Edward George Geoffrey Smith Stanley,1799—1869),英国首相。
⑤ 约翰勋爵,即约翰·拉塞尔,详见第 20 页注②。
⑥ 迪斯雷利(Benjamin Disraeli,1804—1881),英国政治家,曾任首相。
⑦ 莫尔斯沃思(William Molesworth,1810—1855),英国政治家,议会议员,曾揭发放逐罪犯的弊病,主张给予一切属地"自治"。
⑧ 乌托邦(Utopia),英国作家莫尔(Thomas More,1478—1535)著书名《乌托邦》,讲述理想国的情形,所以"乌托邦"即理想国的意思。
⑨ 唐宁街(Downing Street),伦敦西区的一条街,首相官邸、外交部等政府机关都在那儿,这里借指英国政府的大员。

同胞们，当希望在战场上结束了的时候，当一丁点儿最最渺茫的胜利的机会都不存在的时候，古罗马人可以用罩袍①遮起脸来，很体面地死去。你们和我现在办得到吗？果能如此，那我们真求之不得；要是不能，嗐，同胞们，那我们只好很丢脸地死去，因为我在眼下这个世界上瞧不见有一丝生活与胜利的希望留下来给我们。单就我个人讲，我实在不大信任闲定的神气和公文匣啊！

　　这番议论里也许多少有点儿实情，也许有点儿深奥的道理，但是英国人从这番议论里瞧不出有充分的理由，可以使他们不相信政府目前的这种组织，因此道学博士每月发表的抨击世界腐化的小册子②，并没有像他早期的作品那样受人注意。在这些出版物中，他并不把自己局限在政治方面，而是任性发挥，涉及所有叫大伙儿感到兴趣的事情，并且认定一切都很糟糕。依他看来，随便谁都不诚实，不仅是随便谁，任何东西都是不诚实的。男人不可能朝着女人脱帽而不说一句谎话——女人也都笑盈盈地撒谎。先生们衬衫上的皱纹就蕴含着欺骗，太太小姐们的裙褶里也充满了虚伪。有哪篇文章比他攻击木片帽③的那篇，或是他想把主教假发上的发粉一扫而光的那篇咒骂得更厉害呢？

　　汤姆·托尔斯这会儿扔过桌子来的小册子，题目叫作《现代慈善事业》。这篇文章的目的是要说明我们的祖先在慈善事业方面做了多少事，现在这时代做了多一点儿，结尾是拿现代和古代作一个比较，把现代说得很不体面。

---

　　① 罩袍，原文为 toga，系古罗马市民穿的一种宽松的礼服。
　　② 指卡莱尔著的《现代评论集》(Latter-Day Pamphlets)。
　　③ 木片帽，原文为 chip bonnet，系用薄木片编制成的一种女帽，当时很流行。

"瞧瞧这个。"托尔斯站起身来,把那本小册子一页页翻过去,指着靠近末尾的一段说。"你的院长朋友那么大公无私,我恐怕他不会喜欢这一段话吧。"波尔德一看,原来是下面这样:

天呀,什么样的景象啊!让我们睁大眼睛,看看四世纪以前的大善士们,黑暗时代①的人,让我们瞧瞧他们是怎么行善的,再瞧瞧这些日子里的大善士们是怎么行善的。

我们是不是可以说,以前的善士是一个苦身处世的人,以精明人的身份尊重他的世俗工作,从这种工作中发达起来,就像一个勤勤恳恳的人发达起来那样,可是永远注意着那个较好的宝贝②,不让小偷钻了进去。一个老头儿拄着橡木拐杖,走下他家乡的大街,受到大家的尊敬和爱戴。那个老头儿不是很高尚吗?一个高尚的老头儿,住在贝尔格雷夫广场③那一带的可敬的居民中——一个很高尚的老头儿,虽然他不过做着梳羊毛的批发买卖。

然而,这个梳羊毛的买卖在那年头的确利润很高,因此我们这位古代的朋友到临终的时候,按照当时流行的不论什么俗话来说,留下的家当可真不小。他的子女们只要能够适当地努力,就可以衣食无忧地生活下去。亲戚朋友们对这个莫大的损失所感到的哀悼,也都受到了一些馈赠。老年的家人在年老力衰的时候,也获得了一些安慰。这在那个黑暗的十五世纪由一个老头儿做来,已经很不错了。可是还不止此:

---

① 黑暗时代(The dark ages),欧洲自五世纪至十五世纪为学术荒废时期,史学家称之为黑暗时代。

② 指他所办的慈善事业。

③ 贝尔格雷夫广场(Belgrave Square),伦敦西区贝尔格雷维亚区(Belgravia)的一处广场。贝尔格雷维亚区是伦敦的高级住宅区,邻近海德公园(Hyde Park)。

往后几代贫穷的梳羊毛人都应该称颂这个有钱人的姓名,因此应该创办一所养老院,利用他的捐款来养活这行买卖中单凭勤苦地梳羊毛不能再好好糊口的人。

这样,十五世纪的一位老头儿尽了他的最大力量来做好事,而且由我看来,做得非常慷慨。

我们现在再说一下近些年来我们的大善士。他不再是一个梳羊毛的人,因为那种人现在不算高尚人士了。我们假定他是好人中一位最好的,一个很走运的人。我们早先的那位朋友,说到头不过一个无知无识的人,我们现代的这位朋友却是一个受过各式各样正当教育的人。总而言之,他是一个那种有福气的人——国教的一位牧师!

我们再瞧瞧,他在这个尘俗的世界上以什么尽善尽美的方式乐善好施,来做好事呢? 天呀,他是以最最奇怪的方式来做的。嗐,老兄! 那种方式要不是凭着亲眼目睹这一最精确的证据,压根儿谁也不会相信。他凭着自己的硕大无朋的食欲来做——凭着狼吞虎咽来做。他的唯一的工作就是把那么精心着意替那些穷困的梳羊毛人预备好的面包吞没下去——此外,每星期还用鼻音淡焉漠焉地唱上一首较长的圣诗——其实,我们倒想说,愈短愈好。

哦,文明的朋友们啊! ——从不会做奴隶的大不列颠人,深知善恶、无限自由的人们——告诉我,好吗,你们替国教的一位极有教养的教士,要树立一座什么样最为合适的纪念碑呢?

波尔德的确认为,他的朋友不会喜欢这篇文章。他想不出有什么别的会比这篇文章更叫他不喜欢的了。他,波尔德,对养老院的轻率的攻击,惹起了多么大的麻烦和苦恼啊!

"你瞧,"托尔斯说,"这件事已经给人们四下谈论,公众的意见全向着你。我觉得你把这件事放弃掉很可惜。你瞧见《养老院》的第一期吗?"

　　没有,波尔德没有看过《养老院》。他看见"舆论先生"①著的那部新小说的广告,可是压根儿没有把它和巴彻斯特养老院联想到一起,也干脆没有想到过这个问题。

　　"那部小说对整个制度进行了直接的攻击,"托尔斯说,"它在打倒罗彻斯特、巴彻斯特、杜尔威奇②、圣克劳斯和所有这些侵吞公款的温床方面,会起很大的作用。显而易见,'舆论'到巴彻斯特去过,在那儿搜集来了这整个儿故事。说真的,我以为他一准是从你那儿得来这些资料的,你瞧了就知道,故事写得挺好:他开头的几期向来总写得挺不错。"

　　波尔德说,"舆论先生"没有从他那儿得到过什么资料,还说他发觉事情闹得人人皆知,觉得非常惋惜。

　　"这场火已经到了扑灭不了的地步啦,"托尔斯说,"房子现在非烧塌下不可。而且既然木料都腐烂啦,嘻,我得说,越快越好。我原希望瞧见你打这件事上得到点儿 éclat③ 的。"

　　这一切对波尔德说来都是令人苦恼的。他做的事已经够使他的那位院长朋友难受一辈子了,接下来,正在他的计划快要成功,快要把这问题变成一个真正有趣的问题时,他倒又要退出了。他把自己的事办得多么软弱啊! 他已经造成了损害,等他眼见到的

_____

① 指查尔斯·狄更斯。
② 杜尔威奇(Dulwich),伦敦的一片郊区,有一所杜尔威奇公学,系演员亚伦(Edward Alleyn,1566—1626)所办,招收八十名学生,内中十二名为清寒免费的学生。
③ 法文,意思是"名声"。

好处即将来临的时候，他反倒住手不干了。如果他把自己的全部精力用在这样一件大事上，那该多么快意啊！——有《朱庇特》来支持，又得到当代两位最受人欢迎的作家写文章来称颂！这种想法打开了他的眼界，使他看到了他希望生活在里边的那个境界。什么事不会因之而起呢？多么亲密愉快的交际——多么广泛的赞扬——出席多么文雅的宴会，参与多么富有情趣的高雅的谈论！

然而现在这已经是希望不到的了。他自己已经保证撤销这件案子。即使他可以忘掉那个保证，他也到了无法退却的地步了。这会儿，他坐在汤姆·托尔斯的房间里，心想阻止《朱庇特》上再发表任何那一类的文章。虽然他非常不喜欢这项工作，然而他却非提出这项请求不可。

"我没法再进行下去，"他说，"因为我觉得自己错啦。"

汤姆·托尔斯耸耸肩膀。成功的人怎么错得了呢！"要是这样，"他说，"那你当然得把它扔下。"

"我今儿早晨上这儿来，想请你也把它扔下。"波尔德说。

"请我。"汤姆·托尔斯带着最平静的笑容说，脸上还露出一副微微惊讶的神情，仿佛汤姆·托尔斯很明白，他是最不会搅和进这种事情里去的人了。

"是呀。"波尔德说，踌躇得几乎哆嗦起来。"你知道，《朱庇特》上曾经很强烈地提到这件事。那深深地打在哈定先生的心上。我认为要是能跟你说明白，这不能怪他本人，那么那些文章也许可以就此打住。"

这个天真的小提议提出来的时候，汤姆·托尔斯的脸神多么镇静而淡漠啊！如果波尔德亲自去向奥林匹斯山的门柱说话，门柱也会从外表上显示出那样的赞成或异议的。他的沉默真可佩服,他的机智的确超人。

"亲爱的朋友,"等波尔德把话说完以后,他说,"我实在没法替《朱庇特》回答。"

"但是你要是知道那些文章确实不公正,我想你会设法止住它们的。当然,谁都相信,只要你乐意,你是办得到的。"

"一般人一向总是心肠很好的,可是不幸得很,他们一般总很不正确。"

"嗳,嗳,托尔斯,"波尔德鼓起勇气说,他想到为了爱莉娜,自己非竭尽最大的努力不可,"我心里毫不怀疑,那几篇文章全是你的大作,它们可真写得挺好。你往后要是能避免怎样直接提到可怜的哈定,那就感激不尽了。"

"亲爱的波尔德,"汤姆·托尔斯说,"我的确很尊敬你。我认识你已经好多年啦,很重视你的友谊。我希望你别生气,让我好好解释给你听,凡是跟报界有联系的人,没有谁能随随便便听人干涉的。"

"干涉!"波尔德说,"我并不想来干涉。"

"嗳,但是,亲爱的朋友,你明明是在干涉。要不,是什么呢?你认为我能使某些批评不出现在报上。你的消息大概很不正确。对这种问题的街谈巷议,多半全是瞎扯。但是,不论怎么说,你认为我有这种力量,于是请我运用一下:这就是干涉嘛。"

"嗨,你要是乐意这么说,就这么说吧。"

"现在姑且假定我有这种力量,照着你希望的那样运用,那么是不是很明显的是大大地滥用职权呢?有些人是专门替报纸写文章的。如果他们给私人的动机摆布着,或写或不写,那么报纸不久就准会没有什么价值了。瞧瞧各种报纸的公认的价值,看它们是不是主要靠了群众的信心，认为某一家报是独立的、不是独立的。你提到《朱庇特》。你当然不会不知道《朱庇特》的影响非常大，决不会给任何私人的请求动摇的，即使那个请求是对着一个比我力量大得多的人提出来的。你只要想到这一点，就可以瞧出来我是对的了。"

汤姆·托尔斯的机智是无穷无尽的。他说的话压根儿无法反驳，这种说法根本无可争辩。他的立足点简直高不可攀。"每逢顾虑到私人问题的时候，"他说，"公众就受骗啦。"一点儿不错，您这十九世纪中叶的最了不起的先知，您这简单明了地道出了报纸的纯正性的人——公众被人故意哄骗的时候，是受骗啦！可怜的公众！他们多么时常受人欺骗啊！他们不得不跟一个多么诡诈的世界搏斗啊！

波尔德起身告辞，尽快走出那间屋子，暗地里骂他的朋友汤姆·托尔斯是吹牛的假道学先生。"我知道那些文章是他写的，"波尔德暗自说。"我知道他是打我这儿得到详情细节的。我的话合乎他的看法的时候，他倒很乐意把它们看作真理，不凭别的证据，单凭我偶然的谈话，就把哈定先生放在群众眼前，说成是一个骗子，可是等我向他提出和他看法相反的真凭实据的时候，他倒告诉我私人的动机是损害正义的！他的自尊自大去他妈的吧！社会上的随便什么问题还不都是私人利害的大汇合吗？报纸上的随便什么文章还不都是表达一方面的意见吗？实情！要证实随便什么问题的实情，就得花上一世纪！汤姆·托尔斯真想得出，说什么公众的动机和纯正的目的！咳，倘若报纸需要，他决不会感到片刻不安，明儿就改变他的政治见解啦。"

这便是约翰·波尔德步出圣堂的幽静、曲折的小径时，内心里的呐喊。然而波尔德一心向往的人世间的权势,正是他想到的这个人所具有的这种。正因为这一地位牢不可破,所以波尔德才对据有它的人这么生气,也就因为它牢不可破,才使它显得那么值得歆羡。

他走到河滨大道,从一家书店的橱窗里看见一幅广告,说《养老院》的第一期已到,于是他买了一份,匆匆地回到住处去,开始瞧瞧"舆论先生"在这问题上对公众有什么可说的,这问题新近曾经花去了他那么多的心血。

从前,重大的工作促使了重大的目的实现。有弊端需要加以改革的时候,改革家们总以郑重的态度和精细的论证去着手他们繁重的工作。要证实一件不公正的事情,就需要花上一世纪。哲学性的研究印在对开本的一页页上,写写就得写上一辈子,而读读就得花去数不尽的时间。我们现在是用比较轻快的步伐前进。我们发觉讽刺比论证更能令人信服,假想的痛苦比真正的悲伤更能令人感动,而学术性的四开本书籍不能令人信服的时候,每月连载的小说却能够办到。所以如果要把世界矫正过来,那么这项工作就得由一先令一期的著作来加以推行①。

在所有这些改革家当中,"舆论先生"要算是最有势力的。他革除的弊端恶习多得简直惊人。人家担心他不久就会缺乏题目了。等他使工人阶级生活舒适,使苦啤酒盛进了大小适中的品脱②瓶以后,就不再有什么事剩下来给他办的了。"舆论先生"确实是一个强有力的人,也许他并不因为他的贫穷善良的人那么善良,富裕狠心的人那么狠心,诚实正直的人那么正直而稍微软弱一

---

① 狄更斯的长篇小说当时一般总分为十九期出版,每月一期,售一先令,最后一期是两期合订本。
② 品脱(pint),英国液量名,等于二十盎司。

点儿。这年头,柔弱伤感的文章倘若放到适当的地方,并不会给人扔开。天仙般的贵妇人尽管有种种美德,也不再使人感到兴趣了,可是一个模范农民或是一个纯洁的生产英雄,却可以和拉德克里弗夫人①的一个女主人公一样,说上许多废话,而依旧有人听他的②。不过,也许"舆论先生"的最大吸引力是在他的二流人物里。如果他的男女主人公踩着跷走③(我恐怕男女主人公永远得那样),跟随着他们的帮闲却都自自然然,就像我们在街上遇见他们一样。他们像真正的男女一样走路,聊天,在我们朋友当中过着一种生动活泼的生活。不错,他们活下去,一直活到他们那一行的名称都给自己人忘了,于是白克特④和甘普太太⑤就成了留下来给我们表示侦探长和产科护士⑥唯一的名称了。

　　《养老院》开头的场面是在一位牧师的家里。那儿,一切金钱买得到的奢侈品给叙说得应有尽有:最最放纵的阔人家里一般常见的浮华阔绰的外表,在那所住宅里都可以见到。那儿,读者碰见了书里的大恶魔,戏里的梅菲斯托费莱斯⑦。有哪篇故事里没有

---

① 拉德克里弗夫人(Ann Ward Radcliffe,1764—1823),十八世纪英国小说家,著有《森林奇遇》(*The Romance of the Forest*)、《乌多尔佛的奥秘》(*The Mysteries of Udolpho*)等,一般总是讲述一个女主人公在一个荒野的地方或是古堡里受到一个神秘的叛徒或异教徒的迫害。

② 英国十九世纪的写实派小说家如狄更斯等都是以广大人民的生活、境遇等作为写作题材,而不是去写豪侠、贵妇人等的故事。

③ 踩着跷走,原文是 walk on stilts,有"夸张"的意思。

④ 白克特(Buckett),狄更斯小说《荒凉山庄》(*Bleak House*)中的一个精明的侦探长。

⑤ 甘普太太(Mrs. Gamp),狄更斯小说《马丁·瞿述伟》(*Martin Chuzzlewit*)中的一个老护士。

⑥ 产科护士,原文为 monthly nurse,指弥月内照料产妇的护士。

⑦ 梅菲斯托费莱斯(Mephistopheles),歌德名著《浮士德》中的一个冷酷、狡猾的魔鬼。

魔鬼呢？有哪部小说、哪部历史、哪部随便什么作品、哪个世界，没有一定的善恶原则，可以算是完美无疵呢？《养老院》里的魔鬼就是这所舒适住宅的主人——那位牧师。他已经上了年纪，不过做做坏事身体倒还相当硬朗。他是一个用火炽的、热情的、血红的目光冷酷四顾的人，生着一只酒糟鼻子，上面有个大疙瘩，嘴唇很厚，每当他突然生气的时候，鼓鼓囊囊的双下巴便嘟了出来，形成了结结实实一大团，像一只火鸡的冠子似的。他生着暴戾的、满是皱纹的低额头，上面有几根花白头发，还没有给手绢的揩擦磨蹭掉。他围着一条没浆过的松软的白围巾，穿着宽大的、裁剪恶劣的黑衣服和一双极大的鞋，可以适应许多鸡眼和各种肿胀①。沙哑的嗓音表明他每天都喝下了不少葡萄酒，而他的谈吐也并不十分文雅，不合乎一位牧师的身份。这就是"舆论先生"的《养老院》里的主人公。他是一个老鳏夫，不过目前由两个女儿和一个瘦弱而语言无味的副牧师陪伴着。姑娘中有一个一心向着父亲和时髦社会。她当然深得父亲的欢心。另一个一心爱好普西主义②和那位副牧师。

　　第二章里当然就把养老院的比较特殊的成员介绍给了读者。那儿有八个老头儿。据作者说，有四个空缺还没有递补，因为那个双下巴的牧师老爷脾气太坏啦。那八个穷人的情况简直凄惨得可怕。养老院初创办的时候，每天六便士的铜子倒够他们吃喝，可是后来，食物虽然贵了四倍，院里的收入比先前也多了四倍，他们却

---

① 肿胀，原文为 bunion，指大脚趾内侧黏液囊的炎肿。
② 普西主义（Puseyism），英国的一项宗教运动，也称作牛津运动（Oxford Movement），始于一八三三年，主张教堂有特权，有圣礼等，主要人物有纽曼（John Henry Newman，1801—1890）、普西（Edward Bouverie Pusey，1800—1882）、基布尔（John Keble，1792—1866）等。

注定每天还是拿六便士挨饿。那八个挨饿的老头儿在他们宿舍里的谈话，和牧师家在阔气的客厅里的谈话一比，真叫牧师家丢脸，这一点的确令人震惊。他们说出来的原话，也许不是用最纯洁的英语讲的，要从他们的语音里辨别出他们是哪一带的人，也许很不容易，然而情绪的高涨充分补偿了语言的缺陷。说真的，那八个老头儿没有能给派去周游全国，当布道的传教士，而给困在那所凄惨的养老院里挨饿，这真令人惋惜。

波尔德看完了这一期，把它扔开，心里认为这至少没有直接提到哈定先生身上，而且那幅图画的过于浓厚的色彩，也会妨碍这部作品起好影响或是坏影响。咳，他错啦。艺术家给群众绘画的时候，必须用灿烂夺目的色彩。这一点谁都没有"舆论先生"在描写养老院的居民时，知道得那么清楚了。目前，这种机构里普遍进行的彻底改革，多半就亏了"舆论先生"的那二十期小说，而不是由于过去半世纪公众发出的那种种千真万确的控诉。

第十六章　在伦敦的漫长的一天

院长不得不用尽他的全部相当平和的权术,趁女婿不备,一下溜走,逃出巴彻斯特,而不至于在中途路上给人拦住。在他乘坐马车到火车站去逃奔伦敦的那天早晨,没有一个逃学的小学生曾经像他那样小心谨慎,那样担惊害怕的,也没有一个越狱的犯人曾经那样怕碰见牢头禁子,像哈定先生那时怕碰见他的女婿那样。

临走前的那天晚上,他写了一封信给会吏长,说明自己第二天一定得出一趟门,他的目的是去见一下检察长(如果可能的话),然后根据他从那位先生那儿听到的意见来决定未来的计划。他解释说,自己没有早点儿通知格伦雷博士,因为他的决定是突如其来的。他把这封信交给爱莉娜,互相虽然没有明说,却完全谅解,这封信是用不着赶忙送到普勒姆斯特德—埃皮斯柯派去的。然后,他动身出发了。

他还写好了一封给亚伯拉罕·哈法萨德爵士的信带在身边,信里他写明了自己的姓名,解释说自己就是"女王代表巴彻斯特梳羊毛人控告故约翰·海拉姆遗嘱保管人"①的案件中的被告，——
因为这场官司是给这样称呼着——请那位有学问的名人在第二天
任何时候抽十分钟的时间来接见他。哈定先生估量，那一天他是
安全的，他深信自己的女婿会乘一班很早的火车到达伦敦，不过再
早也不能在他吃完早饭，溜出旅馆之前赶到他这个溜跑的人那儿。
倘若他能这样安排好，在那天见到律师，那么这件事便可以在会吏
长来得及干涉之前一下就办好了。

院长到了京城以后，按着他一向的习惯，乘车到圣保罗教堂②
附近的查普特大饭店去。近几年，他不常上伦敦来，不过在以前那
些快乐的日子，当哈定的《圣乐》正在印刷的时候，他是时常上这儿
来的。因为出版社在佩特诺斯特街③，印刷所在佛里特街，所以查
普特大饭店的地点最为方便。它是一所清静、阴暗、肃穆的旅舍，
很适合院长这样一个人，因此他从那以后，便时常光顾它。倘若他
有胆量的话，这一次他倒真会跑到别处去，使会吏长益发无从追
索，但是他不知道，如果在他常住的地方没有找到他的话，自己的
女婿会采取什么过激的步骤来寻找他。他认为使自己成为搜遍伦
敦的寻找对象，未免不够聪明。

他到了旅舍以后，叫了饭，接着便到检察长办事处去。在那
儿，他打听到亚伯拉罕爵士出庭去了，那天大概不会回来。爵士从
法院直接要到议会去。所有的约会一般说来，都是在办事处预先

---

① 这是这件案子的案由。
② 圣保罗教堂(St. Paul's)，伦敦的一座大教堂，建于一六七五年，系由名建筑
　师雷恩(Christopher Wren, 1632—1723)设计，高达五百二十英尺，规模之
　大，仅次于梵蒂冈圣彼得教堂和米兰大教堂。
③ 佩特诺斯特街(Paternoster Row)，伦敦的一条街道，在圣保罗教堂以北，系
　伦敦出版业的中心。

约好的,事务员无法答应第二天能不能够接见,不过他倒能够说,这样的接见,据他想来,是不可能的,可是亚伯拉罕爵士晚上一准在议会里,到那儿也许可以从他本人嘴里得到一个答复。

哈定先生于是到议会去,打听出亚伯拉罕爵士还没有到那儿,便把写好的信留下。他还添上一个极可怜的请求,希望当天晚上可以赐给他一个答复,他待会儿再来听回音。接着,他懊丧地回到查普特大饭店去,在一辆蹄声得得的公共马车上,挤坐在一个讨嫌的老太太和一个膝上放着工具、下班回家的玻璃工人之间,尽可能细细地思考着自己的重大想头。在忧郁寂寞中,他领略着羊排和一品脱葡萄酒。世上有什么比那样一顿饭更令人忧郁的呢?在乡村旅舍吃一顿饭,即使独个儿吃,也许都值得吃得带劲点儿。侍者倘使认识你,会很恭维你,店主人会朝你鞠躬,或许亲自把鱼端来放在桌上,你要是一打铃,他们马上就来招呼你。那里可真生气勃勃。在伦敦任何一家小饭馆里吃顿饭,也是够生动的,即使没有什么别的引人入胜之处的话。四周满是嘈杂声和走动声,闹哄哄的人声和碟子的叮当声,就够使你消愁破闷了。但是在一家高尚的、阴暗的、坚固的伦敦老旅舍里,孤单单地吃上这一顿饭——那儿,除了老侍者的鞋叽叽作响以外,压根儿没有什么别的声音;那儿,一盘菜慢吞吞地撤下去,另一盘菜慢吞吞地送上来,丝毫没有声响;那儿,那两三个客人要是会彼此交谈,也就会互相厮打;那儿,仆人们低声说话,倘若叫菜的声音稍许响点儿,全屋子就会给惊动起来——有什么事能比在这样一个地方吃块羊排、喝一品脱葡萄酒更令人忧郁的呢?

哈定先生吃完那顿饭以后,又上了公共马车,重新回到议会去。不错,亚伯拉罕爵士在那儿,那当儿正站在那里很热切地替《修道院保管法案》第一百零七条进行辩护。哈定先生的信已经交到他手里了,倘若哈定先生能等上两三小时,可以问一下亚伯拉罕爵士有没有什么答复。议会里那天人并没有满,也许哈定先生可以坐到旁听席上去,这种入场证,只要付五先令,便可以取得了。

亚伯拉罕爵士的这项法案已经读过第二遍,交给了一个委员会去审议①。一百零六条条款已经全部讨论过,只占去了四次上午和五次晚上的会议。一百零六条里有九条已经通过,五十五条已经同意撤销,十四条经过修改,和原意恰巧相反,十一条留待往后考虑,十七条直截了当地被否决了。第一百零七条规定由老年的教士对女修士进行人身搜查,搜索耶稣会的信条。这一条给认为是整个法案的真正主要部分。虽然政府始终并没有打算通过像初提出来的那样一项法律,但是在他们的目的经过讨论这一条款而充分达到之前,他们并不打算放弃。他们知道,这一条会受到爱尔兰新教徒议员们异常激烈的支持,和罗马天主教徒议员们异常激烈的攻讦。他们很正确地认为,经过这样一场战斗之后,两派之间不可能进一步再行团结。天真的爱尔兰人像他们往常一样,果然落入了陷阱,于是威士忌和毛葛便成为市场上的滞销货了。

哈定先生走进旁听席的时候,爱尔兰南部②来的一个脸色红润、一头浓发的议员正获准发言。他在攻击这个提案犯下的亵渎罪,整个脸盘儿上都洋溢着戏剧化的热狂光彩。

"这还是个信奉基督教的国家吗?"他说。(响起了一片欢呼声,同时政府席上也响起了反对的喊声。"这可叫人有点儿怀疑!"

---

① 英国议会规定,每一法案在下议院经过二读之后,即发交一个委员会去审议。委员会审议完毕后,再向下议院报告,然后经过三读即送交上议院去要求同意。

② 一八○○年英国通过《联合法令》(*Act of Union*),南爱尔兰派三十二名上议员和一百名下议员出席英国议会。详见第80页注⑤。

过道后面有一个人喊着。）"不，这不可能是个信奉基督教的国家，因为国内乏律的首长，乏律顾问①（大笑声和欢呼声）——对，我是说皇家乏律顾问（一大阵欢呼声和大笑声）——会在本院的议席上站起来（经久不息的欢呼声和大笑声），企图把对女修士人身的泻流②攻击变得合乏化。"（震耳的欢呼声和笑声一直延续到那位议员阁下回到了他的座位上。）

　　哈定先生听了这一席话，还听了许多大致相同的演讲。等他听了约莫三小时后，他又回到议会门口，从信差手里取回了自己的信，背面有铅笔潦潦草草地写着的下面这一句话：

　　　　明晚十时——在敝办公室恭候。——亚•哈。

　　到目前为止，他总算相当顺利——不过晚上十点钟，亚伯拉罕爵士定了一个多么迟的时间来商谈法律事务啊！哈定先生深信早在那时候以前，格伦雷博士准已到达伦敦了。可是格伦雷博士不会知道他安排好的这次会见，而且除非格伦雷博士在十点钟之前找到亚伯拉罕爵士，否则他也不会打听出这次约会的。既然他在十点钟之前不可能见到亚伯拉罕爵士，哈定先生于是决定早点儿从旅馆出发，只留下一句话说自己在外边吃饭。这么一来，除非他倒透了楣，否则他总可以在从检察长办事处回来之前，逃过会吏长。

　　他九点钟便吃早饭，第二十次又看了看《铁路指南》③，瞧瞧格

---

　①　爱尔兰人读音不准，把"法"字读变了音。
　②　爱尔兰人把"下"字说变了音。
　③　《铁路指南》，原文为 Bradshaw，指英国印刷商布雷德肖（George Bradshaw，1801—1853）所编的《铁路指南》。

伦雷博士从巴彻斯特来最早什么时候可以到达。他一行行细瞧着的时候,忽然想到会吏长也许会乘夜晚的邮车来!这使他几乎吓得发愣。他想到这个可怕的念头,心里就凉了半截。有一刻,他觉得自己没有办成一点儿工作,便给拖回巴彻斯特去。接着,他想到,如果格伦雷博士果真这么做了,他早就会到旅馆来找他啦。

"茶房。"他怯生生地喊了一声。

侍者走到他面前,鞋子叽叽响着,人却悄然无声。

"有没有一位先生——一位教士乘夜晚的邮车来到这儿?"

"没有,你老,一位都没有。"侍者低声下气地说,把嘴几乎凑近院长的耳朵。

哈定先生心又定了。

"茶房。"他又喊了一声,侍者又叽叽地走到他面前来。"要是有谁来找我,说我在外边吃饭,得夜里十一点左右才回来。"

侍者点点头,可是这一次什么话也没有说。哈定先生拿起帽子,出去用他办得到的最好的方法,在会吏长见不到的一处地方消磨漫长的一天去了。

《铁路指南》告诉了他二十次,格伦雷博士在下午两点钟之前不会抵达帕丁顿车站①,因此我们这位可怜的朋友原可以绝对安稳地在旅馆里多呆上几小时,可是他却心神不定。他不知道会吏长会采取什么步骤来逮住他。他也许会打电报叫旅馆主人监视着他,也许会寄封信来叫他觉得不能不依从。归根结底说,他在会吏长料想会找到他的任何地方都觉得不安稳,所以一早十点钟,就出

---

① 帕丁顿车站(Paddington Station),伦敦西区的一个火车站,系大西铁路(Great Western Railway)的终点。

去在伦敦消磨十二小时去了。

哈定先生倘若乐意访友,京城里原有一些朋友,不过他觉得这会儿没心思,不想去作通常的访问。再说,他也不乐意去跟谁商议商议自己决定采取的这个重大的步骤。他对女儿已经说过,除了穿鞋的人,谁都不知道鞋哪儿夹脚。有些时候,确实谁都不能听从别人的意见而得到满足——有些问题一个人只能跟自己的良心商量。我们的院长早就打定主意,认为不顾一切牺牲,摆脱掉这件糟心的事情,对他是有好处的。他女儿似乎是他唯一需要取得同意的人,而她却极热诚地同意他的做法。在这种情况下,只要办得到的话,他不乐意再去找谁商量,除非等到别人的意见不起作用的时候。假使会吏长真找到他的话,那免不了倒会提出不少意见和进行不少商议,然而他希望情形不至于那么糟。既然他觉得自己这会儿不能谈说无关紧要的事情,他决定在跟检察长会面之前不去找谁。

他打定主意躲藏到威斯敏斯特寺里去,因此他又搭上公共马车到那儿去了。他发觉寺里还没有开门做早祷,只好付了两便士,以参观者的身份走了进去。这时,他突然想起,自己那天并没有一定的休息地方。如果他打算从上午十点走到下午十点,那么他在会谈之前就会精疲力竭了,他于是在一个石阶上坐下,仰起头来,盯视着威廉·庇特①的塑像。庇特的样子仿佛平生第一次走进教堂,根本不乐意呆在那儿似的。

他在那儿安安静静地坐了约莫二十分钟后,守堂的执事走来

① 威廉·庇特(William Pitt,1759—1806),英国政治家,曾多次组阁。这座塑像在威斯敏斯特寺的西门外。

问他要不要四处蹓跶蹓跶。哈定先生哪儿也不想去，于是谢绝了，只说他在等待早祷。守堂的执事瞧见他是一个教士，便告诉他唱诗班的门那会儿已经开了，领他进去坐下。这可好多了，会吏长即使到了伦敦，也管保不会到威斯敏斯特寺里来做早祷的。这儿，院长可以安安静静地休息，到时候，再正式做祷告。

他想从座位上站起来，细瞧瞧唱诗的人们的乐谱和做礼拜时所唱的那一本连祷①，瞧瞧威斯敏斯特的细节目究竟有多少和巴彻斯特的一样，还瞧瞧自己的嗓音从威斯敏斯特唱诗班领唱人的座位上是否可以响遍全堂。然而这样硬闯上去未免很不合式，所以他静悄悄地坐着，抬眼望着巍峨的屋顶，提防着不使自己过分疲乏。

渐渐地，有两三个人进来了。在公共马车上几乎把他挤扁的那个讨厌的老婆子，再不然就是一个跟她一模一样的人；两三个年轻的姑娘用面纱遮住脸，镀金的十字架很显眼地垂到了她们的祈祷书上；一个拄着拐杖的老头儿；一群来参观教堂的人；他们认为既然凑巧，又花了两便士，乐得听听讲道；还有一个把祈祷书包在手绢里的年轻女人，她来迟了，所以奔了进来，在匆忙中，绊在一张长凳上，猛地摔倒，造成了一大阵响声，因此所有的人，连主持礼拜的低级驻堂牧师都吃了一惊，她自己也给这场乱子的回声吓慌了，差点儿昏晕过去。

哈定先生并没有从举行的仪式上受到多少启发。主持仪式的小牧师匆匆忙忙走进来，多少来迟了点儿，他身上穿着一件不够整

---

① 连祷(The litany)，英国教堂每逢星期日、星期三和星期五早祷时经常唱的一种祈祷文。

洁的白法衣,后面跟着十二个唱诗人,他们也显得不够整洁:所有的人都用匆促忙乱的脚步磕磕撞撞地到了各自的位子上。礼拜很快便开始。很快开始,很快也就结束了——因为他们没有音乐,在歌唱上也没有不必要地浪费什么时间。总而言之,哈定先生认为,巴彻斯特的仪式安排得比这儿好,虽然就连那儿,他知道也还有可以改进的余地。

随便哪个牧师是否能天天早晨在一所大建筑物里、由十多个听众围着,端端正正地主持礼拜仪式呢,这在我们看来的确是一个问题。最好的演员也不能对着空凳子表演得很精彩。尽管布道的动机当然比演戏要崇高一点儿,然而连最有道行的牧师也免不了要受他们听众的影响。如果希望把一件工作在这种情况下做好,那非得从人性中要求超人的力量不可。

等那两个挂着镀金十字架的姑娘,那个拄着拐杖的老头儿和那个还定不下心来的女用人离开的时候,哈定先生觉得自己也不能不走了。守堂的执事挡着他的路,望望他,又望望门,于是他出去了。但是几分钟后,他重又回去,花了两便士,又走进寺内。对他说来,没有别的"避难所"比这地方更安稳的了。

他缓缓地走到堂中央,从座位间的走道兜回来,接着又走到堂中央,再由另一条走道兜回来,心里竭力郑重地琢磨着自己打算采取的步骤。他这就要自动每年放弃八百镑,使自己往后的余生只能靠每年一百五十镑左右的收入过活了。他知道以前他没有像该想到的那样想到这个问题。他能够每年拿一百五十镑,维持自己的生活,养活自己的女儿,而不去给随便谁增加负担吗?他的女婿很有钱,可是既然他照着自己打算做的那样做,直接违反了女婿的劝告,那么随便什么也不能使他想着去依靠他的女婿了。主教是富裕的，可是他正打算丢开主教最好的礼物，而且可以说是大大地辜负了赠送人的眷顾。他既不能指望主教再给他什么，也不能想着去接受什么。倘若他没准备好扔下院长的位置去面对生活，那么放弃院长的职位不仅没有好处，反而是绝对丢脸的。是的，从今往后，他非得把自己和女儿在人世间的一切希望，约束到这么有限的一笔收入的可怜范围以内。他知道他先前没有充分想到这个问题，他完全是给热情支配着，先前一直没有彻底认识到自己的现实处境。

自然，他最为顾虑的就是他的女儿。不错，她已经订婚了。他很知道他的未来女婿，深信自己改变了的情况决不会成为这场婚姻的障碍的，不，他深信自己的贫穷反而会使波尔德把这件事更急切地赶着办，但是他不乐意在缓急的时候依靠波尔德帮助，况且他这件事事实上又是由波尔德的举动所造成的。他不喜欢自己暗地里说——是波尔德使我丢掉我的住宅和收入的，因此他非得把我女儿接过去负担。他宁愿把爱莉娜看作自己流离贫困时候的同伴——看作靠他的微薄收入同甘共苦的人。

他原本替女儿存放开一小笔钱，自己又保了一笔三千镑的人寿保险，这笔钱是归爱莉娜的。不过会吏长几年前就付了保险费。他拿得很稳，只要格伦雷太太的父亲一故世，那笔钱马上就归她所有了。所以这件事早就从院长手里拿过去，就和他家里所有的银钱事务一样，因此这会儿使他操心的就只限于他自己日常的收入了。

真个的，每年一百五十镑的确很少，但是也许勉强可以够用，不过星期日早上他怎么能在大教堂里唱连祷，又在小山楂子树主持礼拜呢？不错，山楂子树教堂离大教堂不过一英里半路，可是他不能同时到两个地方？山楂子树是个小村子，午后举行一次礼拜仪式也许就够了，然而这总有点儿违背良心。因为他贫穷就夺去他的教区居民们任何权利，这是不对的。当然，他可以安排一下，平时在大教堂做礼拜，但是他在巴彻斯特唱连祷唱了好多年，自己觉得工作做得挺不错，所以不愿意放弃这项工作。

　　哈定先生思量着这些事情，翻来覆去地想着一些小希望和大责任，不过他毫不迟疑，认为自己必须离开养老院。他在教堂里踱来踱去，再不然就是一小时一小时静坐在那个石阶上默想。一个守堂执事下班了，换来了另一个，但是他们并不打扰他。每隔一会儿，他们便悄悄地走近前来望望他，可是他们是很恭敬地仔细望望。一般说来，哈定先生觉得他躲藏的地方挑选得很好。大约四点钟，他的安慰受到"饥饿"这个敌人的搅扰。他非去吃饭不可了。显然，他不能在教堂里吃饭，于是他磨磨蹭蹭地离开了藏身的地方，到河滨大道附近找吃的去了。

　　他的眼睛已经习惯了教堂里的阴暗光线，所以到了光天白日下，炫耀得简直发花。他自己觉得慌乱、害臊，仿佛人们都在瞪眼望着他。他匆匆忙忙地朝前走去，仍旧怕碰见会吏长，到了查令十字街广场①，他才想起有一次走过河滨大道时，瞧见一扇橱窗里有块牌子上写着"排骨肉"这几个字。那家铺子他记得很清楚。它是在一爿皮箱铺的隔壁，另一边是一爿雪茄烟行。直到那时，他只知道在伦敦旅馆里花钱吃饭，可是现在他不能回旅馆去，因此他只好

----

① 查令十字街广场(Charing Cross)，伦敦市中心河滨大道西首的繁华广场，在圣保罗教堂西南，场上有爱德华一世(1272—1307)建立了来纪念王后爱莉娜的一座十字架。"查令"二字据传系从法文 chère reine(亲爱的王后)二字之音转成。

上河滨大道那爿铺子去吃一块排骨。格伦雷会吏长准不会上那种小地方去吃饭的。

他很容易就找到了那爿店铺——正像他以前看到的那样，在皮箱与雪茄烟之间。他在橱窗外面瞧见大量的鱼，感到相当吃惊。那儿有成桶的牡蛎、大量的龙虾、几只样子大得惊人的螃蟹和满满一桶盐腌的鲑鱼。不过他压根儿不知道贝壳动物和罪恶有什么关系，所以走了进去。一个邋遢女人正从一个大贮水池里把牡蛎拣了出来。他很客气地问她能不能来一份马铃薯烧羊排。

那个女人显得有点儿惊讶，不过却答应说有。一个懒散的姑娘把他领进后边一排长房，里面满是供人宴客的一间间雅座。他走进一间坐下。院长不可能去到一个比这更凄凉可怜的地方了。房里有鱼腥气、木屑味和霉臭的板烟气，还微微有点儿煤气味。一切都是粗糙的、肮脏的、鄙陋的。她们放在他面前的餐布简直叫人打恶心，刀叉上满是裂口，而且还不干净，一切都沾满了鱼腥气。然而，有一点他倒觉得安慰：就他独个儿一个人，没有别人在一旁瞧着他的狼狈相，大概也不至于有谁会走来看见他。这是伦敦的一爿晚饭馆。夜晚一点钟左右，这地方可真够热闹，可是眼下，他享受到的僻静简直和在教堂里不相上下。

大约过了半小时，那个衣衫不整、还没有穿上晚间工作服的姑娘，把他要的马铃薯羊排端来了。哈定先生请她来上一品脱雪利酒①。几年以前，英国盛行着一种想法，认为不论在随便什么旅舍里叫一顿饭而不为店主人的利益另要上一品脱酒，那是一种欺骗——这在法律上当然不受处罚，可是并不因为不受罚就是可以

---

① 雪利酒，西班牙南部产的一种白葡萄酒。

包容的。这种思想那会儿还没有完全从人们的心里消除掉，而哈定先生就是受到这种想法的影响。他并没有忘掉自己未来的贫穷，很乐意省下他的半克朗，但是他认为这是非做不可的事。不一会儿，他便享受到从隔壁酒馆里取来的一种难以下咽的混合物。

不过他的马铃薯羊排倒还可口。他于是竭力压制住刀叉惹起的厌恶，设法把这道菜吞吃下去。没有什么人来打搅他，只有一个脸色苍白的年轻人，生着水汪汪的鱼一般的眼睛，恶狠狠地把帽子斜戴在一边，走进房来直眉瞪眼望着他，高声问那姑娘，"这个老家伙是谁？"不过这个打搅也就到此为止。院长还是给撤了下来，安安静静地坐在木凳上，竭力去从龙虾、牡蛎和鲑鱼混合的气味里辨别出它们各自的气味来。

哈定先生不熟悉伦敦的风气，觉得自己选了一个不太可取的饭馆，所以最好快点儿离开。那会儿还不到五点钟——他怎样混到十点钟呢？还有五个难以消磨的钟点！他已经倦了，要他在这么长的时间里走个不停是办不到的。他想到搭上一辆公共马车，到富勒姆①去，然后再搭上另一辆回来，然而那也是很辛苦的事。他付账给铺子里那个女人的时候，问她附近有没有什么地方可以喝杯咖啡。她虽然是一爿鱼虾馆的女掌柜，却很懂礼貌，指点他到街对面的那爿烟馆②去。

哈定先生对烟馆和对伦敦的小饭馆一样，并没有一种比较正确的概念，但是他非常需要休息，因此便照着指点去了。等他发觉走进了一爿雪茄烟铺的时候，他认为自己一定搞错啦，但是柜台后

---

①　富勒姆（Fulham），伦敦西南郊的一处镇市。
②　烟馆，原文为 cigar divan，指土耳其、阿拉伯等地的一种以吸烟为主的茶馆，一八二〇年至一八五〇年间，这种茶馆在伦敦非常时髦。

面的人立刻瞧出来他是外乡人，知道他要什么。"一先令，你老——谢谢您，你老——雪茄烟要吗，你老？这是咖啡券，你老——您只要招呼茶房就成啦。请您打这条楼梯上去，你老。最好也要上一支雪茄烟，你老——您不吸也可以把它送给一位朋友，您知道。唔，你老，谢谢您，你老——你老这么好，我就自己来抽掉吧。"于是哈定先生走上烟室去，手里拿着咖啡券，不过雪茄烟却给吃没下了。

这地方似乎比他吃饭的那间房合乎他的需要多了。当然，室内有一大股很浓的烟味，这是他不习惯的，可是闻够了鱼腥气之后，烟味似乎并不太难闻了。这儿有大量的书籍，一长排一长排沙发。世界上有什么能比一张沙发、一本书和一杯咖啡更舒服的呢？一个老茶房走到他面前来，拿了两三本杂志和一份晚报。有什么事比这样更有礼貌呢？他要来上一杯咖啡，还是喜欢喝点儿雪白露^①？雪白露！他是不是真个到了一所稍许有几本伦敦各种刊物的东方烟馆里了？不过他认为雪白露应该盘腿坐着喝^②。既然他不太习惯那样，他就要了咖啡。

咖啡来了，非常之好。嘿，这个烟馆简直是天堂！那个彬彬有礼的老茶房向他提议下一盘象棋。他虽说会下象棋，当时却不乐意下，因此他谢绝了，把疲倦的腿放在沙发上，悠闲地呷着咖啡，一面翻阅着递给他的一份《布莱克伍德杂志》^③。他也许这样看了一小时左右，因为老茶房怂恿他再喝上一杯咖啡。这时，一只八音钟

---

① 雪白露，原文为 sherbet，系土耳其、阿拉伯等地的一种冰镇果子露。
② 土耳其人、阿拉伯人都盘腿而坐。
③ 《布莱克伍德杂志》(*Blackwood*)，英国出版商布莱克伍德(William Blackwood，1776—1834)所办的一份杂志，替这份杂志写稿的有司各特、德昆西(Thomas de Quinsey，1785—1859)等。

响了起来。哈定先生于是合上杂志,把一只手指插在看到的地方,闭起眼睛躺下来听那钟声。不一会儿,钟声似乎变成了由钢琴伴奏的大提琴的演奏。哈定先生竟然把那个老茶房想象成巴彻斯特的主教。他感到异常吃惊,主教怎么会亲手把咖啡端来给他。接着,格伦雷博士进来了,提着一满筐龙虾,硬不肯把它放在下面厨房里。随后,院长不很明白为什么会有那么许多人在主教的客厅里抽烟,于是他睡着了。在睡梦中,他漂泊到巴彻斯特大教堂那熟悉的领唱人座位那儿去,还梦见自己很快就要跟他们永别的那十二个老头儿。

他累极了,所以酣睡了好半天。八音钟的一次突然停顿,才把他惊醒。他吓得一骨碌坐起来,很诧异地发觉满屋子尽是人。他初打盹儿的时候,房里差不离还是空的。他紧张而急切地掏出表来,发觉已经九点半了,于是一把抓起帽子,匆匆跑下楼,快步朝林肯协会走去。

等院长到了亚伯拉罕爵士楼梯口的时候,离十点还有二十分钟。他于是悠闲地在静悄悄的协会里踅来踅去,使自己冷静下来。那是八月底的一个幽美的夜晚。他已经从疲倦中恢复过来了,睡眠和咖啡使他精神重振。他觉得很奇怪,自己竟会悠然自得。这时候,协会的大钟当当地打了十点。钟声刚停,他已经在敲亚伯拉罕爵士的房门了。接待他的事务员告诉他,那位大人物立刻就出来会他。

第十七章　亚伯拉罕·哈法萨德爵士

哈定先生给领进一间考究的内起居室，样子很像"上流"人士的书斋，而不象律师的事务所。他在那儿等候亚伯拉罕爵士。爵士并没有使他久等。约莫十或十五分钟后，他听见走道里叽里咕噜一阵很快的谈话声，接着检察长进来了。

"叫您等候，挺对不住，院长先生，"亚伯拉罕爵士一面和他握手一面说，"还有，跟您约这么一个不合式的时候，也很对不住，不过您的通知来得很匆促，您说今儿，所以我定了这个时候，因为我直到这会儿才得空。"

哈定先生告诉他，自己知道是自己应该向他道歉。

亚伯拉罕爵士是一个瘦削的、高身个儿的人，头发过早就灰白了，不过其他方面并没有衰老的迹象。他的脖子，而不是他的脊背，微微有点儿驼，这是因为他向各种听众说话的时候，经常喜欢俯身向前的缘故。他也许有五十岁。要不是因为经常不停地工作使他的容貌变得苍老，看起来活像一架有理智的机器的话，他原可以显得比他那岁数年轻点儿的。他一脸精明强干的神气,可是却缺乏自然的神态。你会说他是一个有用之材,可是事办完了就完啦。他是一个逢到重大的意外事情时非找不可的人,可是不适宜于普通的工作。他是一个你会请了来保护你的产业的人,可是你要是死心眼地把他当个朋友,那你就得懊悔。他和钻石一样璀璨,也和钻石一样锋利、冷漠。他认识每一个认识了就有面子的人,可是他没有一个朋友,而他倒也一个不要。他不知道这个词儿的其他意义,只知道它在议会中的意义①。朋友!他独自一个不也挺成,现在五十岁啦,他还会信任什么别人吗? 不错,他早结了婚,有了孩子,但是他哪儿有时间去享受婚姻幸福所带来的温存安逸呢? 从一早起身到晚上很迟的时刻他去安歇时为止,他总是一刻不停地忙着工作、忙着出庭,连他的假期都排满了比别人最忙的日子还多的工作。他从没有跟他的太太拌过嘴,不过他也从不跟她谈话,——他从没有时间谈,因为他太全神贯注在演说上了。她呢,可怜的太太,倒也并不感到不快乐,她享受到了金钱所能给她的一切,而且大概会做到一位堂堂的命妇,她可真认为亚伯拉罕爵士是一位最好的丈夫了。

亚伯拉罕爵士是个机智的人,在坐满了最著名的大政治家的宴会上都显得才气焕发。说真的,他一向总是才气焕发。不论在社会上,在下议院,或是在法庭里,他都才气焕发,闪烁的火星,像从热钢上冒出来的,不过却没有热。没有一颗冰冷的心曾经受到他的热情的鼓舞,没有一个伤心的人曾经在他的门口放下了一点儿心头的负担。

就他说来,唯一值得称赞的便是成功。他不知道有谁像他自

---

① 英国议会下议院议员在议院中称呼其他议员为"尊敬的朋友",故云。

己这样一帆风顺的。没有人曾经把他推上前,没有得力的朋友曾经在他走向权势的道路上提拔过他。没有。他是检察长,并且按情理说,凭他自己的努力和才干,他十之八九会做到大法官的。世界上有哪个别人仗着这么少的奥援做到这么高的地位的呢?一位总理!说真的,谁曾经没有有势力的朋友而当过总理呢?一位大主教!是的,一个大贵族的子孙,再不然大概就是教他的一位老师。可是他,亚伯拉罕爵士,背后并没有有势力的大人物。他爸爸以前是一个乡下药剂师,他妈是一个农场主的女儿。除了他自己外,他干吗要尊敬什么别人呢?因此他在世界上闪烁发光,成了显贵中最显贵的人物。可是等他的光芒消灭,等他逝世以后,谁的眼睛也不会泪眼迷蒙,谁的心也不会为故世的朋友感到哀悼。

“您瞧,院长先生,”亚伯拉罕爵士说,“咱们为这场官司操的一切心都结束啦。”

哈定先生说他希望这样,不过他压根儿没明白亚伯拉罕爵士的意思。亚伯拉罕爵士尽管非常精明,却也没能看透他的心,瞧明他的来意。

“全结束了。您用不着为这件事再多操心啦。当然,费用得由他们付,您和格伦雷博士的全部开支是很少的——那就是说,跟可能不得不用掉的开支相比,要是官司打下去的话。”

“我不十分明白您的意思,亚伯拉罕爵士。”

“他们的律师已经通知我们,说他们把这案子撤销了,您难道不知道吗?”

哈定先生向这位律师解释说,他对这件事一点儿不知道,虽然他间接听说对方是提过有这意思。他终于使亚伯拉罕爵士明白了,就连这样也并不使他满意。检察长站起身来,把手插进裤袋,扬起眉毛,听着哈定先生委婉详细地说明他这时候希望摆脱掉的烦恼。

"我知道我个人本不应该拿这件事来麻烦您,可是因为这件事对我极其重要,因为这和我的一切幸福有关,所以我想或许可以很冒昧地来请教您一下。"

亚伯拉罕爵士鞠了一躬,说他的委托人当然可以要他提出他能提供的最好的意见,尤其是像巴彻斯特养老院院长这么一位各方面都令人敬佩的委托人。

"亚伯拉罕爵士,一句话往往比写成的几卷名言谠论还有价值。实际的情形是,我对这件事目前的情形不很满意。我的确认为——我免不了认为,养老院的事情的确是没有按着创办人的意思办理。"

"这种机构没有一个是那样的,哈定先生,它们也不能那样。咱们生活在一个改变了的环境里,不允许我们那样。"

"您这话很对——确实很对。不过我瞧不出改变了的环境给我什么权利每年享受八百镑。我不记得有没有看过约翰·海拉姆的遗嘱,但是如果我这会儿去看,我也看不懂。我请您,亚伯拉罕爵士,请您指教的就是——在这笔收入适当地养活了那十二个受施人之后,我以院长的身份根据法律,是不是明明白白地有权领取这项产业的收入呢?"

亚伯拉罕爵士说,他不能用这许多话确切地说明哈定先生根据法律有权享受等等,结尾强有力地表示,对这件事再提出什么问题就会是愚蠢的,因为官司已经要——嗐,已经了结啦。

哈定先生坐在椅子里,在一只假想的大提琴上拉着一支迂缓的调子。

"事实上,亲爱的先生,"检察长继续说下去,"不再有什么怀疑的地方啦。我瞧不出您还有什么理由来提出疑问。"

"我可以辞职。"哈定先生说,一面缓缓地用右手演奏下去,仿佛乐弓在他坐着的椅子下面似的。

"什么! 把它完全扔掉吗?"检察长说,大吃一惊地瞪眼望着他的委托人。

"您瞧见《朱庇特》上的那几篇文章吗?"哈定先生十分可怜地说,他想打动律师的同情心。

亚伯拉罕爵士说他看见过。这个可怜的小牧师竟然会给报上的一篇文章吓得做出这么一桩软弱透顶的事,所以由亚伯拉罕爵士看来,他干脆是一个没有出息的家伙,亚伯拉罕爵士简直不知道怎样对他像对有理性的人那样说话了。

"您是不是最好等待一下,"他说,"等格伦雷博士也到了京城里? 把随便什么重大的步骤延缓下去,等您跟他商量了以后再说,那样是不是好点儿呢?"

哈定先生激烈地说他不能等,于是亚伯拉罕爵士对院长的精神是否健全大感怀疑了。

"当然,"亚伯拉罕爵士说,"要是您自己有办法,足够维持您的生活,要是这个——"

"我一个大子儿也没有①,亚伯拉罕爵士。"院长说。

"啊呀! 嘻,哈定先生,您打算怎么过活呢?"

哈定先生于是解释给这个法律专家听,他打算保持领唱人的职务——那每年可以有八十镑。还有,他打算去到山楂子树,靠自己

---

① 原文是 I haven't a sixpence,直译是:"我一枚六便士银币也没有"。

的那笔小俸禄，那又有八十镑。当然，两处的工作有点儿不能兼顾，不过他或许可以掂对掂对。接着，他想到检察长不会乐意细听大教堂的职务是怎样分派给各个低级驻堂牧师的，于是又突然止住不说了。

亚伯拉罕爵士既惊异、又怜悯地听着。"我可真的认为，哈定先生，您最好等会吏长来了再说。这是一个极严重的步骤——一个，据我瞧，压根儿用不着采取的步骤。既然承您瞧得起，来征求我的意见，我得请您在没得到您的朋友们赞成之前，别做出什么事来。没有一个人是他自己处境的最好的评判。"

"一个人是他自己的感觉的最好的评判。我宁愿讨饭讨到死，也不愿意再读到一篇跟登在报上的那两篇同样的文章，同时像我确实觉得的那样，认为写文章的人是站在有理的一面的。"

"您不是有位小姐吗，哈定先生——一位没出阁的小姐？"

"不错。"他说，这时候也站起身来，不过仍旧把一手背在身后，继续拉他的提琴。"不错，亚伯拉罕爵士，在这问题上她和我意见完全一致。"

"请您原谅，哈定先生，倘若我说的话太没礼貌的话。不过说真的，您是应该替她考虑周到的人。她还年轻，不知道每年单靠一笔一百五十镑的收入生活，是什么意思。为了她，放下这个主意吧。请您相信我，这绝对是堂吉诃德式的行为①。"

院长走到窗子面前，接着又回到椅子那儿，然后不知说什么是好，于是又转身回到窗子面前。检察长真大有耐心，不过他开始认为会谈时间已经够长的了。

---

① 堂吉诃德（Don Quixote），西班牙小说家塞万提斯（Miguel de Cervantes Saavedra，1547—1616）著的一部讥讽游侠制度的小说中的主人公，他是侠客迷，以匡正世界一切罪恶为己任，因而做出种种可笑的傻事来。

"但是如果这笔钱不该我拿,那么即使她和我都得讨饭,又有什么法子呢?"院长终于斩钉截铁地说,而且声音和先前大不相同,因此亚伯拉罕爵士不禁一愣。"要是这样,那讨饭还好点儿。"

"亲爱的先生,现在没有人质问您该拿不该拿。"

"不,亚伯拉罕爵士,人家要质问的——反对我的证人当中,最大的一个就是我自己——我自己就要质问。上帝知道我爱不爱我的女儿,不过我情愿让她跟我讨饭,也不愿意让她舒舒服服地用一笔实际上是穷人的财产的钱来生活。您也许觉得奇怪,亚伯拉罕爵士,连我自己都觉得奇怪,我竟然会在那个幸福的养老院里呆了十年,从来没有细想到这些事,直到这些事这样粗暴地传到我的耳朵里来。我的良心需要报纸上的激烈言论才能唤醒,所以我没法夸口。可是既然它醒了,我就非听从它不可。我上这儿来的时候,并不知道波尔德先生已经撤销了这件案子。我的目的是来请您不要去替我辩护。现在,既然官司不打啦,当然也没有什么辩护了,不过您反正可以知道,从明儿起我就不做养老院院长了。我的朋友和我在这个问题上意见不一,亚伯拉罕爵士。这给我平添了不少伤感,可是这没有办法。"等他把要说的话说完以后,他奏起了一支非常动听的调子,这在以前从来没有给任何检察长的办事处增添过声色。他站起来,勇敢地面对着亚伯拉罕爵士,右胳膊在身前迅速而豪放地挥动着,仿佛他抱着一个庞大的乐器,所以站得那么笔直。他用左手手指异常急遽地按住一大溜琴弦,它们似乎从他的衣领上边一直分布到上衣下摆的底边。亚伯拉罕爵士惊讶地一面听着,一面望着。因为他以前从没有见过哈定先生,所以他茫然不解这些热狂的手势到底是什么意思,不过他瞧出来,几分钟以前那么温和,连话都讲不大出的这个人,这会儿竟然激动起来——

不,几乎变得激昂起来了。

"您睡着想一晚再说,哈定先生,明儿——"

"我不只是睡着想,"院长说,"我想得简直睡不着,而且一连几夜。我觉得我不能再睡着想下去啦①。现在,我希望就这么办。"

检察长对这句话没有什么可回答的,所以他平静地表示出一个愿望,认为不论最后怎么解决,反正都很满意。哈定先生谢过了这位大人物的关注,告辞了出去。

哈定先生下楼走进林肯协会那片古老的小广场时,对这次会谈非常满意,心头竟然感到一阵快慰。那是一个宁静、清朗、优美的夜晚,衬着月光,连林肯协会的小教堂和环绕着方院子的那一圈阴暗的事务所,都显得非常幽雅。他静静地站了一会儿来集中思想,同时回想了一下他已做的事和要做的事。他知道检察长把他看得比傻瓜好不了多少,可是他毫不在乎,他和检察长之间并没有多少共同之处。他知道还有些他不放在心上的别人也会这么想,但是他相信爱莉娜肯定会喜欢他做的事,并且他相信主教也会同情他的。

同时,他得去会一下会吏长了,因此他磨磨蹭蹭地穿过衙门巷②,沿佛里特街走去,心里深信他那天晚上的工作还没有完哩。他到了旅馆,轻轻地撤了一下门铃,心里扑腾腾地跳个不停。他差点儿想绕过房角逃走,围着圣保罗庭院③再走上一圈,把即将到来的风暴延缓下去,但是他听见老侍者的鞋慢悠悠地叽叽响了过来,于是他很刚强地站定了脚跟。

---

① 原文是 I could not sleep upon it. Sleep upon it 有"拖到明天再说"的意思。

② 衙门巷（Chancery Lane），伦敦的一条街,从佛里特街通到霍尔本镇（Holborn）。

③ 圣保罗庭院（St. Paul's Churchyard），伦敦圣保罗教堂四周的庭院。

第十八章　院长很顽固

"格伦雷博士在这儿,你老,"门还没有大开,这句话就传进了他的耳里,"还有格伦雷太太。他们在上边要了一间起居室,正等着您,没睡哩。"

那个人的音调里有点儿什么似乎表示:连他也把院长看成一个刚被保护人重新逮住的逃跑的学生,他虽然可怜这个罪犯,可是禁不住又对这一罪行很起反感。

院长竭力想显得若无其事,于是说道:"噢,是吗!我马上就上楼去。"可是他显然失败了。也许,当着出了阁的女儿的面还有一丝安慰,那就是说,相当的安慰,既然他的女婿也来了,但是他多么希望他们俩全稳稳妥妥地呆在普勒姆斯特德—埃皮斯柯派啊!然而他还是到楼上去了,侍者慢吞吞地走在他的前边。等房门打开的时候,他发现会吏长正站在房中央,真个的,和平时一样,腰板儿挺得笔直,但是,哦!多么忧愁啊!在他身后那张破旧的沙发上,斜倚着他的耐心的太太。

"爸爸,我以为您永远不回来啦,"那位太太说,"已经十二点啦。"

"是的,亲爱的,"院长说,"检察长约定十点钟见我。当然,十点钟很晚,可是你知道,我有什么办法呢?大人物总是爱怎样就怎样。"

他吻了一下女儿,又和博士握握手,竭力想显得若无其事。

"您当真去找过检察长了吗?"会吏长问。

哈定先生表示他是找过了。

"哎呀,多么糟!"会吏长把两只大手举了起来,那副神气他的朋友见了都非常熟悉。那是他用来表示不以为然和大吃一惊的。"亚伯拉罕爵士会怎么个想法呢? 委托人照例是不作兴直接上他们的诉讼代理人那儿去的,您难道不知道吗?"

"真的吗?"院长天真地问,"嗐,反正我已经去过啦。亚伯拉罕爵士似乎并没觉得十分奇怪。"

会吏长叹了一口气,连战舰都会给他吹得晃荡起来。

"但是,爸爸,您对亚伯拉罕爵士说了些什么呢?"格伦雷太太问。

"我请他把约翰·海拉姆的遗嘱解释给我听,亲爱的。他没有能用唯一可以使我满意的方法解释给我听,所以我把院长的职位辞掉啦。"

"辞掉啦!"会吏长用低沉伤感而又清晰可闻的庄重声音说——一种连马克里迪①都会羡慕,而顶层的观众都会一再喝彩的低声。"辞掉啦! 天呀!"教会的这位大长老惊吓得向后瘫坐在一张马鬃扶手椅②上。

---

① 马克里迪(William Charles Macready,1793—1873),英国名演员。
② 马鬃扶手椅(horse-hair armchair),扶手椅的靠背中填着马鬃,叫作马鬃扶手椅。

"至少我告诉亚伯拉罕爵士我打算辞职。当然,我现在非辞不可啦。"

"那可并不,"会吏长抓住一线希望说,"您这样对自己的诉讼代理人说的话,压根儿不能拘束您。当然,您上他那儿不过是去请教。我相信亚伯拉罕爵士绝不会劝您采取这样一个步骤。"

哈定先生不能说亚伯拉罕爵士劝他这么做。

"我相信他准劝您别这么做。"那位细细盘问的大教士继续说。

哈定先生也不能否认这一点。

"我相信亚伯拉罕爵士一定劝您和您的朋友们商量。"

哈定先生不得不同意这句话。

"那么您吓人一跳,说要辞职,干脆就算不了什么,咱们还和早先一样。"

哈定先生当时正站在地毯上,很不安地一会儿用左腿一会儿用右腿支撑着身子。他对会吏长最后说的这句话并没有明确地答复,因为他满心都在思索,怎样才可以脱身去睡觉。他的辞职是一件早已决定的事,一件差不离已经完成了的事,这在他心里已经不是一件稍有怀疑的事情了。他知道自己的弱点,知道自己多么容易受人摆布,不过他还不至于软弱得这会儿立刻就屈服,在他特地到伦敦来宣布自己的决心之后,又从自己良心驱使他采取的立场上退了回去。他对自己的决定丝毫没有怀疑,但是他对自己保住这个决定来对抗女婿的能力,却非常怀疑。

"你一定很倦啦,苏珊,"他说,"你去睡吧,好吗?"

可是苏珊要等着丈夫一块儿去。她认为她去了以后,爸爸或许会受到威胁。她一点儿也不倦,至少她是这么说的。

会吏长在房间里踱来踱去,点头晃脑地表示自己的意见。他认为岳父大人简直昏聩糊涂到了极点。

"您为什么,"他终于说话了——音调和语气里所表示的斥责,也许会使天使都臊红了脸——"您为什么那么突然离开巴彻斯特?在主教公馆里那样谈过以后,您为什么不先通知我们一声就采取这样一个步骤?"

院长耷拉下脑袋,一语不答。他不肯自失身份地说他没打算瞒他女婿。既然他又没有勇气承认,他便一声也不吭。

"你搞不过爸爸的。"他太太说。

会吏长又转了一下身,不由自主地又喊道,"天呀!"这一次声音很低,不过依旧可以听见。

"我要睡觉去了。"院长拿起旁边的一根蜡烛,说。

"无论如何您得答应我,别再毫不商量就采取任何步骤啦。"会吏长说。哈定先生没有回答,只是慢条斯理地点他的蜡烛。"当然,"另一个继续说,"像您对亚伯拉罕爵士讲的那种话,压根儿算不了什么。嗨,院长,答应我这个。您瞧,整个儿事情都已经解决啦,而且又没有多少麻烦,费用也没有多少。波尔德被迫撤回了他的诉讼。您该做的就是安安静静地呆在养老院里。"哈定先生仍旧没有回答,只是谦和地盯视着女婿的脸。会吏长以为他很知道他的岳父,但是他错啦。他以为他已经说服了一个优柔寡断的人,放弃了原来的打算。"嗨,"他说,"答应苏珊,放弃辞掉院长的这个主意吧。"

院长望着他的女儿,那会儿大概想到,如果爱莉娜对他感到满意,他就用不着过分顾虑到他的另一个孩子了。他说道:"我相信苏珊决不会叫我说了话又反悔,或是叫我做一件我知道错了的事。"

"爸爸，"她说，"您扔掉您的职位，那简直是疯啦。您靠什么过活呢？"

"上帝连小乌鸦都养活，准也会照顾我的①。"哈定先生含笑地说，仿佛怕把经典引用得过于严肃而得罪人似的。

"啧!"会吏长说，迅速转过身去。"如果乌鸦老拒绝吃替它们安排下的吃食，那也会不喂它们的。"教士一般总不喜欢在辩论的时候听人家引经据典来驳斥他。他觉得像大夫碰到一个老婆子劝他吃一种好药，或是像律师碰到一个外行想用一番诡辩来折服他那样受了侮辱。

"我拿山楂子树的俸禄。"院长谦和地提出来。

"每年八十镑!"会吏长讥诮地说。

"还有领唱人的职位。"岳父说。

"那跟院长的职位一块儿完啦。"女婿说。哈定先生准备对这一点进行辩论。他刚打算开口，格伦雷博士便拦住了他。"亲爱的院长，"他说，"这全是废话。八十镑或是一百六十镑都差不了多少。您靠那个活不了的——您不能把爱莉娜的前途永远毁掉。事实上，您辞不了职，主教不会接受的，整个事情全都解决了。我这会儿打算做的就是防止再有什么不合式的胡扯——防止报上再登载什么文章。"

"我也就想这样。"院长说。

"为了防止这个，"另一个继续说下去，"我们决不可以再让什么辞职的话传到外边去。"

---

① 《新约·马太福音》第六章第二十六节："你们看那天上的飞鸟，也不种、也不收，也不积蓄在仓里，你们的天父尚且养活它。你们不比飞鸟贵重得多么？"

"但是我得辞职。"院长非常、非常谦和地说。

"天呀！苏珊，亲爱的，我怎么对他说是好呢？"

"但是，爸爸，"格伦雷太太站起身来，用胳膊挽着她的父亲说，"您要是扔掉您的收入，叫爱莉娜怎么办呢？"

院长回过脸来，望着出了嫁的女儿，两眼里汪着热泪。一个这么阔绰的姐姐，为什么竟然先来说起妹妹的贫穷呢？他心里起了这样一个念头，可是他没有吐露出来。接着，他想到用自己胸膛里的血喂小鸟的鹈鹕^①，但是他也没有把这吐露出来。随后，他想到爱莉娜在家里等候他，等候着庆贺他摆脱掉了他的一切烦恼。

"想想爱莉娜，爸爸。"格伦雷太太说。

"我是想到她。"她爸爸说。

"那您就不做这件卤莽的事了吧？"那位太太真激动得把平时的镇定安详的仪态都丢失掉了。

"做合理的事决不会是卤莽的，"他说，"我一定得辞掉这个院长。"

"那么哈定先生，您眼前除了毁灭外，没有别的啦。"会吏长说，他这会儿激动得简直忍耐不住了。"您和爱莉娜的毁灭。您打算怎样来偿付这场官司的巨大费用呢？"

格伦雷太太说，既然诉讼已经撤回，费用不会多大的。

"啊，很大，亲爱的，"他继续说，"你不能让检察长不为什么搞到晚上十二点都不睡，——不过，当然啰，你父亲就没有想到过这一点。"

---

① 鹈鹕，一种水鸟，体大于鹅，色灰白，嘴直长，颌下有大喉囊，脚短力强，四趾有蹼，能涉水取鱼，先连水吞入喉囊，后吐水而食之。幼者色黄褐，用嘴伸入大鸟喉囊取食，嘴端成红色，因而引起鹈鹕用胸中的血喂小鸟的传说。

"我把我的家具卖掉。"院长说。

"家具!"会吏长很响地打了个哈哈,喊起来。

"嘻,会吏长,"他太太说,"眼前咱们先别管这个。你知道你始终就没有指望爸爸来付这笔费用。"

"这种荒唐话连约伯①也要给惹得生气的,"会吏长说,一面在房间里大踏步来回踱着,"你父亲简直像个孩子。一年八百镑! ——连房子八百八十镑——压根儿没有事做。这正是他呆的地方。现在,因为一个无赖在报上写了一篇文章,就把它扔掉!嘻——我尽了我的责任啦。他要是乐意毁掉他的孩子,那我也没办法。"他在壁炉旁边静静地站住了脚,望着壁炉台上放着的一面被烟熏黑了的镜子里的自己。

大伙儿静了大约一分钟,接下去院长觉得他们没有什么话可说了,于是点着了蜡烛,平静地说道:"明儿会。"

"明儿会,爸爸。"格伦雷太太说。

这样,院长走出去了,可是他把房门在身后关起来的时候,又听见了那句很熟悉的喊声,——比先前慢点儿、低点儿、可是更严肃、更沉重——"天呀!"

---

① 约伯(Job),《圣经》中希伯来的一个族长,为人正直,敬畏上帝,上帝为了考验他的信心,杀了他的子女,但是他依旧相信上帝。他的名字成了"坚忍"的代词。

第十九章　院长辞职了

第二天早上吃早饭的时候,他们三个又聚到了一起。那真是一件忧郁的事啊——压根儿不像在普勒姆斯特德—埃皮斯柯派吃早餐时的光景。

三小块又薄又干的熏肉,每块只有一英寸长,放在一只很旧的镀银的大盘子里,四片三角形的没涂黄油的烤面包,四片方的涂了黄油的烤面包,还有一只整面包和一些油汪汪的黄油。在餐具柜上,有一块冷的、剩下的羊腿。不过会吏长并不是从教区长公馆到圣保罗庭院①来享乐的,所以对这顿菲薄的早饭倒没有说什么。

客人们和食物一样凄惨——饭桌上几乎什么话也没有说。会吏长悄没声地黯然嚼着面包,内心里翻来覆去地盘算着种种沉痛的念头。院长搭讪着跟女儿谈谈,她也搭讪着回答上几句,可是两人都很不自然。那时候,他们之间没有共同的感情。院长只想着回到巴彻斯特去,心里琢磨着会吏长会不会希望自己等他一块儿走,格伦雷太太正准备向父亲发动一次总攻击。这是她和丈夫那天早晨在枕上谈论的时候商量好的。

等侍者端着最后一只茶杯,叽叽作响地走出房间以后,会吏长站起身来,走到窗口,仿佛去欣赏景致。那间房朝外望去是一条狭窄的胡同,从圣保罗庭院通到佩特诺斯特街。格伦雷博士耐心地看着门朝这边的那三爿铺子门上店主人的姓名。院长仍旧坐在桌旁,细看着台布的花纹。格伦雷太太在沙发上坐下,开始去打绒线。

停了一会儿,院长从衣袋里掏出《铁路指南》,细细地查看。上午十点钟有一班火车开往巴彻斯特。不过那是绝对赶不上的,因为那会儿已经快十点了。另一班下午三点开,还有一班是夜晚的邮车,晚上九点开。三点钟的那班车可以让他回家去吃茶点,所以非常合适。

"亲爱的,"他说,"我想今儿三点钟就回去。到家不过八点半。我想没有什么事要我在伦敦多耽搁啦。"

"会吏长和我乘明儿早车回去,爸爸,您等着跟我们一块儿回去不好吗?"

"噢,爱莉娜今儿晚上会等我的。再说,我还有不少事得做,而且——"

"不少事得做!"会吏长 sotto voce② 说,但是院长却听见了。

"您最好跟我们一块儿走,爸爸。"

"谢谢你,亲爱的! 我想还是今儿下午走。"最驯的动物被逼得走投无路的时候,也会转过身来搏斗的。哈定先生这会儿也为自己的主张奋斗起来了。

---

① 查普特大饭店在圣保罗教堂附近(见第 179 页),故云。
② 意大利文,意思是:"低声地"。

"我想你三点以前回不来吧?"格伦雷太太朝丈夫说。

"我两点钟非得离开这儿。"院长说。

"绝对回不来,"会吏长回答他太太说,依旧看着店主人的姓名,"我想我五点以前回不来。"

大伙儿又静了好半晌。这时候,哈定先生继续看他的《铁路指南》。

"我得到考克斯和克明那儿去一趟。"会吏长最后说。

"噢,到考克斯和克明那儿去。"院长说。他女婿到哪儿去,这在他原是一件毫无关系的事。

考克斯和克明的姓名那会儿在他听来已经没有什么意义了。他已经把他的官司在良心法庭上定了案——一个注明没有上诉权的判决——这件事已经解决了,因此所有伦敦的律师都不能来改变它,那么他和考克斯和克明还有什么瓜葛呢?会吏长可以到考克斯和克明那儿去,可以整天呆在那儿焦急地进行商议,但是那儿可能会说的那套话,对他已经不再是一件有意味的事了。他很快就要抛开巴彻斯特养老院院长的名义了。

会吏长拿起闪亮崭新的教士帽,戴上漆黑崭新的教士手套,显得庄重可敬、阔绰大方,浑身上下十足是一位国教大教士。"后天跟您在巴彻斯特再见啦。"他说。

院长认为是这样。

"我还得再次请您在见到我老人家以前,别进一步采取什么步骤。您即使对我没有什么义务,"会吏长显得仿佛自认为有不少事都亏了他,"至少很多地方是亏了我老人家。"接着,格伦雷博士没有等回答,便到考克斯和克明那儿去了。

他走出院子,转进圣保罗庭院。格伦雷太太等到丈夫的脚步声最后消逝以后，才开始了说服父亲的工作。

"爸爸，"她开口说，"这是一件十分严重的事。"

"的确是的。"院长说，一面撤了一下铃。

"我完全体会到您一准忍受过的那种痛苦的心情。"

"我相信你准能体会到，亲爱的。"他吩咐侍者把钢笔、墨水和信纸拿来给他。

"您要写什么吗，爸爸?"

"是呀，亲爱的——我要写一写给主教的辞呈。"

"爸爸，请您，请您等到咱们回去以后再写，——请您等到见过主教以后再写，——亲爱的爸爸! 为了我，为了爱莉娜! ——"

"我这么做就是为了你和爱莉娜。我希望我的孩子至少永远不至于为她们的父亲觉得害臊。"

"您怎么可以说到害臊，爸爸?"她停住，因为侍者拿着信纸叽叽地走了进来，接着又叽叽地慢步走出房去。"您怎么可以说到害臊? 您知道所有您的朋友对这问题是怎么个看法。"

院长把信纸在桌上摊开，放到旅馆备置的薄薄的吸墨水纸板上，坐下来写。

"您不会拒绝我一个要求吧，爸爸?"女儿继续说，"您不会拒绝把您这封信推迟上短短两天的时间吧? 两天不可能会有多大的差别。"

"亲爱的，"他直率地说，"倘若我等到回到巴彻斯特再写，我也许会受到阻碍。"

"但是您当然不希望得罪主教啰?"她说。

"这当然! 主教不会轻易生气的，他非常知道我，决不会从坏的方面来看待我不得不做的随便什么事。"

"但是，爸爸——"

"苏珊，"他说，"我对这个问题主意早已拿定啦，我不听亚伯拉罕·哈法萨德爵士和会吏长这些人的意见而行动，心里也很不自在，不过在这件事情上，我无法接受人家的意见，我不能改变自己作出的决定。"

"但是两天，爸爸——"

"不——我也不能延迟。你逼我，只会增加我眼下所感到的烦闷，并不能改变我的意思。你要是能让这件事就这么结了，那对我就是很大的安慰。"说完，他把钢笔蘸到墨水池里，全神贯注在信纸上。

他的态度里有点儿什么使女儿看出来，他是郑重其事的。以前有一个时期，她在父亲家里支配了一切，不过她知道，尽管他温和宽厚，有时候他也要照着自己的意思做，目前就是这种情形。因此她又打起绒线来，不一会儿便离开了那间房。

现在，院长可以自由自在地写信了。因为这封信充分表示出了这个人的个性，所以我们把它全部录了下来。等这封正式的信写好以后，他觉得这封信似乎过于正式而冷淡，就这样送给一位那么亲切的朋友，未免很不合式，所以又另外附了一封私函。现在，我们把两封信都记载在这儿。

辞职的信是下面这样：

主教阁下：

我深为遗憾，觉得必须向阁下辞去巴彻斯特养老院院长的职位。这一职位承您厚爱，派我担任以来，已经将近十二年了。

我无须说明使我觉得有必要采取这一步骤的原委。您知道，养老院院长领取该职位应领的俸禄的权利，已经成了疑问。我觉得这个权利似乎是不大妥当，因此不敢斗胆领取一笔我的合法权利已成疑问的俸禄。

至于大教堂领唱人的职责，阁下知道，那是和院长互有关联的。那就是说，领唱人多年以来总兼任养老院院长，不过并没有什么规定使这两个职位必须互有关联。除非您、教长或牧师会反对这样的安排，否则我希望继续保持领唱人的职位。这个职位的俸禄，目前对我已经成为不可缺少的了。真的，我不知道我为什么要觉得惭愧，不肯说我缺少这笔俸禄就很不容易维持生活。

阁下和您就这件事可能乐于咨询的其他人士可以立刻看到，我辞去院长丝毫不妨碍另一个人来担任。所有我为这件事请教过的人，都认为我辞职不对，我只不过凭着出自衷心的信念，才采取这一步骤的。倘若我的辞职竟然给您很亲切地赐给我的这个职位招来任何毁谤，那我真将感到痛心。无论如何，就我个人来说，我认为您所委派的任何继任人，都享有一个最崇高的圣职，一个单凭阁下提名，就获得了绝对权利的圣职。

我不能在结束这封辞呈之前，不再谢谢阁下的一切厚爱。

巴彻斯特养老院院长
兼大教堂领唱人

职塞浦蒂麦斯·哈定敬呈。

一八××年八月，伦敦圣保罗教堂，查普特大饭店。

接着，他又写了下面这封私函：

亲爱的主教：

我不能把那封辞呈送给您，而不对您的厚爱另外表示一下更为热忱的感谢。这在一份多少或许会公开的文件里是不合式的。我知道您会了解我这种心情，也许还会怜悯使我辞去养老院院长的这种软弱。我为人不够坚强，经不住公开的抨击。如果我相信自己的立场绝对可靠。根据海拉姆的遗嘱，我的确每年应该拿八百镑，那么不论攻击的性质多么难堪，我都会觉得有责任来保持住我的职位。但是因为我没有这种信心，我相信您不会认为我这么做是错误的。

有一个时期，我想只领一小部分俸禄，或许每年只领三百镑，把其余的交给保管人，但是我又想到（我很有理由地想到），那样一来，我会使继任的人处在大招物议的地位上，大大地损害了您的推荐权。

亲爱的朋友，务必写封信告诉我，您对我做的事并不责怪，您认为小山楂子树的主持牧师在您眼里和养老院的院长一般无二。

我对领唱人的职务十分关怀。会吏长认为这个职务一定得和院长一并辞去，我认为并不这样，既然我担任着这个职务，就不能被驱逐出去。不过我得听您和教长的指示。没有别的工作这么适合我，或是这么能使我充分发挥我的能力。

我为现在辞去的这个职位衷心地感谢您，还谢谢您的一切厚爱。

塞浦蒂麦斯·哈定拜启。

一八××年八月×日，伦敦。

哈定先生写好这两封信以后，为了给会吏长看看，又把前一封抄了一份副本。这时，他发觉已经快两点钟，必须准备上路了。现在，我们绝不可以再管他叫院长啦，因为他已经最后一次这样自行称呼过了。说真的，从这时候起，他再也不接受以前人家那么熟悉，而且，老实说，他也很喜欢的那个名称。喜爱好头衔是人同此心、心同此理的。一个牧师或是一个校务委员成了会吏长先生或是院长先生^①的时候，就和一个中尉升任上尉，或是一个城市油烛商在女王陛下视察一座新桥时，成为约翰爵士一样高兴。不过他已经不再是院长了。虽然他非常喜欢领唱人的职务，然而这个名义本身并没有多大的荣耀，因此我们的朋友又成为哈定先生啦。

格伦雷太太已经走出房去，因此没有人再来请他展缓行期而耽误他了。他不久便把行囊理好，付了账，留了一封信给女儿，附入辞呈的副本，坐上一辆出差马车，怀着一种得意的心情驶往火车站去。

他难道没有得意的理由吗？他不是非常成功吗？他不是生平第一次坚持自己的立场，不顾女婿的反对，刚强地以寡敌众吗——他不是不仅对抗了会吏长，而且对抗了会吏长太太吗？他不是取得了一场大胜利吗？他得意洋洋地踏上那辆出差马车不是很正当吗？

他并没有告诉爱莉娜他什么时候回来，但是每一班他会搭乘的火车她都留神注意，所以当火车停靠月台的时候，那辆小马车正停在巴彻斯特的火车站外边。

"亲爱的，"他们从车站回进镇上的时候，他坐在她身旁说，她驾着她的小船^②，驶到路边，让蹄声得得的公共马车驶过，"我希望你能够对山楂子树的牧师感到适度的恭敬。"

"亲爱的爸爸，"她说，"我真高兴。"

---

① 原文为 provost。英国牛津大学和剑桥大学某些学院的院长称作 provost。
② 指小马车而言。

尽管他不久就要离开那所舒适的宅子,然而回到家里去,和女儿谈论自己所做的一切,以及自己得做的一切,还是很大的安慰。从一所宅子搬到另一所宅子去原需要相当的时间。山楂子树的副牧师在六个月内不能就撤销①,那就是说,除非能替他另外安插一个位置的话,接下来还有家具的问题——大部分家具都得卖掉来偿付亚伯拉罕·哈法萨德爵士的费用,酬劳他夜晚一直搞到十二点。哈定先生对律师的费用特别外行,他不知道在法律辅导方面自己所负的债务的总数,二十镑也好,二千镑也好。不错,他本人没有请律师。不错,他并没有同意聘请考克斯和克明或是亚伯拉罕爵士。这种事情从来就没有和他商量过——会吏长独个儿办理了这一切,他压根儿没有想到哈定先生会毅然自行来解决这件事的。倘若律师的费用是一万镑,哈定先生也没有办法,但是他并不会因为这样就不承认自己的债务。他从来没有想到过这问题,不过他倒想到自己在银行家那儿没存多少钱,从养老院也不能再领取一便士,而出卖家具就成为他唯一的办法了。

　　“别全卖,爸爸。”爱莉娜恳求说。

　　“是不全卖,亲爱的。”他说,“那就是说,咱们要是能不全卖的话。咱们在山楂子树还需要几件——不过也只能留几件。咱们非显得勇往直前不可,娜儿。从富裕降到贫穷,原不是一件容易的事。”

　　这样,他们筹划着未来的生活方式。父亲深感安慰地想到,女儿不久就可以摆脱这种生活了,女儿却认定父亲不久便会住

---

　　①　英国国教教规,牧师要撤换副牧师,或取消副牧师这一教职时,必须在六个月前通知。参看第 19 页注①。

到她自己的家里，很轻易地逃避开山楂子树牧师公馆里的寂寞生活。

且说，会吏长把太太和岳父撇在查普特大饭店以后，独自一个到考克斯和克明先生那儿去。等他到了那儿时，他自己也不很明白他得做点儿什么。大人先生们在打官司或是遇到怎样需要法律辅导的时候，往往并没有绝对的需要就跑到他们的律师那儿去——大人先生们这么做的时候，还往往把这种访问说成是迫不得已的、很不愉快的。从另一方面说，律师们压根儿看不出有什么需要，虽然他们倒很同意，访问的性质是不愉快的——大人先生们忙着这种事情的时候，通常总多少有点儿慌乱，想不出什么话来向他们的有学问的朋友说。他们总先在一间肮脏的小接待室里和一些小助理员消磨上半小时，然后和事务所的负责人谈上十分钟，谈谈政治，谈谈天气，对他们的诉讼问上几句无知无识的蠢话，接着便告辞而去，于是这位先生大概是从一百五十英里以外跑到伦敦来办的那件事就算办完啦。当然，他也去看过戏，跟朋友上他们的俱乐部里吃过饭，享受了三四天单身汉的自由和娱乐。然而平时，他大概不能拿渴望满足这些事为理由，说服太太，让他上伦敦来玩一趟。

结了婚的妇女啊，当你们的丈夫觉得非去找他们的法律顾问不可的时候，他们所要做的工作的性质，一般总是像上面叙说的那样。

会吏长不上考克斯和克明那儿去一趟，做梦也不肯离开伦敦，可是他实在又没有什么话要向他们说。这场"较量"已经结束了，他很清楚地看出来，哈定先生在这件事上是摇撼不动的，剩下来要他做的就只是付账、了结。然而我想可以肯定地说，不论一位先生为什么事到律师事务所去,他从来不是上那儿去付账的。

格伦雷博士在考克斯先生和克明先生看来,是巴彻斯特主教区宗教事务的总代表,就像贾德威克先生是世俗事务的总代表一样,因此是一位挺了不起的人,不能让他在事务员的办公室里呆上半小时。我们原用不着去听会吏长向考克斯先生哭诉他岳父的软弱,以及他们一切胜利的希望都归于泡影的那种悲凉的音调。我们也用不着重复考克斯先生听到这项可悲的消息时发出的种种惊讶的喊声。虽然没有演出什么悲剧,然而当那个矮个儿、粗脖子的考克斯先生第一次打算喊出那个致命的词儿——辞职!——的时候,他却险些儿中了风。

考克斯先生一再企图说服会吏长,使他认为应当劝告院长先生,他打算做的这件事是疯癫的。

"一年八百镑!"考克斯先生说。

"而且挺清闲!"克明先生加入谈话说。

"我相信他私下没有财产。"考克斯先生说。

"一先令也没有。"克明先生摇晃着脑袋,用很低的声音说。

"打我做律师以来,我从没有听说过这样一件案子。"考克斯先生说。

"一年八百镑,还有一所无论哪位先生都乐意住在里边的好房子。"克明先生说。

"好像还有一个没有出阁的女儿。"考克斯先生用教训人的酌古正今的音调说。会吏长每听到一声悲号,就唉声叹气,摇晃着脑袋,表示有些人的愚昧无知真是令人难以相信的。

"我来告诉您他可以怎么个做法,"克明先生欣然地说,"我来告诉您可以怎样加以补救——让他调换一下。"

"怎么个换法?"会吏长说。

"换一个圣职。眼前就有布丁谷的奎瓦富①——他有十二个子女,很乐意接下养老院的事。当然,布丁谷只有四百镑,不过那反正可以挽回一半儿②。哈定先生下面派上一个副牧师,自己仍旧可以有三百到三百五十镑。"

会吏长洗耳恭听,他真的认为这办法也许可以行得通。

"报纸,"克明先生继续说下去,"在往后的六个月里可以天天攻击奎瓦富,他都不会把那当回事。"

会吏长拿起帽子,回到旅馆去,心里仔细盘算着这个问题。无论如何,他得试探一下奎瓦富。有十二个子女的人一定肯尽力使自己的收入增加一倍的。

---

① 奎瓦富,原文为 Quiverful,意思是:"一箭袋的箭",又转为"大家族"的意思。《旧约·诗篇》第一百二十七篇:"儿女是耶和华所赐的产业;所怀的胎,是他所给的赏赐。少年时所生的儿女,好像勇士手中的箭。箭袋充满的人,便为有福。"

② 原文是: but that would be saving something out of the fire,直译是:"不过那反正可以从火里挽救出点儿东西来。"

第二十章 再　　会

哈定先生回家后的第二天早上，收到主教一封短信，字里行间充满了感情、慰勉与称赞。"请您立刻到我这儿来，"主教写道，"我们可以瞧瞧最好该怎么办。至于养老院，我决不说一句话来阻拦您，不过我可不乐意您到山楂子树去。无论如何，立刻到我这儿来。"

哈定先生便立刻到他那儿去了。这两个老友亲密地商谈了很久。他们在那儿整整坐了一天，策划怎样战胜会吏长，执行他们自己的小计划。他们知道他们的计划会遭到他全力反对的。

主教的第一个想头便是：倘若对哈定先生不加过问，那他一定会挨饿的——不是就比喻的意义说，像我们那么许多每年拿一百镑到五百镑收入的先生女士们那样挨饿，也不是说他在常礼服、葡萄酒和零用钱方面会闹饥荒，而是说，他会因为缺乏面包而真个活活饿死。

"一个人扔掉全部收入，他怎么活下去呢?"主教暗自说，于是那个好心肠的身材矮小的人便开始考虑，怎样才可以用最好的办法把他的朋友从这么可怕、这么苦痛的死亡中拯救出来。

他向哈定先生提出的第一个办法是：他们一块儿住在主教公馆里。他，主教，肯定地告诉哈定先生，他还需要一位家庭牧师——不是一位年轻办事的牧师，而是一位稳健的、中年的牧师，一位乐意跟他一块儿吃吃饭，喝杯酒，谈谈会吏长，捅捅炉火的牧师。主教实际上并没有细说所有这些应尽的职责，不过他告诉哈定先生，这就是要做的职务的性质。

哈定先生很费了一股子劲才使他的朋友明白，这对他是不合式的，他不能扔掉主教派给他的职位以后，又跑到主教家来作食客，他不能让人家说他扔掉自己的收入本来不算回事，因为他可以老着脸去吃另外一个人的。他终于解说明白，这个计划是不成的，于是主教又提出袖里的另一条妙计。他，主教，在遗嘱里曾经给哈定先生的两个女儿留下有一笔钱，因为他认为哈定先生活着的时候是用不着这种帮助的。这项遗赠物每笔有三千镑，而且是免税的。他现在硬逼他朋友把这接受过去作为他送的一份礼。

"姑娘们，您知道，"他说，"等您百年之后，仍然拿得到的——她们并不急着要——至于我活着的时候拿的利息，那压根儿不值一提。我手里钱很富裕。"

哈定先生很费劲儿、很伤感地也谢绝了这个提议。不，不论多么穷困，他希望自己养活自己——不去倚仗任何人的救济来维持生活。这一点很不容易叫主教明白，主教的确很不容易了解，他唯一能给予的真正的恩惠，就是继续保持独立的友谊，可是到后来，连这一点也说明白了。主教心想，他反正时常要来和我一块儿吃饭的，如果他当真挨饿，我会瞧出来的。

提到领唱人职务的时候，主教显然认为，辞掉院长以后，这个职位还是可以保留下去——这个意见谁都没有异议，因此不久，所有有关方面就都同意，哈定先生应当仍旧做大教堂的领唱人。

哈定先生回来后的第二天，会吏长也回到了普勒姆斯特德，满腹都是克明先生所提的关于布丁谷和奎瓦富先生的那个计划。第二天一早，他乘车到布丁谷去了一趟，得到了教会中那个可怜的普里阿摩斯①的完全同意。他正在竭力用他的教会王国②里的菲薄收入，养活他的可怜的赫卡芭和十二个赫克托。奎瓦富先生对于养老院院长的合法权利丝毫没有怀疑，他对于领取这笔收入，良心上坦然无愧。至于《朱庇特》，他很恳切地告诉会吏长，他对报刊上发表的任何亵渎神明的文章，丝毫不会在意的。

会吏长在这方面得心应手之后，便去试探了一下主教的意思，谁知在这儿，使他大吃一惊，他竟然遇到了意想不到的抵制。主教认为这办不到。"办不到，为什么办不到？"他瞧见父亲劝说不动，于是用比较严厉的方式③又问上一遍："为什么办不到，长老？"

主教样子很不高兴，在椅子里微微动了动，但是仍旧毫不退让。他认为布丁谷不适合哈定先生。那地方离巴彻斯特太远了。

"哦！他下面当然还有个副牧师。"

主教认为奎瓦富先生也不能担任养老院院长。这样的时候，这样调换，看起来很不好。等会吏长再逼紧的时候，他说他认为哈定先生无论如何不会接受布丁谷的圣职的。

---

① 指奎瓦富。普里阿摩斯（Priam）是希腊神话中特洛伊（Troy）最后的国王，他是赫卡芭（Hecuba）的丈夫，有子女五十人，包括赫克托（Hector）、帕里斯（Paris）等。
② 指教区而言。
③ 指下文称他父亲"长老"而言。

"那他怎么生活呢?"会吏长问。

主教两眼老泪婆娑地说,他一点儿也不知道哈定先生打算怎么生活。

会吏长随即离开父亲,到养老院去,但是哈定先生干脆不肯听布丁谷的这个计划。在他看来,这个计划毫无动人的地方,它甚至有买卖圣职的意味,可能会给他招来比他已经受到的更厉害、更应得的谴责。他直截了当地拒绝在任何情况下做布丁谷的牧师。

会吏长生起气来,大放厥词,身个儿显得更高、更大。他说了些关于乞讨和依赖别人的话,讲到人人都免不了的谋生的责任,顺势还说到青年人的愚蠢和老年人的固执,仿佛哈定先生两者兼备似的,接着他结束了他的话,说他再也不管了。他觉得自己已经用尽了一切苦心想把事情安顿在最有利、最方便的基础上。事实上,他已经把事情极妥当地安排好、极周到地布置妥帖,因此这件事原用不着再多操什么心的。然而他受到了什么样的对待呢? 他的劝告遭到一连串的拒绝,他不仅给他们忽视了,而且受到了他们的猜疑和回避,他和他提出的办法全给扔到了一边,就和亚伯拉罕爵士一样。他很有理由相信,亚伯拉罕爵士对于发生的事情感到很痛心。他现在觉得再多干涉是毫无用处的,他应当退避开去。如果他们再要他帮忙,他们大概会来找他的,而他也会高高兴兴地再行出头。这样,他离开了养老院,从那天起直到现在,就此没再进去过。

这儿,我们必须暂且搁下格伦雷会吏长不谈。在这本书里,我们恐怕,他给说得比他实际的为人要差一点儿,然而我们是针对着他的缺点,而不是针对着他的德行说的。我们只看见这个人的软弱一面,没有机会显示出他的坚强的一面。他是一个多少勇于自信的人,而在办事的时候态度又不够缜密。这种说法连他最要好的朋友都不能否认。他固执地支持教会胜于教义,这种说法也是对的。而拥有一大笔收入是他心眼里的渴望,这也是对的。可是话虽如此,会吏长倒是一个"上流"人士,是一个实心眼儿的人。他用钱大方,本分工作做得极其尽力,他改进了生活在他周围的人们的社会风尚。他的抱负即使不是最崇高的,至少也是很健康的。虽然他从来不是一个简朴的人,他言行上却赞成规行矩步。他待穷人很慷慨,待阔人很殷勤。在宗教事务上,他是诚笃的,并不是个法利赛人①。他很认真,然而并不狂妄。一般说来,巴彻斯特的会吏长是一个行善多于作恶的人——一个应该加以支持的人,虽然或许也得加以控制。我们由于叙说上的需要,竟然多看到了他的短处,少看到了他的长处,这在我们真是不胜遗憾的事。

哈定先生一直忙到他离开养老院的事情全都准备就绪,才容自己休息。这儿也许最好来提一下,他可没有被逼到山穷水尽、非把全部家具卖掉不可的地步。他倒当真打算这么做,可是他们不久就告诉他,考克斯先生和克明先生索取的费用,并用不着采取这样一个步骤。会吏长原以为利用律师费用来威吓岳父,使他就范,是一个聪明的办法,其实他并不打算当真让哈定先生负担这笔费用。这笔费用压根儿并不完全是因为哈定先生的利益而惹起的。结果,全部费用都登到了主教区的总账上,事实上是用主教的钱付却的,而主教本人却丝毫也不知道。哈定先生因为大部分家具没有办法安置,所以还是决定卖掉。小马车连马,凭了一纸私人契

---

① 法利赛人(Pharisee),古犹太教的一个教派,标榜严守教条和法规,《圣经》中称他们是言行不一的伪善者。

约,转让给城里的一个老处女使用去了。

　　哈定先生为了目前的需要,在巴彻斯特找了一个寄住的地方,把日常需用的什物全搬到那儿去——他的乐谱、乐器和书籍,他坐的安乐椅和爱莉娜喜欢的沙发,她的茶几和他的酒柜,还有他酒窖里的为数不多、但也够他喝的陈酒。格伦雷太太很希望胞妹暂时住到普勒姆斯特德去,等父亲在山楂子树的宅子布置妥当,可以适合她住的时候再搬去,但是爱莉娜极力反对这个提议。她姐姐一再说,女人寄住在人家比男人的花费要多,在父亲目前的情况下,这种费用是应该避免的,但是这话一点儿也没有用处。爱莉娜怂恿父亲放弃掉养老院,并不是为了自己可以住进普勒姆斯特德教区长公馆,而让父亲独个儿去寄住在巴彻斯特的一个人家。爱莉娜还认为,如果她去住在有位先生最最不乐意踏进去的宅子里,待那位先生也未免太不体贴了。因此她自己在起居室后边布置了一间小卧房,正在他们房主人药剂师的后客厅楼上。那地方往往有一股给薄荷冲淡了的番泻叶①气味,不过一般讲来,房间倒是洁净舒适的。

　　前任院长迁徙的日子已经决定了。全巴彻斯特都为这问题感到很激动。哈定先生的举动究竟对不对,大伙儿的意见很不一致。当地的商业界人士、市长和市政厅、市议会,还有大部分妇女,都对他大加赞扬。没有别的行为会比这更崇高的了,没有别的行为会比这更豪爽的了,没有别的行为会比这更正直的了。但是"上流社会"却抱着不同的看法——尤其是律师和教士。他们说这种举动很懦弱,很不慎重,说哈定先生显然糟不可言地缺乏勇气和 esprit

---

　　① 番泻叶(senna),非洲产的豆科植物,用作泻药。

　　　　　　　　　　　　　　　　　　　　　　　　　　　　225

de corps①,说这样离职而去准会惹出不少害处,不可能有多大好处。

在他离开的前夕,他把所有的受施人都召集到客厅里来向他们告别。从伦敦回来以后,他常常和邦斯谈谈,煞费心机地把自己辞职的理由解释给那个老头儿听,一面又竭力顾到继任人的地位。他多少也时常见到其他的人,从他们大多数人那儿分别地听到一些对他离去表示惋惜的话,但是他把正式的告别却一直推迟到最后的一晚。

这时,他吩咐女用人把酒和酒杯在桌上放好,把椅子围着房间摆上一圈,然后叫邦斯到一个个人那儿去,请他们来跟他们先前的院长话别。没有一会儿,老年人的蹒跚的脚步声在砂砾上和小门厅里响了起来,十一个能够离开房间的人都聚齐了。

"请进来,朋友们,请进来,"院长说——那当儿他还是院长。"请进来,请坐。"他边说边抓住靠他最近的亚伯尔·汉狄的手,把那个爱发牢骚的瘸子扶到椅子前边。其余的人慢吞吞地、扭怩地也跟着坐下:带病的、瘸腿的、瞎眼的——可怜的人儿! 他们以前多么快乐,要是他们早知道就好了! 现在,他们的老脸上满带羞惭,主人的宽厚的话句句都成了一团炭火,在他们的脑袋上烧灼。

他们初听到哈定先生要离开养老院的消息时,心里感到十分得意——他的离职仿佛是他们成功的前奏曲似的。他已经承认自己没有权利拿他们争论的那笔钱了。既然那笔钱不属于他,那当然属于他们了。他们每人每年拿一百镑当真就要成为事实了,亚伯尔·汉狄是英雄,邦斯是个畏缩的、谄媚的家伙,既不配享受荣

---

① 法文,意思是:"集体精神"。

誉,也够不上讲交情。但是其他的消息不久也传进了老头儿们的房间。他们先得到通知说,哈定先生放弃的收入并不能落到他们的手里,这些话由法律代理人芬雷证实了。接着,他们听说哈定先生的位置立刻将由另外一个人接替。新院长绝不会是一个比哈定先生宽厚的人,这是他们大伙儿都知道的。大多数人都认为他可能是一个不讲交情的人。随后,伤心的消息来了,从哈定先生辞职的那天起,他个人的特殊的馈赠,每天的两便士,必须取消了。

这就是他们努力奋斗——他们为自己的权利斗争——他们请愿、争论、希望等等的结果!他们把一位最好的院长换成了一位可能不好的院长,每人每天还损失掉两便士!不,尽管这很不幸,这还不是最难堪的,或是近乎最难堪的情况,这一点接着就可以看出来了。

"请坐,请坐,各位朋友,"院长说,"我想在离开你们之前,跟你们说几句话,喝杯酒来祝你们健康。穆迪,上这儿来,这儿有张椅子可以坐。来,乔纳生·克伦普尔"——他慢慢地让所有的人全都坐好了。他们全怯生生地踯躅不前,这并不奇怪,因为他们用那么忘恩负义的行为报答了那样的恩情。邦斯是他们中来得最晚的,他满面愁容,用迟缓的步伐走到壁炉旁边他一向坐惯了的座位上坐下。

等他们大伙儿坐定以后,哈定先生站起身来准备向他们讲话,可是他觉得自己站着不大自在,于是又坐下了。"亲爱的老朋友们,"他说,"你们都知道我就要离开你们了。"

房间里响起了一种轻微的嘟哝声,也许是想对他的离去表示惋惜,但那只不过是一阵嘟哝声,可以表示这种意思,也可以表示任何其他的意思。

"最近咱们之间有些误会。我想你们认为没有拿到你们该拿的全部津贴,养老院的钱没有适当地分派好。至于我,我不能说这些钱该怎么分派,或是该怎么处理,所以我认为最好离开吧。"

"我们绝对没有想逼长老离开。"汉狄说。

"没有,真个的,长老,"斯库尔庇特说,"我们压根儿没有想到会弄成这样。我在请愿书上签名的时候——那就是说,我签名并不是为了——"

"让长老说,好吧?"穆迪说。

"是的,"哈定先生说下去,"我知道你们并不希望把我轰出去,不过我认为最好离开你们。你们大伙儿都可以瞧得出,我对打官司很不行。遇到咱们平静的日常生活方式不可避免地受到打搅的时候,我就认为最好走开吧。我既不跟院里哪一个人生气,也不怨院里哪一个人。"

说到这儿,邦斯哼了一声,很明显地表示不同意。

"我既不跟院里哪一个人生气,也不埋怨哪一个人,"哈定先生着重地又说了一遍。"如果有谁错了——我并不是说有谁真错啦——他也是因为听了错误的意见才错的。在咱们国内,大伙儿都有权指望得到他们自己的权利,你们并没有做出什么过分的事。只要你们的利益和我的利益一天有抵触,我在这个问题上就不能向你们提意见,但是咱们之间的关系中止了,我的收入不再取决于你们的举动了,因此在离开你们的时候,我很冒昧地想向你们提供一点儿意见。"

老头儿们全说从今往后,他们在他们的事务上完全听从哈定先生的指导。

"有一位先生可能很快就要上这儿来接替我。我热忱地要求你们以和蔼的态度接待他,别再提出关于他的收入的数目问题啦。如果你们成功地减少了他应得的收入,你们也并不会增加自己的津贴。多余的不会归你们的,你们的需要都有充分的供应,你们的地位不会有多大改进的。"

"愿上帝保佑长老,我们知道啦。"斯普里格斯说。

"您说的都对,长老,"斯库尔庇特说,"我们这会儿全明白啦。"

"是的,哈定先生,"邦斯第一次开口说话,"既然他们把呆在一块儿的这么好的一位院长,一位他们谁都再也找不着的院长,逼走了——既然他们往后可能非常需要一位朋友——我相信他们这会儿倒真明白啦。"

"嗳,嗳,邦斯。"哈定先生喊了两声,一面擤了一下鼻子,暗地里擦了擦眼睛。

"哦,说到这个,"汉狄说,"我们并没有谁想损害哈定先生。他这会儿要走,也不是因为我们。我瞧不出邦斯先生为什么要这样责备我们。"

"你们毁了你们自己,也毁了我,就是为了这个。"邦斯说。

"胡说啦,邦斯,"哈定先生说,"压根儿没有谁给毁啦。我希望你让我很友好地离开你们大伙儿,我希望你们全用友好的心情跟我,跟大伙儿干上一杯。我相信你们的新院长一定是你们的一位好朋友。你们要是还嫌不够,嗨,我到底也没有走多远,有时候还是可以瞧见你们的。"话说完后,哈定先生把所有的酒杯全都斟满,亲自一杯杯递给他四周的老头儿们,然后举起自己的杯子说:

"愿上帝降福给你们大伙儿! 我衷心祝你们幸福。我希望你们活着的时候心满意足,去世的时候信任我主耶稣基督,并且感谢全能的上帝赐给你们的好东西。愿上帝降福给你们,各位朋友!"

说完,哈定先生一口喝干了他的酒。

另一阵嘟哝声,比早先一阵多少清晰点儿,从这一圈人里响了起来。这一次是想表示为哈定先生祝福。然而声音里却不够热诚。可怜的老头儿们! 他们衷心难受,满面羞惭,怎么热诚得起来呢? 他们明知道是自己恶劣的阴谋把哈定先生赶出他的快乐的住宅,使他在老年还得到陌生的屋子里去寻求庇护,那么他们怎么能用热情友好的声音诚心诚意地希望上帝降福给他呢? 可是他们还是尽力说了。他们干了杯,告辞而去。

在他们离开门厅的时候,哈定先生和每一个人握握手,对他们各人的情况和病痛都说了一句安慰话。这样他们辞去了,他们用极少的语言答复了他的询问,然后回到他们简陋的房间里去,成了一群伤心悔恨的人。

只有邦斯仍旧留了下来,单独向院长告别。"还有可怜的老拜尔,"哈定先生说,"我也得去跟他说句话才能走。跟我一块儿来,邦斯,把酒带着。"于是他们走过去,到了受施人的住宅,发觉那个老头儿和平时一样,在床上撑起身靠着。

"我来跟你说再会的,拜尔。"哈定先生大声说,因为这个老头儿耳聋。

"那么您当真要走了吗?"拜尔问。

"我当真要走啦。我给你带了一杯酒来,希望咱们很友好地分别,和早先一样,你知道。"

老头儿用颤抖的手接住递过去的酒杯,热切地一饮而尽。"愿上帝降福给你,拜尔!"哈定先生说,"再会吧,老朋友。"

"这么说,您真个要走啦?"这个人又问。

"真的,拜尔。"

这个可怜的缠绵病榻的老家伙仍旧握住哈定先生的手。院长以为从他庇护下的这一个人身上遇到了近乎热忱的感情,而这种感情在这个人身上是最最料想不到的,因为可怜的老拜尔已经活到差不离失去人类情感的岁数了。"那么长老,"他说,接着又停住,麻痹的老脑袋吓人地摇摇,皱缩的脸蛋儿瘪了进去,没神的眼光里闪现出一刹那的光芒,"那么,长老,我们每年可以得到那一百镑了吗?"

哈定先生当时多么平和地设法去打消这种对金钱的妄想啊!这种妄想给人那么鄙吝地勾了起来,搅扰了这个垂死的人的安宁。这个老头儿再隔一星期便要摆脱尘世上的一切烦恼了①。在短短的一星期里,上帝就要收回他的灵魂,把它安放开去听候它那注定不变的审判。再过七天七夜乏味的、迷糊昏睡的日子,可怜的拜尔在人世间的一切就全完啦,然而用他最后发出声来讲的话,他还在要求他的金钱权利,自命是约翰·海拉姆的施舍的正式承受人哩!唉,尽管他是一个可怜的罪人,但愿这种深重的罪恶不要落在他的头上吧!

哈定先生回到他的客厅里去,厌恶地默想着他刚看见的情景。邦斯还跟着他。我们不去叙说这两个善良人的分别,因为他们是两个善良人。这位前任的院长枉费唇舌地竭力宽慰那个老受施人,可怜的老邦斯觉得他的舒服的日子已经过去。以前,他觉得养老院是一个幸福的安身之处,但是现在不再是这样了。他先前在那儿有荣誉和友谊,他认识了他的院长,也承蒙院长赏识,他身体

---

① 莎士比亚悲剧《哈姆雷特》第三幕第一场有"到我们摆脱了尘世上一切烦恼的时候"一语。

和灵魂方面的一切需要都得到了满足,他是一个幸福的人。在他和他朋友分别的时候,他伤心地哭泣,老头儿的眼泪向来是沉痛的。"我在世界上全完啦,"他说,一面最后握了一下哈定先生的手,"我现在得饶恕那些损害了我的人——然后再死。"

这样,那个老头儿走出去了,接着哈定先生让自己的悲伤尽情地发泄出来,他也放声大哭。

第二十一章　结　局

我们的故事现在已经说完了,剩下的就是得把这个小故事的分散的头绪收集拢来,作一个合式的结束。这在作者和读者说来,都不是一件吃力的工作,因为我们用不着再叙述许多人,或是什么热闹的大事了。要不是为了顾全历来的习惯,我们原可以把余下的部分留给所有关心的人的想象力去猜测:巴彻斯特的事情究竟是怎么安排的。

在前一章叙述的那天的第二天清晨,哈定先生很早便挽着女儿走出了养老院,很安静地在药剂师铺子楼上的新住处坐下来吃早饭。他离开的时候并没有什么排场,没有一个人出来送他,连邦斯也没有。倘若他那么早走到药铺去买一块橡皮膏或是一盒药片,他也不能做得比那更随便一点儿了。爱莉娜走过大门楼,踏上那道桥的时候,眼睛里闪现出一丝泪花,但是哈定先生却用轻快的步子走着,高高兴兴地走进了他的新住处。

"瞧,亲爱的,"他说,"一切都给你预备好啦,你在这儿沏茶,可以和在养老院的客厅里沏得一样好。"爱莉娜于是摘下帽子去沏茶。这样,巴彻斯特养老院的前任院长便悄悄地搬了出来,更换了他的住处。

会吏长没隔多久便又找着他的父亲去商议新院长的问题。他当然把提名的权利看作是属于他的。既然克明先生利用布丁谷牧师的计划没能生效,他心目中这会儿倒有三四个适当的人选。当他父亲宣布不派人去接替哈定先生的时候,我怎么形容得出他所感到的那份惊惶呢?"咱们要是能把这件事安排妥帖,哈定先生仍旧可以回去,"主教说,"要是咱们不能安排妥帖,那么把随便哪个别人派到那么苦恼的一个职位上去,都是不对的。"

会吏长解说、争论,甚至恐吓,可是丝毫无效。他用最严厉的态度大喊起可怜的爸爸"长老",也无效。他用可以感动整个宗教会议(别提一位年老体衰的主教了)的音调大声急呼"天呀!"也无效。随便什么都不能说动他爸爸,把哈定先生辞职所空出的缺递补起人来。

会吏长回到普勒姆斯特德时的心情,连约翰·波尔德也会觉得可怜。教会要垮了,不,已经毁掉了,长老们不加奋斗就在敌人的打击下屈服,而教会的一位最受人尊敬的主教,他自己的父亲——世上的人们都认为在这种事情上一向听他格伦雷博士支配的人——竟然坚决地打算投降,承认自己战败了!

那么养老院在监察人的这个决定下到底是怎么个情形呢?真是糟极啦。顶到这会儿,哈定先生离开已经有好几年啦,而院长的住宅还空着没人住。老拜尔和比莱·盖舍都故世了,独眼龙斯普里格斯喝酒喝死啦,十二个人里还有另外三个也到了墓地的黄土里。六个人逝世了,六个缺都没有递补!不错,六个人已经死了,他们临终的时候，没有好心肠的朋友来加以安慰，也没有阔绰的邻居来给予种种慰藉，减轻死亡的苦痛。说真的，哈定先生倒没有丢开他们，他们从他那儿得到了垂危的人可以从牧师那儿得到的那种安慰，不过那只是一个陌生人偶然给予他们的恩惠，而不是早晚有位院长、邻居和朋友经常在场。

活着的人也不比去世的好多少。他们之间起了倾轧，互相争着要胜过别人。后来，他们才渐渐明白，他们中有一个不久就会是最末的一个——一个可怜的人儿会孤单单地呆在这所现在已经毫无安慰的养老院里——养老院原来那么好、那么舒适，如今已经成为一片凄凉的遗迹了。

养老院的房屋本身倒没有听任它毁坏。贾德威克先生依然在做总管，把收来的租金存到为这项用途在银行里单开的一个存折内。他照管着这件事，不过整个地方已经变得凌乱衰败了。院长的花园成了一片芜秽的荒地，大路小径都长满了野草，花床成了光地，没修剪的草地成了一大片潮湿的草丛和恶臭的泥沼。这地方的清幽秀丽已经荡然无存，它的引人入胜的地方全消失了。啊呀！几年以前，它还是巴彻斯特最幽美的胜地哩，现在，它竟然成为本城的耻辱了。

哈定先生并没有到小山楂子树去。教会当局作了适当的安排，保全了史密斯先生①的住宅和他的幸福家庭，使哈定先生在本城里获得了一个小牧师的职位。这是一个小无可小的教区，包括大教堂区的一部分和邻近的几所老宅子。教堂是一个独特的哥特式小建筑物，坐落在一座门楼上，由一道石台阶走上去，下边通到

① 小山楂子树的副牧师。

大门的门道旁。大教堂区就是由那道门进出的。这座教堂并不比一间普通屋子大——也许有二十七英尺长、十八英尺阔——但是它依然是一座完整的教堂。堂里有一个古老的雕花的讲道台和读经桌，一个在一扇暗淡的、颜色不鲜艳的玻璃窗下边的小圣坛，一只洗礼盘，六七排座位，还有六七张专供穷人坐的座位[①]，以及一个法衣室[②]。教堂屋顶很陡地倾斜下来，是用成材的黑橡木造的。支撑着它的三根大梁直支到两边的墙壁上，头上雕刻着一些古怪的脸孔——一边是两个魔鬼和一个天使，另一边是两个天使和一个魔鬼。这就是巴彻斯特的圣喀思伯特教堂[③]。哈定先生就做了这座堂的教区长，每年的收入整整有七十五镑。

每逢星期日，他就在那儿主持下午的礼拜式，每隔三个月，就举行一次圣餐礼[④]。他的听众人数并不多——要是太多的话，他也没法接待——不过总有足够的人来坐满他的六排座位。在专供穷人坐的座位的头一个位子上，永远可以看见我们的老朋友邦斯先生，端端正正地穿着受施人的衣服坐在那儿。

哈定先生仍旧是巴彻斯特的领唱人。参加星期日上午礼拜式的人们难得会不听到他唱连祷的，这在英格兰没有第二个人能够及得上。他既不是一个不得意的人，也不是一个倒楣人。他仍旧住在离开养老院后搬去的那个住处，不过他现在独个儿住在那儿了。爱莉娜在离开养老院三个月后，就成为波尔德太太，当然住到她丈夫的宅子里去了。

---

① 英美豪门大族在教堂里有特别席，在普通座位之前，另外还设有贫民席。
② 法衣室（vestry），教堂内存放法衣和其他器具的房间。
③ 圣喀思伯特（St. Cuthbert，约 635—687）是英国主教，一个苦修的修道士，Cuthbert 一字在俚语中又作"借口公务逃避兵役的人"解。
④ 英国国教通常一年举行三次圣餐礼，复活节为其中的一次。

举行婚礼的时候,还有一些周折,后来才一一解决了。会吏长没有能那么快就抑制住他的伤心,随人怎么说,硬不肯在举行婚礼时亲自光临,不过他总算允许他太太和子女到场。婚礼是在大教堂里举行的,主教亲自主持了仪式。这是他最后一次主持这种仪式了。虽然他仍旧活着,可是他大概不会再主持这种仪式啦。

　　婚后不久,也许是六个月后,爱莉娜新婚的光彩正逐渐减退,人家开始用不着忍住笑来唤她波尔德太太的时候,会吏长同意在一个宴会上会见约翰·波尔德。从那时候起,他们差不离成为朋友了。会吏长坚定地认为,他的连襟在没有结婚以前是一个没有信仰的人,一个不相信我们宗教的伟大真理的人,但是婚姻打开了他的眼睛,就像它打开别人的眼睛一样。波尔德也同样认为,光阴缓和了会吏长的粗暴的性格。虽然他们是朋友,可是他们并不常提起养老院的争端。

　　我们说过,哈定先生不是一个倒楣人。他还保持着他的住处,不过那几间房除了使他在世上有一处地方可以称作"家"以外,实际上对他并没有多大用处。他的时间主要是消磨在女儿家,或是主教公馆里。他们从来没有让他独自一个,即使他希望那样的话。爱莉娜婚后不到一年,哈定先生想住在自己住处的决心到底给打破而放弃了,他同意把大提琴经常放在女儿的宅子里。

　　每隔一天,主教总派人给他捎一个口信。"主教问候您。他今儿不挺自在,希望哈定先生去跟他一块儿吃饭。"这个关于那位老人的健康的报道,实在是一段"神话",因为尽管他已经八十多岁,他可从来没有什么病痛,将来有一天,大概会像火花消灭那样,渐渐地、平静地悠然而逝。哈定先生的确常去跟他一块儿吃饭,那就是说三点钟到主教公馆去,一直呆到晚上十点才走。每逢他不去的时候,主教便抱怨说葡萄酒走了味,还埋怨说没有人照料他,比平常安息的时刻早一小时就闷闷不乐地上床睡了。

巴彻斯特的居民过了许久,才不再唤哈定先生他那被人熟悉了多年的头衔"院长"了。唤"院长先生"已经成为习惯,因此很不容易改掉。"不,不,"碰到有人这样称呼他的时候,他总这么说,"现在不是院长啦,只是圣诗班领唱人。"

图书在版编目(CIP)数据

　　巴塞特郡纪事. 一, 巴彻斯特养老院/(英) 安东尼·
特罗洛普(Anthony Trollope)著；主万译. —上海：
上海译文出版社, 2020.3
　　书名原文：The Chronicles of Barsetshire：THE
WARDEN
　　ISBN 978-7-5327-8092-1

　　Ⅰ.①巴…　Ⅱ.①安…　②主…　Ⅲ.①长篇小说—英
国—现代　Ⅳ.①I561.45

　　中国版本图书馆 CIP 数据核字(2020)第 026011 号

Anthony Trollope
The Chronicles of Barsetshire
THE WARDEN
根据 The Modern Library 1936 年版本译出

巴塞特郡纪事(一)　巴彻斯特养老院
[英] 安东尼·特罗洛普/著　主　万/译
[英] 爱德华·阿迪宗/插图
责任编辑/龚　容　装帧设计/柴昊洲
封面绘图/raccoon

上海译文出版社有限公司出版、发行
网址：www.yiwen.com.cn
200001　上海福建中路 193 号
上海中华商务联合印刷有限公司印刷

开本 850×1168　1/32　印张 8.25　插页 6　字数 160,000
2020 年 5 月第 1 版　2020 年 5 月第 1 次印刷
印数：0,001—5,000 册

ISBN 978-7-5327-8092-1/I·4973
定价：68.00 元